Le Livre de Poche Jeunesse

Cora Carmack

Cora Carmack a grandi dans une petite ville du Texas. Avant de devenir auteur de romance new adult, elle a travaillé dans différents domaines : commerce de détail, théâtre et enseignement. Elle vit aujourd'hui à New York.

Cora Carmack

Ce si joli trouble

Traduit de l'anglais (États-Unis)
par Sophie Passant

Photographie de couverture : © NAS CRETIVES/Schutterstock
© Piotr Marcinski/Schutterstock
Édition originale publiée en 2012 sous le titre
Losing It
par HarperCollins Publishers, New York.

1

Canon. *Tu es canon.*

J'avais beau l'encourager du regard, mon reflet, dans le miroir, restait de marbre. Alors, renonçant à l'amadouer, j'ai pris une bonne inspiration et recommencé :

Tu es vraiment *canon.*

Si ma mère avait pu lire dans mes pensées, elle aurait crié au sacrilège. Mais j'étais bien obligée de regarder les choses en face : la modestie – sa vertu cardinale – ne m'avait conduite nulle part.

Bliss Edwards, tu es un coup d'enfer.

« Alors pourquoi, semblait me demander mon reflet, pourquoi à vingt-deux ans, alors que toutes les filles de ta génération, entre *Sauvés par le gong* et *Gossip Girl*, ont perdu leur pucelage avant même de passer le bac, pourquoi es-tu la seule, à quelques mois de quitter la fac, à être *encore vierge* ? »

Je ne le lui faisais pas dire, malheureusement.

Et surtout, quelle mouche m'avait piquée de le raconter à mon amie Kelsey ? J'aurais mieux fait de lui dire que j'avais le dos couvert d'écailles, ou que ma jupe dissimulait une queue de crocodile.

— Tu es *sérieuse* ? s'est-elle exclamée en retrouvant la parole. C'est à cause de Jésus ? Tu te réserves pour lui ?

Le sexe semblait une évidence pour Kelsey. Elle avait la plastique d'une Barbie et le taux d'hormones équivalent à celui d'un adolescent en pleine puberté.

— Non, Kelsey, lui ai-je dit, c'est un peu compliqué de se réserver pour quelqu'un qui est mort depuis deux mille ans.

Elle a aussitôt enlevé sa chemise et l'a jetée sur le sol. J'ai dû avoir l'air effaré parce qu'elle a éclaté de rire.

— Relax, princesse Pureté ! Je me change.

Plantée devant mon armoire, elle s'est mise à fouiller dans mes vêtements.

— Tu te changes, pour quoi ?

— Parce que, ma chère Bliss, nous sortons. Si ta fleur est aussi intacte que tu le prétends, il est grand temps de lui trouver un jardinier.

Dans sa bouche, le mot « jardinier » n'avait rien de bucolique, et le destin qu'elle réservait à ma fleur prenait des allures de publicité porno.

— Seigneur Dieu, Kelsey.

Elle s'est retournée, un de mes chemisiers en main. Déjà moulant sur moi, je ne voyais pas comment ce bout de tissu allait contenir ses courbes généreuses.

— « Seigneur Dieu » ? a-t-elle répété. Je croyais que ça n'avait rien à voir avec lui.

— Ça n'a rien à voir, Kels. C'est juste que… Je ne sais pas. Disons que le sexe ne m'a jamais vraiment intéressée.

Elle s'est immobilisée, le chemisier à demi enfilé sur ses épaules.

— Jamais intéressée ? Tu veux dire par… les garçons ? Serais-tu homo, Bliss ?

J'ai entendu ma mère poser un jour la même question à mon père. Que je puisse terminer mes études sans avoir de petit copain lui paraissait inconcevable.

— Non, Kelsey, je ne suis pas homo, alors remballe tes charmes, s'il te plaît, et finis de t'habiller.

— Si tu n'es pas gay, a-t-elle repris, et qu'il ne s'agit pas de Jésus, il suffit de trouver le bon.

— Trouver le bon ? Mais bien sûr ! Pourquoi n'y ai-je jamais pensé ?

Ignorant mon sarcasme, elle a relevé ses cheveux blonds pour en faire une haute queue-de-cheval et mettre ainsi sa poitrine encore plus en valeur.

— Je ne parle pas du bon pour faire un mari, ma belle. Mais du bon pour te faire craquer. De celui qui sera capable de réduire ton cerveau hyperactif au silence et de te faire penser avec ton corps à la place.

— Le corps ne pense pas.

— *Tu vois !* Tu raisonnes encore.

— D'accord ! D'accord. Et où allons-nous dénicher cette perle rare, selon toi ?

— Au *Stumble Inn*, bien sûr.

J'aurais dû m'en douter.

— Tu n'as pas mieux ? ai-je grommelé.

Elle m'a regardée comme si j'étais la dernière des imbéciles.

— D'abord, a-t-elle repris, c'est un bar très sympa. Ensuite, et surtout, c'est un bar que les hommes apprécient. Et comme nous apprécions les hommes, c'est un bar que *nous* apprécions.

Sa logique était imparable, et je n'avais plus qu'à

m'incliner, à moins de vouloir la contrarier. Après tout, ce n'était pas si dramatique. Elle aurait pu vouloir me traîner en boîte.

— Très bien, ai-je décidé, allons-y.

Je me suis levée pour franchir le rideau qui séparait ma chambre du reste de mon appart, mais elle m'a rattrapée par le bras et tirée si fort que je suis retombée sur mon lit.

— Tu n'as tout de même pas l'intention de sortir dans cette tenue ?

J'ai baissé les yeux sur la tenue en question, une jupe plissée à fleurs et un haut simple au décolleté bateau. J'étais très bien. En tout cas présentable, et certainement en mesure de draguer et de me faire draguer. J'en étais sûre. Enfin… presque.

— Je ne vois pas le problème.

— Tu ne vois pas le problème !

Devant son air consterné, je me suis sentie comme une gamine prise en faute. Je détestais cette impression. Et c'était justement celle que j'éprouvais chaque fois qu'il était question de sexe.

— Le problème, a-t-elle repris avec la patience d'un éducateur lassé de répéter les mêmes choses, c'est que dans cette tenue, ma belle, tu ressembles à l'adorable petite sœur de n'importe qui. Or, aucun homme ne veut coucher avec sa petite sœur. Et si c'est le cas, crois-moi, c'est toi qui ne voudras pas avoir affaire à lui.

C'est bien ce que je disais : l'impression d'être une gamine.

— Tu as raison, ai-je reconnu.

— Tiens donc ! Serais-tu en train de mater le supercalculateur qui te sert de cerveau ? Tant mieux ! Maintenant, laisse-moi faire.

Après avoir écarté trois chemisiers, dont je me demandais bien ce qu'ils faisaient dans mon placard tellement ils étaient échancrés, plusieurs leggings – beaucoup trop moulants – et une jupe si courte que le moindre mouvement risquait de tout révéler au monde entier, nous nous sommes mises d'accord sur un pantalon taille basse et un haut de dentelle noire « idéal », d'après Kelsey, pour rehausser la blancheur « immaculée » de ma peau.

— Tes jambes sont épilées ?

J'ai opiné.

— Et… le reste ?

— Tout ce qui doit être épilé est épilé, ai-je tranché. Maintenant, allons-y.

Je regrettais bien assez l'aveu de ma virginité pour vouloir, en plus, discuter de ma pilosité intime.

— Très bien, très bien. Les préservatifs ?

— Dans mon sac à main.

— Ton cerveau ?

— Sur off. Enfin… en sourdine.

— Parfait. Cette fois, je crois que nous sommes prêtes.

Elle parlait pour elle, bien entendu, car j'étais loin, très loin de l'être.

J'étais toutefois en train de comprendre une chose : le degré zéro de mon activité sexuelle était inversement proportionnel à mon activité cérébrale. Le fait était que j'avais toujours besoin de tout contrôler. Cette tendance (limite obsessionnelle) qui avait fait de moi une excellente élève durant toute ma scolarité allait bientôt me permettre de devenir une régisseuse de théâtre hors pair. À la fac, personne ne dirigeait de répétition aussi bien que moi, et quand j'avais le courage de monter sur scène, ce qui n'arrivait pas si souvent, j'étais toujours nettement mieux préparée que tous les élèves du cours. Mais le sexe… Le sexe est tout simplement le contraire. Il suppose de l'émotion, de la spontanéité, voire de l'abandon. Et surtout, il implique ce fichu partenaire, *incontournable,* forcément. Une contrainte qui n'entrait pas tout à fait dans ma conception du plaisir.

— Tu réfléchis trop, m'a dit Kelsey en me poussant dehors.

— C'est mieux que de ne pas réfléchir du tout.

— Non, pas ce soir.

À peine dans la voiture, j'ai monté le son de la radio.

J'étais capable de coucher avec un homme. Ce n'était pas grand-chose, juste une formalité, un point de ma *to-do list* à rayer.

C'était aussi simple que ça.

Malheureusement, quand nous sommes arrivées devant le bar, quelques minutes plus tard, la simplicité me paraissait tout à fait hors de portée. Mon pantalon était beaucoup trop moulant, mon haut trop court et mon cerveau complètement brumeux.

J'avais envie de vomir.

Je me suis ressaisie. Je ne voulais *pas* être vierge – au moins, sur ce point, j'étais parfaitement sûre de moi. Je ne voulais pas appartenir à cette catégorie des filles coincées, niaises et immatures, qui ne connaissent rien au sexe. Je détestais l'ignorance. Malheureusement, si d'un côté je ne voulais pas être vierge, de l'autre, je ne voulais pas davantage… avoir de rapports *sexuels*.

Le problème restait entier.

Pourquoi ne pouvait-il se ramener à une définition aussi limpide que « tous les carrés sont des rectangles, mais tous les rectangles ne sont pas forcément des carrés » ?

Kelsey, lassée de taper la mesure de ses talons aiguilles et de ses doigts sur le capot, a fini par me tirer de la voiture. J'ai redressé les épaules, passé une main dans mes cheveux et l'ai suivie.

La porte franchie, je me suis dirigée droit vers le bar. Avisant le premier tabouret libre, j'ai fait signe au serveur.

Blond, bien bâti, séduisant. Un candidat potentiel, ai-je pensé en le regardant venir. Il n'avait rien d'exceptionnel, mais il était convenable. Il pouvait parfaitement faire l'affaire. Il offrait aussi l'avantage de la simplicité en m'évitant de chercher plus loin…

— Qu'est-ce que je vous sers, mesdemoiselles ?

Son accent du Sud et son sourire avenant lui donnaient un côté « bon gars », solide et rassurant.

— Deux shots de tequila, a déclaré Kelsey en s'asseyant.

— Deux *chacune*, ai-je précisé, maussade. Pour commencer.

Beau Blond a émis un petit sifflement et m'a dévisagée avec intérêt.

— C'est ce genre de soirée, hein ?

N'étant pas d'humeur à détailler le « genre de soirée » dont il était vraiment question, je me suis contentée de répondre :

— J'ai besoin de courage. Liquide.

— Ravi de te rendre service, m'a-t-il répondu en même temps qu'il me lançait un clin d'œil.

Il n'avait pas tourné le dos que Kelsey, frétillante comme une anguille sur son tabouret, s'exclamait :

— C'est lui ! C'est lui !

L'entendre affirmer à voix haute ce que j'envisageais – peut-être – tout bas me donnait l'impression que le monde s'était ligué contre moi pour démolir le bel équilibre qui régentait ma vie. Je me suis dit que c'était juste une question d'adaptation, qu'il me fallait un peu de temps pour me faire à l'idée de ce qui m'attendait. J'ai tout de même attrapé Kelsey par l'épaule pour la forcer à s'arrêter.

— Du calme, Kels. On dirait un chihuahua surexcité.

— Mais c'est vrai, regarde : il est parfait ! Mignon, souriant, et je l'ai vu plonger dans ton décolleté, *deux fois*.

Les œillades de Beau Blond ne m'avaient pas échappé. Pour autant, l'idée de coucher avec lui ne m'emballait pas plus que ça. Ce n'était pas une raison pour l'écarter d'office… D'un autre côté…

J'ai soupiré. Tout aurait été nettement plus simple s'il m'avait *vraiment* intéressée.

— Je ne sais pas, ai-je répondu à Kelsey. Je ne peux pas dire qu'il me fasse craquer… pour l'instant, je veux dire ! me suis-je rattrapée en voyant son visage se fermer.

Quand Beau Blond est revenu, sans même laisser le temps à Kelsey de sortir sa carte de paiement, j'ai avalé mes deux shots coup sur coup. Il m'a regardée en souriant, a secoué la tête, puis s'est tourné vers un autre client. J'en ai profité pour boire un des verres de Kelsey.

— Tu as de la chance que ce soit ta soirée, Bliss. Parce que, d'habitude, je ne laisse personne se glisser entre mon shot de tequila et moi.

— Eh bien moi, je ne laisserai personne se glisser entre mes jambes tant que je ne serai pas correctement imbibée, alors donne-moi le dernier.

Elle a posé la main sur son verre, mais a quand même fini par céder. Cette quatrième tequila avalée, l'option Beau Blond me semblait plausible et le sexe nettement moins effrayant.

Quitte à me sentir sur la bonne voie, me suis-je encouragée, autant poursuivre.

J'ai donc commandé – à une serveuse – un whisky-Coca. Ce nouveau verre devait me permettre de faire le point…

Beau Blond était une option. Il me suffisait de répondre à ses œillades et d'attendre la fermeture du bar… Sauf que je n'étais pas prête à parier sur ma santé mentale à deux heures du matin. Vu l'état de mes nerfs maintenant, je me voyais très bien emmenée de force – et en camisole – pour cause de delirium… psycho-sexuel.

Sur le tabouret d'à côté, mon voisin, à mesure que je buvais, semblait se rapprocher. Un regard m'a suffi pour l'écarter : il devait avoir au moins quarante ans ! Très peu pour moi.

J'ai pris une nouvelle gorgée, pleine de reconnaissance pour la serveuse qui n'avait pas lésiné sur le whisky, et passé le bar en revue.

— Et lui ? m'a demandé Kelsey en me montrant un homme seul à une table.

— Trop coincé.

— Lui ?

— Trop branché.

— Lui, alors ?

— Beurk. Trop poilu.

Nous avons continué comme ça jusqu'au dernier. La soirée tournait au fiasco, et mon calvaire tirait à sa fin, quand Kelsey, à bout d'arguments, a suggéré que nous changions de bar. N'ayant aucune envie de poursuivre cette laborieuse expérience ailleurs, j'ai prétexté une envie pressante pour partir aux toilettes. Je comptais sur mon absence pour qu'elle se fasse accoster. Ainsi, je pourrais m'éclipser sans faire d'histoires.

Les toilettes étaient dans l'arrière-salle, après le billard et les jeux de fléchettes.

C'est alors que je l'ai vu, seul à une table.

Enfin, j'ai d'abord remarqué son livre. Et je n'ai pas pu, évidemment, m'empêcher d'ouvrir la bouche :

— Si c'est votre façon de draguer, vous feriez mieux de choisir un coin plus animé.

Il a levé les yeux et là… j'ai eu du mal à déglutir.

C'était, et de loin, l'homme le plus séduisant que j'avais vu ce soir. Sous des mèches blondes désordonnées, ses yeux étaient d'un bleu limpide saisissant, et sa barbe de quelques jours donnait ce qu'il fallait de virilité à son visage. J'étais… scotchée.

Pourquoi m'étais-je arrêtée ? Pourquoi avais-je parlé ? Pourquoi fallait-il toujours que je me ridiculise ?

— Pardon ?

J'en étais encore à ses cheveux magnifiques et au bleu stupéfiant de ses yeux, aussi m'a-t-il fallu quelques secondes pour réagir.

— Shakespeare. Personne ne lit Shakespeare dans un bar à minuit, sauf si c'est une technique de drague. Enfin… ce que je veux dire, c'est que… vous auriez plus de chance dans l'autre salle.

Il est resté silencieux, puis un sourire, splendide à se damner, s'est étiré sur ses lèvres.

— Ce n'est pas une technique, a-t-il répondu. Mais si c'en était une, je m'estimerais au contraire particulièrement chanceux d'être resté ici.

Oh, il avait un accent ! Un accent *britannique*. J'étais en train de mourir.

Respirer, je devais respirer.

Me calmer aussi.

Ce que j'ai fait, en le regardant poser son livre non sans… marquer la page.

Il était *vraiment* en train de lire Shakespeare !

— Vous n'essayez pas de draguer ?

— Non, je n'essayais pas.

J'ai tout de suite noté l'imparfait, comme s'il voulait dire qu'il n'essayait pas de draguer *avant*, mais qu'il le faisait (peut-être) maintenant.

Je l'ai dévisagé. Il souriait franchement. Ses dents étaient éclatantes et sa barbe naissante irrésistible.

J'étais séduite.

Vraiment séduite.

Et cette constatation suffisait, à elle seule, à me tétaniser.

— Comment vous appelez-vous, charmante apparition ?

Charmante apparition ? Il me qualifiait de *charmante apparition !* J'allais mourir pour la deuxième fois en vingt secondes.

— Bliss.

— « L'éternité était dans nos yeux et sur nos lèvres, le bonheur sur nos fronts ; aucune partie de nous-mêmes qui ne goûtât la félicité du ciel. »

Il ne lit pas seulement Shakespeare, me suis-je dit en reconnaissant tout de suite *Antoine et Cléopâtre*. Il le cite.

— Bliss[1], c'est vraiment votre prénom ?

Je devais être écarlate.

— Oui.

— Ravissant prénom pour une ravissante apparition.

Sa voix, descendue dans les graves, me mettait au supplice. Elle s'infiltrait en moi, et je vivais, soumise à sa vibration, le plus lent, le plus implacable, le plus pénétrant

1. *Bliss* signifie « bonheur » ou « béatitude » en anglais.

des tourments. Était-ce cette délicieuse torture qu'inspirait l'attirance ? Pas étonnant que le sexe puisse rendre fou.

— Eh bien, Bliss, pour tout vous dire, je viens de m'installer en ville et de me mettre à la porte de mon propre appartement. J'attends le serrurier, et j'ai pensé profiter de cette attente.

— En révisant Shakespeare ?

— En essayant, du moins. Parce qu'à vrai dire, je ne suis pas complètement fan du bonhomme, mais ne le répétez pas, d'accord ?

Si j'en jugeais à la brûlure de mon visage, mes joues étaient encore en feu. En fait, mon corps entier était sur des charbons ardents. Et je n'arrivais pas à savoir à quoi je devais cette combustion spontanée : à la mortification de me sentir rougir ou à son accent.

— Vous avez l'air déçu, Bliss, a-t-il repris. Seriez-vous une inconditionnelle de Shakespeare ?

J'ai secoué la tête, parce que ma gorge était trop sèche pour proférer le moindre son.

Il a plissé le nez. Mes mains se sont aussitôt mises à frémir, je mourais d'envie de suivre son profil jusqu'à sa bouche.

J'étais en train de devenir folle. Folle à lier.

— Ne me dites pas que vous adorez *Roméo et Juliette*.

De ça, au moins, je pouvais discuter.

— *Othello. Othello* est ma pièce préférée.

— Ah ! Fidèle Desdémone. Loyale et pure.

Au mot « pure », mon cœur a sursauté.

— Je… euh… j'aime la confrontation de la raison et de la passion, ai-je réussi à bredouiller.

— Je suis moi-même un passionné de passion.

Ses yeux m'ont parcourue, et ma colonne vertébrale

– comme si elle sentait venir la débâcle – s'est mise à frissonner.

— Vous ne m'avez pas demandé comment je m'appelle, a-t-il repris.

Je me suis éclairci la gorge. La suite de la conversation ne risquait pas d'être aussi passionnante – j'étais à peu près aussi sociable qu'un ours.

— Comment vous appelez-vous ? ai-je demandé.

— Asseyez-vous, et je vous le dirai.

J'avais les jambes en coton. M'asseoir pourrait m'éviter le pire, comme m'effondrer à ses pieds, victime de la course effrénée de mon flux sanguin déchaîné dans mes veines. Je me suis laissée tomber sur la chaise face à lui. Malheureusement, ma tension n'a pas diminué.

Quand il a repris la parole, mes yeux étaient rivés sur ses lèvres.

— Je m'appelle Garrick.

Mon corps n'était plus qu'un soupir. Qui aurait cru qu'un prénom puisse être aussi fascinant ?

— Ravie de vous rencontrer, Garrick.

Il s'est penché, et je n'ai pas pu m'empêcher de remarquer ses épaules larges, la façon dont ses muscles jouaient sous sa chemise. Puis nos regards se sont croisés. Le bar s'est alors effacé, ne laissant que le bleu intense et envoûtant de ses yeux clairs.

— Je vais vous offrir un verre, Bliss.

Ce n'était pas une question. Son regard et sa voix n'avaient rien d'hésitant. En fait, la seule chose qu'il dégageait, c'était de l'assurance.

— Alors nous pourrons discuter de raison et de… passion.

2

À quoi tenait la brûlure qui me consumait ? Au regard pénétrant posé sur moi ou à l'alcool que j'avais bu comme si c'était de la limonade ? Je me posais encore la question quand un serveur est arrivé.

Baissant les yeux, j'ai profité de l'interruption pour m'adresser quelques pensées sensées.

— Bliss ?

Le son de sa voix m'a fait sursauter.

Je l'ai regardé, puis ai levé les yeux vers le serveur, pour découvrir… Beau Blond. J'ai ouvert la bouche, mais il m'a devancée :

— Je me souviens, m'a-t-il dit en me posant une main sur l'épaule. Whisky-Coca, c'est ça ?

Son sourire et son clin d'œil me laissaient perplexe. Comment pouvait-il savoir ce que je voulais ? J'étais presque sûre que c'était sa collègue qui m'avait servie tout à l'heure. Comme il continuait de me dévisager en souriant, je me suis forcée à répondre :

— Oui, merci, euh…

— Brandon, a-t-il complété.

Il a regardé Garrick avant de revenir sur moi.

— Dois-je dire à ta copine que tu reviens tout de suite ?

— Oh, euh, oui. Bien sûr… sans doute.

Il m'a de nouveau souri, puis, après un dernier regard, s'en est allé. Je devais me tourner vers Garrick, je le savais, mais j'avais bien trop peur. Si je croisais ses yeux sublimes, je risquais de me liquéfier de désir (et de honte) devant lui.

— Je me demande si Desdémone est aussi innocente qu'elle le prétend, l'ai-je entendu avancer. Peut-être sait-elle l'effet qu'elle produit sur les hommes et que ça lui plaît, d'exciter leur jalousie ?

Quand je me suis décidée à lever les yeux, il m'observait, pensif et interrogateur. J'ai rassemblé tout mon courage pour soutenir son regard et lui répondre :

— À moins qu'elle ne soit intimidée par la puissance d'Othello et ne sache comment lui parler. La communication est essentielle, après tout.

— La communication, hein ?

— Ils se seraient épargné bien des soucis s'ils avaient su communiquer.

— Dans ce cas, a-t-il répliqué en approchant sa chaise, je vais essayer d'être aussi clair que possible…

Il s'est penché vers moi.

— Je préférerais que vous n'alliez pas rejoindre votre amie.

Ferme la bouche, me suis-je dit. *Ferme la bouche ou tu vas te mettre à baver.*

— Restez avec moi.

— Je… euh… et que ferons-nous, si je reste ?

Il a tendu la main. Au contact de ses doigts dans mes

cheveux, mon pouls – déjà erratique – s'est complètement détraqué.

— Nous pourrons parler de Shakespeare, ou de tout ce que vous voulez, mais je ne peux pas vous promettre de ne pas me laisser distraire par votre cou délicieux…

Ses doigts, après m'avoir effleuré la joue, se sont arrêtés sous mon menton, qu'il a soulevé d'une légère pression de l'index.

— Ou vos lèvres, a-t-il repris. Ou vos yeux. Je pourrais vous séduire en vous racontant ma vie, comme Othello a séduit Desdémone.

C'était inutile. J'étais déjà séduite.

— J'aimerais mieux ne pas être comparée à un couple dont l'histoire s'est achevée par un meurtre et un suicide, ai-je répondu le souffle court.

— Bien vu, a-t-il admis dans un sourire en me lâchant le menton.

Ma peau était devenue brûlante à son contact, mais j'ai dû me retenir pour ne pas suivre ses doigts qui s'en éloignaient.

— L'important, c'est que vous restiez.

— D'accord.

À ce stade, j'étais prête à accepter *tout* ce qu'il m'aurait demandé, aussi étais-je très fière de la sobriété de ma réponse.

— Je devrais peut-être m'enfermer dehors plus souvent.

Je pensais plutôt à m'enfermer dedans, quelque part, avec lui, quand mon téléphone s'est mis à vibrer. Je me suis dépêchée de répondre avant que la sonnerie – un air franchement démodé des Beach Boys – ne retentisse.

— Eh bien, qu'est-ce que tu fiches ? Tu es tombée dans la cuvette ou quoi ?

C'était Kelsey.

— Non, Kelsey, tout va bien. Quoi ? Tu ne veux pas rentrer sans moi ?

Le regard de Garrick s'est assombri, et, quand il s'est posé sur mes lèvres, mon souffle s'est arrêté.

— Tu ne vas pas t'en tirer comme ça, Bliss. On a dit que tu allais coucher ce soir, et tu vas le faire ! Même si je dois te déshabiller moi-même !

Horrifiée à l'idée que Garrick puisse l'entendre, j'ai couvert le téléphone de ma main. Ses yeux, heureusement, restaient braqués sur mes lèvres.

— Ce ne sera pas nécessaire, Kels.

Je cherchais une façon codée de lui dire que j'avais trouvé le bon candidat quand j'ai entendu un cri, suivi d'un *Oh, mon Dieu !* étouffé.

J'ai levé les yeux et l'ai surprise, derrière Garrick, un grand sourire aux lèvres.

— Oui, bon, ai-je lâché devant son air plus qu'entendu, je t'appelle plus tard, Kels. D'accord ?

— Tu as intérêt. Je veux tout savoir.

— On verra.

— C'est tout vu, ma belle ! Je compte sur toi pour ne pas en perdre une miette.

J'ai raccroché sans répondre.

— Votre amie ? m'a demandé Garrick.

J'ai opiné. Si j'avais oublié pourquoi j'étais là, Kelsey venait de me le rappeler sans aucune ambiguïté, et je ne pensais… qu'à ça. C'était la première fois qu'un homme me faisait autant d'effet. Et celui-là ne m'avait même pas touchée ! C'était bien simple : je glissais dans un océan de sensualité et, au lieu de m'inquiéter, je brûlais de me laisser engloutir.

— Vous restez ?

J'ai encore opiné. S'il ne m'embrassait pas tout de suite, j'allais exploser. J'étais sûre qu'il allait le faire quand Brandon est revenu avec nos verres. Son sourire, en nous voyant si proches, s'est un peu fané.

— Désolé d'avoir traîné. Nous sommes débordés.

J'ai profité de la diversion pour respirer.

— Ce n'est pas grave, Brandon.

— Vous voulez autre chose ?

— Non, a répondu Garrick, ça ira.

Brandon lui a décoché un regard avant de revenir sur moi.

— Tu es sûre ? m'a-t-il glissé à l'oreille.

— Nous sommes sûrs, a rétorqué Garrick avant de lui tendre un billet. Gardez la monnaie.

J'ai regardé Brandon faire le tour des deux ou trois tables, puis repartir lentement vers le bar. Quand je me suis retournée, Garrick avait passé le bras sur le dossier de ma chaise.

— Seriez-vous du genre possessif, Garrick ?

— Non, pas vraiment.

Mon air dubitatif lui a arraché un sourire.

— Parler d'Othello m'a peut-être mis sur les dents, a-t-il précisé, imperturbable.

— Alors changeons de sujet. À quelle heure le serrurier vous a-t-il donné rendez-vous ?

Il a regardé sa montre.

— Bientôt.

— Ne devriez-vous pas aller l'attendre ?

Je ne savais pas très bien où je voulais en venir. Il me plaisait, c'est sûr, et je voulais – tout aussi certainement – qu'il m'embrasse. Mais j'avais tellement l'habitude de saboter mes chances et de fuir quand le terrain devenait trop glissant qu'il me fallait toujours une issue de secours.

— Essayeriez-vous de vous débarrasser de moi ?

J'ai sursauté. Pas d'issue de secours ni d'échappatoire, cette fois. De toute façon, c'était différent. J'avais décidé de cocher cette fichue case « sexe » de mon agenda. Alors je l'ai regardé, en me mordillant les lèvres.

J'étais venue pour ça.

— Peut-être que nous pourrions aller l'attendre ensemble ?

J'espérais avoir l'air plus assurée que je ne l'étais vraiment. Mais il fixait mes lèvres avec une telle intensité que je ne savais plus si je voulais fuir ou si j'étais prête à me damner pour un baiser.

— Excellente idée.

Il s'est levé et m'a offert son bras.

— Vous ne voulez pas finir nos verres ?

Il m'a pris la main.

— Je suis déjà un peu ivre, m'a-t-il dit en déposant un baiser au creux de mon poignet.

J'ai éclaté de rire, parce que sa galanterie était… ridicule, et parce que j'étais… complètement retournée par l'effet de ses lèvres sur ma peau.

Il a souri.

— J'exagère ? Disons que le Barde de l'Avon me rend lyrique.

— Et si nous essayions de rester prosaïques ?

— Prosaïques ? Avec plaisir.

J'avais à peine saisi le sous-entendu qu'il m'arrachait de ma chaise. Et j'avais à peine senti, plaquée contre lui, l'odeur de son parfum – un agréable mélange d'épices et d'agrumes – que sa bouche se fermait sur la mienne.

J'étais tellement surprise que je n'ai d'abord pas réagi. Puis il s'est mis à me mordiller la lèvre et un invraisemblable frisson m'a traversée. Mon cœur a bondi, dégringolé, et ma tête s'est mise à tourner. Tout à coup, je me fichais bien de me donner en spectacle, d'être embrassée par un inconnu au beau milieu d'un bar : j'avais ouvert la bouche et je ne sentais que sa langue chercher passionnément la mienne. Et le pire n'était pas que ça me plaisait ! Mais que j'avais beau lui répondre, sentir, agrippée à lui, tous les muscles de son corps, c'était… insuffisant ! Quand sa main s'est glissée sous ma chemise, ses doigts brûlant ma peau déjà incandescente, j'ai soupiré. Je l'ai aussitôt regretté, car il s'est écarté.

Mes lèvres l'ont traîtreusement suivi, mais au lieu de leur céder, il m'a embrassée sur le front.

Mon cerveau ne répondait plus. Mes sens, eux, étaient tous en alerte. C'était… divin.

— Pardon, a-t-il lâché d'une voix rauque, je me suis laissé emporter.

Emportée, c'était le terme exact ! J'avais été emportée. Personne ne m'avait jamais emportée, enlevée de cette façon. J'en avais même oublié de penser ! C'était la première fois, et je me sentais aussi euphorique que… pétrifiée.

J'ai soulevé les paupières. Devant son visage, j'ai tenté de garder un air serein, mais quand ses mains m'ont quittée, un frisson de regret m'a traversée.

— Mieux vaut un peu de raison que trop de passion, a-t-il dit en reculant.

J'ai ri, mais je n'étais plus du même avis. La raison me gouvernait depuis bien trop longtemps.

3

— Tu n'es jamais montée sur une moto ? Tu plaisantes ?

Sur le parking du *Stumble Inn*, Garrick me dévisageait avec stupéfaction.

Je l'ai regardé un peu embarrassée.

— Ne t'inquiète pas, j'irai lentement.

— Je ne suis pas sûre de…

— Il suffit de bien t'accrocher à moi. Ça va te plaire… Je t'assure.

— Garrick…

— Bliss, fais-moi confiance.

Il avait l'air si engageant, et il était tellement tentant, que j'ai pris une grande inspiration. J'étais tout à fait capable de grimper sur une moto… pour peu que j'arrive à éteindre tous les voyants lumineux de la tour de contrôle qui me tenait lieu de cerveau, comme le disait Kelsey.

— D'accord, ai-je lâché, mais vite… avant que je ne change d'avis.

Un grand sourire a éclairé son visage.

— Bravo, m'a-t-il dit.

Après un court baiser sur la tempe, il m'a soigneusement attaché un casque sur la tête, a enfourché sa bécane et m'a tendu la main. J'y ai posé la mienne et me suis hissée derrière lui. Le siège, malgré tous mes efforts, m'empêchait de me tenir autrement que complètement collée à son dos.

Sa main s'est posée sur mon genou et l'a serré.

— Accroche-toi.

J'ai obéi, et… failli avoir une attaque tellement sa taille était ferme. Du même coup, le petit bourrelet qui dépassait de la ceinture de mon jean s'est rappelé à moi. Je me suis raidie, catastrophée. J'étais sûre qu'à la seconde où Garrick allait me découvrir nue, il comprendrait son erreur. Il sentait certainement déjà ce bourrelet contre son dos et regrettait de m'avoir emmenée. Il m'a de nouveau serré le genou et, contre toute attente, nos corps se sont encore rapprochés.

Je n'étais plus simplement plaquée contre lui, j'étais aplatie.

Quand il a mis le contact, le drôle de vertige qui avait pris naissance entre mes cuisses s'est enroulé en vrombissant dans mes entrailles. Mes mains se sont serrées sur sa taille, et il a bondi, en même temps que la moto virait sur le côté.

J'ai poussé un cri ou plutôt un hurlement dans son oreille.

Il a redressé l'engin, ralenti et s'est arrêté au premier stop.

— Ça va ?

— Oui, ai-je réussi à articuler, le visage dans son épaule et les doigts crispés sur ses côtes.

Il a gloussé.

— Excuse-moi, mais je suis un peu chatouilleux.

— Oh !

J'ai desserré mon étreinte. Heureusement qu'il ne pouvait pas me voir, je devais être aussi rouge qu'une pivoine. Un cramoisi qui a viré à l'écarlate quand il a pris mes mains pour les croiser fermement sur son abdomen.

— C'est mieux comme ça. Maintenant, allons-y.

Cette fois, au lieu de crier, je l'ai laissé prendre de la vitesse et, la joue contre son dos, les yeux fermés, tâchant d'oublier vers où – pourquoi et avec qui – je fonçais dans la nuit, j'ai récité Shakespeare. Ses vers me trottaient dans la tête depuis les premiers mots de notre rencontre, alors autant qu'ils me divertissent.

J'ai commencé avec le monologue d'Hamlet, puis enchaîné sur le discours de la Saint-Crépin d'*Henry V*. Je terminais le fameux monologue de Macbeth, *demain, et puis demain, et puis demain*, quand Garrick m'a interrompue.

— Tu aimes vraiment le Vieux Barde, dis-moi !

La honte devenait une habitude, chez moi : contrairement à ce que j'avais cru, je n'avais pas déclamé ces vers dans ma tête, mais à voix haute.

— Oh, euh… j'ai seulement bonne mémoire.

Mon cœur battait à tout rompre. Maintenant que la moto était à l'arrêt, que nous étions donc arrivés, mon cerveau était libre de saisir toute la frayeur que lui inspirait cette autre chose à laquelle je m'étais activement efforcée de ne pas songer : le sexe.

J'allais coucher.

Avec un homme.

Un homme super canon.

Et *anglais*.

À moins… que je ne vomisse.

Et si je me mettais à vomir devant cet Apollon anglais ? Pire, si je me mettais à vomir *sur* l'Apollon anglais *pendant* ?

— Bliss ?

J'ai sursauté, horrifiée à l'idée d'avoir encore pensé tout haut.

— Oui ?

— Nous pouvons descendre de moto quand tu veux.

— Oh !

Je l'ai lâché si vite que j'ai failli dégringoler. Je me suis heureusement rattrapée, avec un glapissement.

Je descendais lentement quand mon mollet a effleuré quelque chose sur le côté. Quelque chose de brûlant. D'affreusement brûlant.

Je me suis aussitôt mise à crier et à fuir en claudiquant.

— Bliss ?

J'étais déjà loin de la moto quand Garrick m'a rattrapée. J'avais beau serrer les poings et me mordre les lèvres, mes yeux pleuraient de douleur.

Il a d'abord posé les mains sur mon visage, puis baissé les yeux sur ma jambe. Une traînée rouge, deux centimètres sous l'ourlet de mon pantalon, commençait à s'étirer.

— Merde ! a-t-il lâché en me soutenant d'un bras secourable autour de la taille. J'espère que le serrurier est arrivé.

Je n'ai pas desserré les dents quand il m'a entraînée, de peur de me mettre à gémir, mais j'ai levé les yeux.

Ces immeubles, cette résidence, c'était… *la mienne* !

Nous étions *voisins* !

Devais-je le lui dire ? J'hésitais quand j'ai vu ma voiture. Cette nuit n'est pas censée avoir de lendemain, me suis-je rappelé, c'est une aventure sans conséquence. Inutile de l'encombrer de détails superflus.

Il a bifurqué, un immeuble après le mien. Heureusement, me suis-je dit, car que se serait-il passé s'il avait habité juste en face de chez moi et que j'aie dû le croiser tous les jours après la certainement lamentable expérience sexuelle que je m'apprêtais à vivre avec lui ? Je préférais ne pas l'imaginer.

Nous sommes arrivés devant sa porte.

Pas de serrurier.

Mon mollet brûlait, comme si une flamme léchait ma peau.

Il m'a jeté un regard anxieux, puis a sorti son téléphone.

Tandis qu'il s'éloignait, je me suis laissée tomber contre le mur. Le sexe, de toute évidence, n'était pas fait pour moi. Dieu, par l'entremise d'un pot d'échappement, me faisait savoir que j'étais née pour être nonne. *Va-t'en dans un couvent !*

La souffrance me faisait délirer, voilà que je confondais Dieu et Shakespeare.

Garrick est revenu. Même soucieux, son front était sublime.

— Mauvaise nouvelle. Le serrurier ne sera pas là avant une heure.

J'ai tenté de ne pas faiblir, sans succès.

Il s'est agenouillé devant moi pour effleurer ma jambe, à quelques millimètres de la brûlure. Heureusement que je m'étais épilée. Il a soupiré, puis brièvement fermé les yeux et hoché la tête.

— Bien. Il ne nous reste plus qu'à aller aux urgences.

— Aux urgences ? Certainement pas !

J'étais sortie pour découvrir les joies du sexe et je finissais aux urgences ! Vie de merde, aurait conclu Kelsey.

— Bliss, la brûlure n'est pas trop grave, mais si on ne fait rien, tu vas souffrir, et pas qu'un peu.

J'ai appuyé la tête contre le mur et soufflé la mèche de cheveux tombée sur mon visage.

— Je n'habite pas loin. On peut aller chez moi.

— Oh ! Très bien.

Son sourire, pendant une courte seconde d'extase, m'a complètement fait oublier ma douleur.

— Fais attention en remontant sur la moto, il ne faudrait pas recommencer.

Je me suis mordu la lèvre.

— Inutile de prendre la moto.

Un de ses sourcils s'est gracieusement arqué.

— Par « pas loin », je voulais dire « à côté ». L'immeuble d'à côté.

Son deuxième sourcil a rejoint le premier. Mais sa surprise a cédé la place à une autre expression plus difficile à déchiffrer qui a figé en plein vol les milliers de papillons qui s'ébattaient quelque part entre ma gorge et ma cage thoracique.

— Alors allons chez toi... voisine.

J'avais les jambes en coton, et pas seulement à cause de la douleur. J'ai tout de même réussi à me mettre en route.

Cette fois, au lieu de me prendre par la taille, il a posé la main sur mon dos. Quand je l'ai sentie glisser sur mes reins, moins d'une minute plus tard, devant ma porte, j'en ai oublié ce que je cherchais dans mon sac.

Les clés. De mon appartement.

Dans lequel j'étais sur le point de le laisser entrer.

Avec moi.

Seule.

Pour coucher.

Ensemble.

Le mot *sexe*, en lettres rouges, s'est aussitôt affiché et mis à clignoter devant mes yeux.

Sexe.

Sexe.

Sexe.

Je ne parvenais pas à mettre la clé dans la serrure. Il n'a rien dit. Il n'a pas non plus tenté de me prendre le trousseau des mains. Tant mieux, parce que je n'aurais pas apprécié. J'étais peut-être mentalement, physiquement et émotionnellement détraquée, je n'avais pas besoin d'un homme pour tourner une clé – *ma* clé – à ma place. Sa main est donc restée patiemment sur mon dos jusqu'à ce que je réussisse à ouvrir la porte. Mais quand j'ai avancé dans le couloir, elle ne m'a pas suivie.

Je me suis retournée.

Il était sur mon paillasson, les deux mains dans les poches. Son sourire était léger, sublime, mais il n'avait pas l'air de vouloir bouger. *Bien sûr !* me suis-je dit, frappée par l'évidence. *Il a changé d'avis.*

Parce que j'étais une totale incapable.

J'ai pris une grande inspiration, en me rappelant ce que je m'étais dit devant le miroir : j'étais canon. Je n'étais pas complexée, timide ni coincée. J'étais seulement vierge – un détail – et comme je ne voulais pas le rester, j'étais obligée d'en passer par la case « sexe ». Donc de poursuivre.

— Tu veux une invitation ? ai-je lancé à sa silhouette prudente. À moins que ce ne soit le moment où tu m'annonces être un vampire.

Il a gloussé.

— Non, ma pâleur n'est que britannique, je le jure.

— Alors qu'est-ce que tu attends ? Où est l'homme qui m'a clairement fait comprendre qu'il voulait que je reste avec lui ? Qu'est devenue son audace ?

Il a fait un pas, pour se retrouver juste sur le seuil, et s'est adossé au chambranle.

— Cet homme s'efforce d'être un gentleman, parce que, même s'il a voulu t'emmener chez lui, s'il a envie de t'embrasser maintenant, tu es blessée, et j'ai bien peur qu'en fait tu ne veuilles pas de moi ici.

— Tu veux dire qu'*il* a bien peur.

— Pardon ?

— On parlait de toi à la troisième personne et tu es passé à la première…

Et moi, je parlais pour ne rien dire.

— Vraiment ?

Qu'est-ce que son sourire signifiait ?

— C'était sympa de te rencontrer, Bliss.

Tout à coup, j'ai hésité. Il m'offrait l'occasion de reculer. Si je voulais la saisir, je me réveillerais demain matin vierge comme au premier jour… Encore.

Il s'écartait déjà. Il suffisait que je le laisse partir.

— Attends !

Il a soulevé un sourcil et m'a regardée, un imperceptible sourire aux lèvres. J'ai pris mon courage à deux mains.

— S'*il* s'efforce d'être un gentleman, ne devrait-il pas rester pour aider la blessée qui ne connaît rien à la façon de soigner les brûlures par pot d'échappement ?

Ses yeux ont glissé sur ma jambe. Quand il les a relevés, au lieu de croiser les miens, il les a posés sur mes lèvres.

— La blessée a raison. Ce serait en effet courtois.

Il est entré et a fermé la porte derrière lui.

Nous sommes restés dans l'obscurité, parce que je

n'avais toujours pas remplacé l'ampoule grillée du couloir, puis il s'est avancé vers moi.

Je sentais croître la chaleur qui me gagnait, à mesure qu'il approchait. Elle était très nette quand il a posé la main sur mes reins et murmuré à mon oreille :

— Montre-moi le chemin.

4

J'étais dans ma salle de bains, en débardeur et sous-vêtements, mon jean à moitié descendu sur les cuisses, au bord de l'évanouissement. Garrick, de l'autre côté de la porte, me faisait l'effet d'un aimant.

« La première chose à faire est d'enlever ton pantalon », m'avait-il dit en entrant.

Il m'avait aussi prévenue que, pendant un certain temps, je ne devrais rien porter de serré sur ma brûlure. Il s'était proposé de m'aider, mais l'idée m'avait causé un tel haut-le-cœur que j'avais bien cru, encore une fois, vomir. Je m'étais donc réfugiée dans ma salle de bains, où j'essayais, toute seule et sans succès, d'ôter mon pantalon en empêchant le tissu de toucher ma brûlure.

Une nouvelle tentative m'a arraché un gémissement.

— Bliss ? Ça va ? s'est aussitôt enquis Garrick en frappant légèrement contre la porte.

— Super bien ! ai-je rétorqué les dents serrées.

J'ai continué de descendre mon pantalon en suffoquant.

— Bliss, laisse-moi t'aider. Tu m'inquiètes.

J'ai fermé les yeux, en essayant de trouver une solution.

Quand je les ai ouverts, manquant de trébucher parce que j'étais empêtrée dans mon jean, j'ai vu une jupe avec une taille élastique sur mon panier de linge sale. Je l'ai enfilée par-dessus la tête avant de m'asseoir sur les toilettes.

Mes joues devaient être écarlates, mais je n'y pouvais rien.

— C'est bon, me suis résignée à répondre, entre.

La porte s'est ouverte lentement, la tête de Garrick est apparue, puis son corps tout entier. Il a regardé ma jupe froissée, le pantalon ramassé sur mes genoux, et il a ri.

Ou plutôt : il a éclaté de rire.

— C'est humiliant.

Comment pouvais-je coucher avec lui maintenant ?

Il a pincé les lèvres pour contenir son hilarité, mais elle dansait toujours dans ses yeux.

— Excuse-moi, a-t-il pouffé, je sais que tu souffres, mais tu es tellement…

— Ridicule ?

— Adorable.

Cette fois, j'ai vraiment fait la grimace.

— Ridiculement adorable, si tu préfères.

Son sourire était contagieux, et je n'ai pas pu résister.

— Maintenant que tu as bien ri, si tu pouvais m'aider à enlever mon pantalon…

Le ton sarcastique de ma voix était censé dresser une barrière entre nous. Hélas, qu'il ne l'ait pas saisi ou qu'il s'en moque, j'ai vu son regard se rétrécir – avec un flamboiement de prédateur – et c'est tout autre chose que ma jambe qui s'est mis à brûler.

Il m'a dévisagée un bon moment de cette façon, puis il a détourné les yeux, s'est éclairci la gorge et s'est agenouillé devant moi.

J'avais commencé à descendre mon pantalon sur la plaie, la blessure était donc couverte. Prenant ma jambe d'une main, il a glissé l'autre par la taille du jean et, s'éclaircissant une nouvelle fois la gorge, l'a fait descendre à l'intérieur du tissu, sur ma peau.

J'allais avoir une attaque cardiaque.

Il s'est arrêté, a relevé les yeux, s'est *encore* éclairci la gorge, et m'a demandé :

— Tu veux me donner ta main ?

J'ai écarquillé les yeux avant de comprendre ce qu'il voulait *vraiment* dire. Incapable de prononcer le moindre mot, je lui ai tendu ma paume, affreusement moite. Il l'a prise et l'a glissée dans mon pantalon pour rejoindre la sienne.

— Laisse ta main là et écarte le tissu autant que tu peux. Je vais faire la même chose par en bas, et nous allons tirer sans toucher la brûlure.

J'ai opiné, le cœur au bord de l'explosion.

Sa main est ressortie, provoquant de nouveaux frissons sur son passage, et l'opération « dégagement » a commencé.

Elle n'était pas des plus faciles. Ce jean (merci Kelsey) était affreusement serré et, en dépit de nos précautions, chaque glissement m'arrachait un gémissement de douleur.

— Désolé, s'excusait-il à chaque millimètre gagné.

Ce n'était pas sa faute, et j'aurais dû le rassurer, mais j'aimais trop la façon dont il prononçait ce mot pour l'arrêter.

Après quelques minutes de cette laborieuse et pénible manœuvre, mon jean est tombé sur le sol.

Nous avons ri – comme dans un film quand les héros ont réussi à désamorcer une bombe après un abominable suspense. Et quand nous nous sommes arrêtés, je me suis aperçue que ses mains étaient toujours sur ma jambe. L'une me tenait la cheville et l'autre caressait le tour de la brûlure.

S'il continuait, j'allais me liquéfier.

— Je… euh, merci.

Comme s'il se rendait brusquement compte de ce qu'il faisait, ses yeux ont glissé sur ses mains. Mais au lieu de les enlever tout de suite, il a souri et les a laissées traîner sur ma jambe.

— De rien. Maintenant, il faut refroidir la brûlure. On peut la passer sous l'eau.

Je m'imaginais, la jambe en travers du lavabo ou nous deux essayant de manœuvrer dans ma baignoire. J'ai dû faire la grimace, parce qu'il a ajouté :

— On peut aussi appliquer un gant d'eau froide.

Je lui ai tendu celui accroché derrière moi. Il l'a imbibé avant de le poser sur ma peau. J'ai poussé un cri, mais le froid n'a pas tardé à me soulager, en tout cas suffisamment pour que je me détende pour la première fois depuis que nous étions chez moi.

— Tu te sens mieux ?

— Beaucoup mieux. Je ne porterai plus jamais de jean aussi serré.

— Pour le coup ce serait *vraiment* dommage, a-t-il répliqué.

S'il continuait sur ce ton, ce n'était pas d'un gant, mais d'une douche glacée que j'allais avoir besoin.

— Je n'aurais jamais dû te pousser à monter sur cette moto, a-t-il repris. Je suis désolé.

— Ce n'est pas ta faute, j'aurais dû savoir que c'était brûlant et surtout, faire attention.

— Je n'arrive pas à croire que tu n'aies jamais fait de moto de ta vie.

— Il y a beaucoup de choses que je n'ai jamais faites.

Avant même qu'il ne dresse un sourcil, je regrettais mes paroles.

— Du genre ?

Im-bé-cile, im-bé-cile, martelait mon pouls à mes oreilles.

— Euh… c'est la première fois que je croise un Anglais, par exemple.

Il a ri. Pas moi. La main qu'il passait dans ses cheveux me donnait une furieuse envie de faire la même chose *avec la mienne.*

— C'est pour ça que tu m'as embrassé, alors ? Toutes les Américaines ont l'air de raffoler des accents.

— Si je peux me permettre, l'ai-je corrigé la gorge nouée, c'est toi qui m'as embrassée.

— C'est vrai, a-t-il admis en se levant pour imbiber de nouveau le gant.

Quand il l'a remis, j'étais dans un tel état de surchauffe que je n'ai pas vraiment senti la différence. D'autant qu'il m'avait repris la cheville.

— À ton tour, lui ai-je dit d'un ton aussi neutre que possible.

— Mon tour ?

— De me dire quelque chose que tu n'as jamais fait.

— Eh bien, je n'avais jamais dragué dans un bar.

Ma mâchoire s'est décrochée.

— Jamais ?

Comment était-ce possible ? Sublime comme il l'était ! Peut-être que les filles se jetaient à ses pieds avant même qu'il n'ait franchi la porte, ce qui lui évitait la peine d'entrer.

Il a haussé les épaules et, du même coup, s'est mis à me caresser le pied.

— Je sais que c'est contraire à tout ce qu'on raconte sur les Anglais, mais me saouler consciencieusement le soir dans les bars n'a jamais été ma tasse de thé.

— La mienne non plus.

C'était vrai, même si la tête me tournait encore de toute la tequila que j'avais ingurgitée.

— Et qu'est-ce qui a conduit cet Anglais atypique au Texas ?

— Je vis aux États-Unis depuis pas mal de temps. Je suis arrivé pour mes études et ne suis jamais reparti. En fait, je viens de me réinstaller au Texas. J'ai déjà vécu ici.

— Moi aussi. Quand j'étais petite.

J'avais grandi dans cet État, mais mes parents avaient déménagé l'année de ma quatrième. J'avais toujours prévu de revenir pour mes études.

Il est allé mouiller le gant une troisième fois, et nous avons continué de parler, notamment des difficultés qu'il avait rencontrées en arrivant aux États-Unis.

— La première fois qu'on m'a complimenté sur mon pantalon, j'ai cru que j'avais oublié de le mettre !

— Je ne comprends pas.

— Ce que vous appelez *pants* ici veut dire « slip » en Angleterre.

J'ai éclaté de rire.

— C'est bon à savoir !

— Et le jour où j'ai demandé une gomme à ma voisine, que toute la classe a éclaté de rire, j'ai bien failli reprendre l'avion pour Londres. Comment aurais-je pu savoir que vous disiez *eraser* et, surtout, que le mot anglais *rubber* signifie « capote » chez vous ?

J'ai essayé de retenir mon rire, sans succès. Après tout, son hilarité en me voyant jean baissé sur les toilettes tout à l'heure méritait bien une vengeance.

— L'adaptation a dû être terrible, ai-je fini par lui offrir.

Il a pris le morceau de gaze que j'avais préparé sur le lavabo, l'a posé sur la brûlure et délicatement pressé les bords adhésifs.

— On s'y fait. Et je me débrouille bien mieux aujourd'hui. J'avoue que, quand je vais à Londres, ce que je fais de temps en temps, j'ai un peu de mal à m'adapter au retour, mais finalement, je me suis bien intégré.

— À part l'accent.

Il a souri.

— Ce n'est pas maintenant que je vais m'en débarrasser ! Comment attirer l'attention de jolies filles comme toi, sinon ?

— En lisant Shakespeare dans un bar.

Les vibrations de son rire m'ont traversée.

— Tu es adorable, a-t-il repris.

— Oui… « ridiculement adorable ».

— Peut-être préfères-tu « ridiculement sexy » ?

Ma tranquillité, déjà fragilisée, s'est envolée d'un coup. J'en ai même arrêté de respirer. Que pouvais-je répondre à ça ? Rien.

— Peux-tu me dire ce que signifie ce regard ?

Parmi la multitude d'émotions qui me parcouraient, je n'avais aucune idée de celle qui s'affichait sur mon visage. Alors j'ai haussé les épaules.

— On dirait que personne ne t'a jamais dit que tu es sexy.

Peut-être parce que personne ne me l'avait jamais dit, en effet.

— Ce qui est évidemment impossible, a-t-il poursuivi. Quand je t'ai vue, j'étais à peine capable d'empêcher mes mains de te toucher, et nous venions de nous rencontrer. C'eût été embarrassant, si ça n'avait été si agréable.

Nous y étions. J'étais peut-être vierge, mais j'en savais assez pour comprendre à quel moment un homme en vient… au fait. Curieusement, ses intentions ne me gênaient pas. Il me caressait toujours la cheville et s'il ne m'embrassait pas très vite, j'allais… gémir.

— Regarde, a-t-il repris, je ne peux même plus enlever mes mains maintenant.

Elles remontaient en effet le long de mes jambes, et, muette, je l'ai regardé se mettre sur les genoux. Pétrifiée sur les toilettes, je ne voyais que son visage à quelques centimètres du mien.

— Dis-moi que je ne suis pas fou.

Impossible. J'étais trop détraquée pour juger de l'état mental de quiconque.

— Dis-moi que je peux t'embrasser.

Ça… c'était dans mes cordes.

— Tu peux…

Je n'avais pas terminé que sa bouche était sur la mienne. En guise de brûlure, je préférais nettement celle-ci.

5

Notre baiser s'est interrompu trop vite. J'ai bien tenté de rattraper le gémissement de protestation qui m'échappait, mais il était trop tard. C'était, heureusement, inutile : Garrick s'était levé et m'attirait dans ses bras.

— Voilà qui est mieux, a-t-il constaté après s'être assuré qu'aucun interstice n'existait entre nous.

Au lieu d'acquiescer, je me suis dressée sur la pointe des pieds pour faire ce dont j'avais envie : l'embrasser encore.

Comparé au précédent, ce baiser était doux, presque incertain et aussi frémissant que les premiers crépitements des flammes au départ d'un brasier.

J'en frissonnais. Pour la première fois de ma vie, je n'écoutais que mes sensations ; celles que m'inspirait le corps pressé contre le mien, celles – si étourdissantes – de la langue qui jouait avec la mienne, les mille picotements de ma peau là où se posaient ses mains. Je ne pensais à rien d'autre. Je ne cherchais pas à respirer, à savoir si mes gestes étaient les bons, à me demander ce qu'il attendait.

Je m'abandonnais et j'avais envie d'aller plus loin. Alors j'ai laissé mes mains remonter sur sa taille. Ses lèvres se sont mieux pressées contre les miennes, son baiser s'est approfondi, et quand je me suis arrêtée sur son torse, pour éprouver la fermeté de ses muscles sous mes paumes, il m'a saisie par les hanches et plaquée contre lui.

La force de son désir (d'accord, de son… érection) m'a coupé le souffle, et un frisson de panique m'a traversée. Il n'a pourtant pas duré : sa langue contre la mienne, plus rapide et plus dure, m'entraînait bien au-delà de la nervosité. Portée uniquement par ce vertige, je me suis dressée un peu plus sur la pointe des pieds à sa rencontre.

Quand il s'est écarté, les yeux voilés, il a posé le pouce sur ma bouche, et m'a regardée longtemps.

— Tu *es* ridiculement sexy.

J'ai reposé les talons par terre. Son regard était trop pénétrant. J'avais réussi à ne (presque) plus penser, et il venait de relancer la machine.

— Cette remarque était inutile, j'étais déjà en train de t'embrasser.

— Et quel baiser !

Son pouce est de nouveau passé sur mes lèvres.

— J'aimerais recommencer… Ailleurs que dans ta salle de bains.

Ailleurs… Suggérait-il… ma chambre ?

— Oh… euh… oui, bien sûr.

Bien sûr ?

Il m'a fallu plusieurs secondes pour réussir à actionner la poignée de la porte.

Dans le couloir, toujours sombre, sa main s'est de nouveau posée sur mes reins.

— Il fait noir, je suis désolée, l'ampoule est grillée et je n'ai pas eu le temps de la changer.

Ses lèvres étaient sur mon oreille quand il a répondu :

— Ce n'est pas grave. Je n'ai rien contre le noir.

Je frissonnais encore quand nous avons débouché au salon. J'ai allumé une lampe, opérationnelle celle-ci. Mon appartement était d'un seul tenant. Deux murs étaient en briques apparentes, les autres peints d'une jolie couleur prune. Le plafond était haut, et différents conduits, vestiges d'un usage industriel, s'entrecroisaient au-dessus de nos têtes. Ma chambre était sur la droite, séparée du reste par un simple rideau lavande.

— Voici mon salon, ai-je annoncé d'un geste de la main.

S'attendait-il à une visite en bonne et due forme ou devais-je le conduire directement dans ma chambre ? N'ayant jamais vécu ce genre de situations, je n'avais aucune idée de la marche à suivre.

Je l'ai regardé, le cœur battant, faire le tour de la pièce.

— C'est sympa. Ça te ressemble, j'imagine.

J'ai rayonné de plaisir. J'adorais cet appartement. Il me donnait l'impression de vivre dans un épisode de *Friends*.

— J'ai honte d'avouer que je vis encore au milieu des cartons. La visite aurait manqué de charme.

Il pouvait raconter ce qu'il voulait, j'aurais préféré être chez lui. Il aurait pris l'initiative et m'aurait épargné l'embarras de ne pas savoir comment me comporter. Je détestais ne pas savoir ce que j'étais censée faire.

Ses yeux ont volé sur le rideau avant de se poser sur ma table basse. Il avait beau avoir été rapide, je l'avais vu.

Cette fois, me suis-je dit, c'est la bonne. Nous allons passer dans ma chambre, et je vais… coucher.

Devais-je lui dire que j'étais vierge ?

Oui, je devais le lui dire.

Mais fallait-il le dire maintenant ou… juste avant ?

Sentant souffler un vent de panique, je me suis rappelé le conseil de Kelsey et j'ai mis mes neurones en sourdine.

Suffisamment certaine que j'avais cessé de penser, j'ai avancé vers Garrick et, avant de faire machine arrière, lui ai tendu la main. Il l'a aussitôt prise, et je l'ai entraîné derrière le rideau. J'ai allumé une première lampe, puis une autre près de mon lit.

Quand je me suis retournée, il tenait à bout de bras la minijupe indécente que Kelsey avait tenté de me faire porter ce soir.

Nos yeux se sont croisés, mais son sourire était trop suggestif pour ce qui me restait de tranquillité. Je lui ai arraché le tissu des mains, ramassé les autres vêtements qui traînaient sur mon lit, et fourré le tout dans mon armoire.

— Désolée.

— Je ne me plains pas.

— Oublie. Tu ne me verras jamais dans cette jupe.

— Jamais ? Serait-ce un défi ?

— Non, une promesse.

Il a fait le tour de mon lit pour me rejoindre près du mur.

— Je serais heureux de t'aider à rompre cette promesse.

En même temps qu'il parlait, son pouce glissait sous la bretelle de mon débardeur.

— Je suis sûre que tu serais heureux de m'aider à faire beaucoup de choses.

— C'est vrai, a-t-il admis.

Et il m'a embrassée.

Avec ardeur.

Une ardeur à laquelle, le corps parcouru de frissons, je ne songeais pas, pas une seconde, à me soustraire. Il m'a soulevée. Mes pieds touchaient à peine le sol, mais je ne m'en souciais guère. Maintenue à sa hauteur, les mains dans ses cheveux, je ne songeais qu'à répondre aux lèvres qui me dévoraient.

Quand il a reculé, pour s'asseoir au bord du lit, mes jambes se sont instinctivement nouées sur sa taille. D'un geste, il m'a plaquée contre lui.

Si j'avais eu le moindre doute sur ce que nous étions en train de faire, il se serait envolé à ce moment-là. Ses lèvres ont glissé sur mon cou, s'y sont arrêtées un instant, puis ont repris leur course le long de mon épaule. Je croyais qu'il allait s'interrompre, bloqué par la bretelle de mon débardeur, mais il l'a fait glisser sans s'écarter un seul instant. Sentant son autre main se faufiler sous le tissu, j'ai relevé son visage pour l'embrasser.

Sa caresse, le long de ma taille, soulevait un brasier dans son sillage, et quand elle s'est refermée sur mon sein, je me suis arquée, électrisée, contre lui. Il a gémi. Ma jupe était retroussée sur mes cuisses. Si peu de choses nous séparaient que mon mouvement des hanches, involontaire, m'a à mon tour arraché un gémissement. Mon caraco n'a pas tardé à voler au-dessus de ma tête.

Livrée à son regard, j'ai résisté à l'envie précipitée de me rhabiller. Heureusement que j'avais écouté Kelsey et opté pour un ensemble de dentelle noir et blanc. Le désir qui brûlait dans ses yeux était aussi rassurant. Il était si manifeste que je n'avais pas non plus à m'inquiéter du petit bourrelet qui m'avait tellement stressée tout à l'heure. De toute façon, ses mains me l'auraient fait oublier. L'une s'était posée sur mon sein et le pressait doucement, tandis que l'autre, sur ma nuque, m'attirait vers sa bouche. J'étais prête à cueillir son baiser quand, au dernier moment, il a dévié de sa trajectoire pour m'embrasser au creux de l'oreille. Ma réaction m'a stupéfiée. Ce n'était qu'un baiser innocent, tout à fait chaste, mais je me suis agrippée à ses cheveux, comme s'il m'avait fouettée, et mes hanches se sont cambrées contre lui.

— Ce n'est pas ridiculement sexy que j'aurais dû dire, ai-je entendu sa voix rauque murmurer à mon oreille, mais *incroyablement* sexy.

J'étais surtout incroyablement excitée.

Et je l'étais encore plus lorsque, après m'avoir allongée, en même temps qu'il m'embrassait, il s'est débarrassé de sa chemise. Je découvrais ce que mes mains m'avaient laissé deviner : un corps parfait. Absolument parfait, à demi nu, et autour duquel mes jambes étaient toujours nouées.

C'est maintenant, me suis-je dit, maintenant que je dois lui dire. Il me suffisait d'ouvrir la bouche et de prononcer trois petits mots.

Je suis vierge.

Trois petits mots de rien du tout, et c'était dit.

J'ouvrais la bouche quand il est descendu sur moi.

Ces trois petits mots n'ont jamais eu la chance de sortir.

En se posant sur mon ventre, ses lèvres avaient désintégré ce qui me restait de réflexion.

6

Je n'allais pas survivre. S'il continuait d'explorer toutes les parties de mon corps de cette façon, j'allais mourir avant même d'avoir connu le sexe.

J'en étais pourtant très proche. Car, après m'avoir longuement parcourue, ses mains brûlantes jouaient maintenant avec l'élastique de mon slip. Il allait le glisser sur mes hanches et, tandis que ses lèvres continueraient de m'embrasser, il allait…

C'est alors que mon cerveau surchauffé a disjoncté.

Je ne savais pas très bien ce que Garrick allait faire, ou comment il allait s'y prendre, mais j'étais sûre, sûre et certaine, d'une chose : j'allais être lamentable… Plus lamentable que je ne l'avais jamais été. Si lamentable qu'il ne voudrait plus jamais me revoir (or je voulais *vraiment* le revoir). Et l'expérience allait se montrer si désastreuse, tellement traumatisante que je ne voudrais plus jamais la tenter ; toutes mes relations futures allaient échouer et je finirais vieille fille, aigrie et malheureuse, avec neuf chats et un furet.

Je ne voulais pas finir vieille fille avec neuf chats et un furet.

Sa main, indifférente à mes angoisses, poursuivait sa ronde ensorcelante… Douce et brûlante, elle s'infiltrait maintenant *sous* la dentelle de ma culotte ; suspendue à ses gestes, je me sentais tout sauf malheureuse.

Mon corps se résumait à l'endroit où il le touchait, et c'était… prodigieux. Ses doigts glissaient à l'*intérieur* de moi et me poussaient à leur rencontre. Et, le dos cambré, le souffle court, je ne pouvais que réclamer chacune de ses caresses, chacun des mille baisers qu'il essaimait sur mes seins.

Le prodige ne s'arrêtait pas là. Mes mains, animées de leur propre volonté, glissaient de son dos à sa taille, de sa taille à sa ceinture pour dégrafer son pantalon. Un grondement a roulé dans sa gorge, et ses lèvres se sont écrasées sur les miennes. Son baiser était féroce, mais j'avais beau lui répondre, le dévorer moi-même, je n'étais pas satisfaite. Alors j'ai glissé la main dans sa ceinture. Il s'est figé, avec un grognement rauque.

— Bon sang, Bliss…, a-t-il lâché dans un souffle.

Les lèvres collées aux miennes, il m'a donné un court baiser avant de s'écarter. J'ai entendu le tintement de son ceinturon, mais au lieu de suivre ses gestes, j'ai gardé les yeux fixés sur ses épaules, puis sur le plafond. Je sentais, sur ma paume, l'empreinte chaude et frémissante qu'il y avait laissée…

Je voulais coucher avec lui. Je le voulais vraiment.

Je me répétais ce mantra quand ses lèvres et ses mains sont revenues – presque désespérées – sur moi.

J'avais envie de ce qui allait se produire, j'en frémissais même d'impatience.

Il a fait glisser ma culotte, s'est installé entre mes jambes, et tout à coup… c'était comme si on m'avait… plongée dans la glace.

J'allais connaître le sexe.

Avec un homme que je venais juste de rencontrer, dont je ne savais strictement rien.

Et qui ne savait strictement rien de moi… dont le fait que j'étais vierge.

Je ne voulais pas m'arrêter, j'en avais assez d'être vierge, et il était incroyablement sexy, mais je… ne pouvais pas. Je ne pouvais pas faire ça… Pas comme ça. Même avec lui.

C'était juste… impossible.

Je me suis figée.

J'aurais dû lui dire que j'étais vierge, ou que je n'étais pas prête. Ce n'était pas facile à dire ni agréable à entendre, mais il aurait compris… sans doute.

À la place, les yeux sur la bonbonnière en forme de chat héritée de mon arrière-grand-mère, je me suis entendue dire la plus absurde de toutes les élucubrations qui m'étaient jamais venues à l'esprit :

— Arrête ! Le chat ! Arrête…

Qu'étais-je en train de raconter ?

J'ai posé les mains sur ses épaules pour le repousser.

Il s'est redressé, les yeux sombres, les cheveux en bataille, les lèvres gonflées par nos baisers. J'ai failli changer d'avis. Il était presque irrésistible. Presque.

— Le chat ?

— Oui, je ne peux pas faire ça… maintenant, parce que… j'ai… un chat. Oui, j'ai un chat que je dois, euh… aller chercher. Dont je dois m'occuper ! C'est ça ! Je dois m'occuper de mon chat ! Du coup… je ne peux pas faire *ça*.

J'ai écarté les mains, en espérant ne pas avoir l'air aussi folle que je le pensais. Improbable.

Je n'avais même pas de chat !

J'ignorais ce qui m'avait pris. J'avais seulement envie de me donner des gifles. J'aurais même pu me jeter dans un bain d'acide chlorhydrique sans avoir besoin du moindre encouragement.

Garrick devait avoir l'esprit aussi embrouillé que le mien, parce qu'il est resté concentré un moment avant de regarder autour de lui.

— Je ne vois pas de chat.

Je sentais ma gorge s'assécher. J'avais toujours été une menteuse pitoyable, et, si je ne voulais pas vivre une nouvelle humiliation, j'avais intérêt à vite trouver une explication.

— Tu ne vois pas de chat, parce que… il n'est pas là. Oui, mon chat n'est pas là et… je dois aller le chercher. J'ai oublié, j'étais censée aller chercher mon chat.

Il a jeté un œil sur le réveil qui indiquait minuit vingt.

— Tu es censée aller le chercher maintenant ?

Je l'ai poussé et il s'est laissé rouler sur le côté. Il était complètement nu. J'étais en soutien-gorge et en jupe, mon slip enroulé autour de la cheville.

— Oui… il est chez, euh… le vétérinaire. Un vétérinaire ouvert vingt-quatre heures sur vingt-quatre.

— Un vétérinaire ouvert vingt-quatre heures sur vingt-quatre ?

— Euh, oui. Il en existe aux États-Unis. Parfaitement.

Le bain d'acide chlorhydrique me paraissait de plus en plus tentant.

— Je devais y aller beaucoup plus tôt.

— Tu ne peux pas y aller demain matin ?

J'étais debout sur un pied, en train d'enfiler mon slip, et j'ai, bien sûr, trébuché pour m'étaler par terre.

— Attention, Bliss !

Il a bondi pour s'agenouiller devant moi, ce qui m'a encore plus embarrassée parce qu'il était *toujours* complètement nu et *toujours*… prêt.

— Ça va, je t'assure. C'est juste que… si je n'y vais pas maintenant, je devrais payer plus cher et je n'ai pas les moyens.

— Bon, laisse-moi m'habiller et je t'accompagne.

— *Non !* Euh, non, ça ira. Ton serrurier ne va pas tarder. Tu ne devrais pas l'attendre ?

J'ai fini sur un sourire, l'air de dire « tout ça n'est pas bien grave », mais j'étais sûre d'avoir l'air d'une folle.

Il a regardé une nouvelle fois le réveil, et son sublime visage s'est un peu rembruni.

— Oui, sans doute.

— Super. Je file. Tu n'as qu'à, euh, partir lorsque tu seras…

Mes yeux ont glissé sur lui, et je me suis sentie dégringoler dans un gouffre de stupidité, de mortification et de désir.

— Quand tu seras, euh, paré. Non… préparé. Prêt ! Enfin, quand tu voudras.

Puis j'ai franchi le rideau qui sépare ma chambre du reste de mon appartement et me suis enfuie, sans m'arrêter à son appel.

J'étais au milieu du parking quand je me suis aperçue :

1. Que je n'avais pas de chaussures. Ni de chemise.

2. Que je n'avais pas mes papiers ni mon téléphone ni rien d'autre.

3. Que j'avais laissé un parfait étranger chez moi, seul, nu comme un ver.

Quiconque prétendait que les coups d'un soir étaient simples et sans conséquence n'avait jamais croisé la catastrophe que j'étais.

7

Garrick est resté chez moi dix bonnes minutes après mon départ.

Dix bonnes et interminables minutes que j'ai vécues comme un calvaire humiliant (quatre personnes m'ont vue en jupe et en soutien-gorge, cachée au coin de mon immeuble), douloureux (onze moustiques se sont régalés de mes pieds nus), désespérant (je me suis, à vingt-sept reprises, arraché les cheveux en me traitant de crétine), et pitoyable (je n'ai tenté qu'une seule fois de ne pas pleurer – sans y arriver, bien sûr).

Que faisait-il donc ? Pourquoi mettait-il si longtemps à s'habiller ? Fouillait-il dans mes affaires ? Saccageait-il mon appartement parce que je l'avais planté comme s'il était le plus grand ringard de toute l'humanité ? J'en aurais peut-être fait autant, à sa place…

Quand il est enfin sorti, je l'ai regardé fermer ma porte et… s'arrêter. Il a contemplé un bon moment le numéro cloué sur le chambranle, puis il a secoué la tête et s'est éloigné.

J'ai attendu que sa silhouette disparaisse, et j'ai encore laissé passer cinq minutes, au cas où.

Six piqûres de moustiques, un passant de plus et quatre idées de suicide plus tard, je suis rentrée chez moi, me rouler en boule sur mon lit. Le lit dans lequel j'avais failli connaître le sexe. Enfin, le lit dans lequel j'avais *voulu* connaître le sexe… Le lit surtout qui avait accueilli, et vu entièrement nu, un Anglais incroyablement sexy.

Ma stupidité n'avait pas de bornes. La preuve : croyant sentir le matelas encore chaud là où il s'était allongé, j'ai enfoui le visage dans l'oreiller pour respirer ce qui restait peut-être de son parfum, comme ces héroïnes de films ou de romans roses.

Il n'en restait (évidemment) rien. Et j'étais pitoyable.

Je ne pouvais pas dormir dans ce lit sans devenir complètement folle.

Alors j'ai pris mon oreiller et me suis laissée tomber sur le canapé, engourdie, probablement en état de choc. Ma seule consolation était de penser que l'humiliation que je venais de m'infliger ne franchirait pas les murs de mon appartement. Personne n'avait été témoin de ma déchéance… à part Garrick. Et après ma petite démonstration de folie, j'étais pratiquement sûre qu'il mettrait autant de soin à m'éviter que j'allais mettre d'empressement à ne *pas* le croiser. On pouvait habiter la même résidence, si ça ne dépendait que de moi, on ne se reverrait jamais.

Le jour s'est levé beaucoup trop tôt sur mon désastre. Ma nuit sur le canapé me laissait rompue, et j'avais un mal de tête épouvantable, à croire que je m'étais vraiment arraché les cheveux, la veille.

Stupide tequila.

Je me suis traînée dans la salle de bains au rythme d'un escargot. Je sortais de la douche quand on a frappé à ma porte. Kelsey, qui essayait de voir à travers le carreau, m'est pratiquement tombée dans les bras quand j'ai ouvert. Elle m'a souri et demandé :

— Il est encore là ?

J'ai soupiré.

— Non, Kels, il est parti.

Je me suis éloignée, la tête entre les mains pour tenter d'apaiser la tempête qui faisait rage, la laissant fermer la porte derrière elle. Que je l'invite ou non, je savais qu'elle allait me suivre.

— Tu m'as l'air de bonne humeur, a-t-elle raillé dans mon dos. C'était si horrible ? Il était quoi… tout petit ?

— Non !

Je n'avais pas de quoi faire des comparaisons, mais j'étais sûre que Garrick n'était pas sous-dimensionné. Ce n'était en tout cas pas le souvenir que j'en avais gardé.

— Oh ! il est juste nul, alors ?

J'aurais dû lui dire que je n'avais pas conclu, mais j'avais mal au crâne, l'estomac retourné et aucune envie de me voir obligée de ressortir, le soir même, à la recherche du candidat numéro deux.

Alors j'ai menti.

— Non, c'était bien. J'ai juste la gueule de bois.

— Bien ? *Bien ?* Arrête, Bliss, ce mec est une bombe ! Fais au moins semblant d'avoir aimé !

— J'ai aimé !

Ce commentaire se limitait bien sûr aux seuls et uniques préliminaires de toute mon existence, mais j'étais sincère : ils avaient été torrides.

— Je l'aime bien, me suis-je entendue préciser, avant de le regretter aussitôt.

— Oh, non ! s'est aussitôt récriée Kelsey. Non, tu ne l'aimes pas ! Ni bien ni un peu ni tout court. C'est ton premier, d'accord, mais ce n'est pas une raison pour tomber raide de lui. C'était physique, Bliss. C'est tout. Et si tu t'imagines l'épouser, compte sur moi pour t'arracher de l'autel par les cheveux.

— Évidemment, ai-je répliqué en haussant les épaules.

J'avais beau jouer la désinvolture, ma gorge s'était brutalement asséchée, et je me sentais rougir.

— Je ne suis pas niaise à ce point.

J'espérais qu'elle mettrait ma réaction sur le compte de l'embarras, mais elle me devinait comme personne.

— Je ne suis pas amoureuse, ai-je alors ajouté, et je n'ai aucune intention de l'épouser. Pour tout dire, je me souviens à peine de ce qui s'est passé.

Je n'avais pas besoin de me souvenir, mes sensations étaient gravées dans ma mémoire. Si seulement l'excès de tequila avait pu les noyer, ou mieux, effacer complètement ce qui s'était passé… à la fin.

— Dommage. C'était quand même bien ?

— Oui, ai-je répondu en me forçant à sourire. Très bien.

Elle m'a serrée dans ses bras. Je savais que cette étreinte était censée nous unir dans une sorte de communion autour d'une même complicité, mais, comme de mon côté tout n'était que mensonge, je me suis laissée faire comme si elle ne faisait que me réconforter de ma stupidité.

— Bien, a-t-elle repris en s'écartant, maintenant active-toi. Si je n'ai pas un café avant les cours, je meurs. Je n'ai toujours pas récupéré le manque de sommeil des vacances de Noël et je me sens comme un zombie.

Pour Kelsey, se sentir comme un zombie signifiait que sa vitalité était à six sur une échelle de un à dix. Elle était pétillante, bavarde, toujours vive, et son énergie – inépuisable – était communicative.

Pour ma part, j'ai arrêté de me croire exubérante le jour où j'ai commencé mes études de théâtre. Au milieu de gens avides de tenir la vedette, j'ai découvert que je préférais observer.

La cafète du campus était occupée par une horde d'autres zombies en manque de sommeil. Le temps que j'obtienne mon macchiato caramel, j'étais bien réveillée et, si nous continuions de traîner, nous allions définitivement être en retard au premier cours du dernier semestre de notre dernière année d'études.

Nous frayant un chemin à travers le groupe d'étudiants branchés qui fumaient devant les portes, nous nous sommes engouffrées dans le bâtiment des beaux-arts, pour découvrir, tout au bout du couloir, que les portes du théâtre où se déroulaient nos cours de comédie étaient déjà fermées.

— *Shipoopi*, a entonné Kelsey.

Parce que nous connaissions nos classiques, et parce que la vie, parfois, a besoin d'un accompagnement musical, nous avons entonné les paroles de *The Music Man* (mais à voix basse, et en mode accéléré, parce que nous étions *vraiment* en retard).

Il était impossible d'entrer sans faire un vacarme épouvantable. Quoi qu'on fasse, les portes ne s'ouvraient qu'en gémissant et ne se fermaient qu'en claquant. Nous en avons ouvert une pour entendre aussitôt Eric Barnes, le directeur du département théâtre, nous lancer :

— Vous êtes en retard !

— Désolée, Eric ! avons-nous répondu en chœur.

Prenant garde à ne pas renverser nos cafés, nous nous sommes faufilées le long des rideaux qui bordaient la salle et installées sur les premières places libres dans les gradins.

Après avoir posé mon gobelet, j'ai fouillé dans mon sac à la recherche de mon stylo et de mon carnet de notes.

— Comme je le disais, reprenait Eric, Ben Jackson était censé diriger ce cours.

Ben était notre professeur préféré, mais il avait décroché un rôle dans un spectacle new-yorkais très attendu et s'était mis en congé jusqu'à la fin de l'année.

— Ben restant à New York plusieurs mois, poursuivait Eric, nous avons choisi, pour le remplacer, l'un de nos meilleurs anciens élèves, M. Taylor.

J'avais enfin trouvé un stylo, il était vieux, mais ferait l'affaire. Au même moment, Kelsey m'a prise par le coude et violemment tirée vers elle. Je l'ai regardée, interloquée, avant de suivre son regard sur l'estrade. Le stylo que j'avais eu tant de mal à récupérer m'a glissé des mains pour se perdre dans l'abîme sous les gradins.

Le nouveau professeur, alors qu'il aurait dû répondre aux applaudissements de l'amphithéâtre d'un geste de la main, ou au moins en souriant, avait les yeux rivés sur moi. Je me suis félicitée, en croisant son regard, d'avoir posé mon café.

Parce que le nouveau professeur était l'homme qui s'était trouvé dans mon lit, tout nu, quelques heures plus tôt.

M. Taylor, de son petit nom Garrick, était mon professeur.

8

Il s'est passé des heures, des siècles, avant qu'il ne détourne les yeux. Quand il l'a fait, son sourire était embarrassé, et il tripotait nerveusement son nœud de cravate.

— Merci, Eric, merci à tous. Mais s'il vous plaît, appelez-moi Garrick.

En découvrant son accent, j'ai entendu – distinctement – toutes les filles de l'amphi frémir en soupirant. Kelsey, j'en étais sûre, avait les yeux rivés sur moi, mais je gardais les miens résolument fixés sur un des projecteurs au-dessus de l'estrade, en faisant de mon mieux pour contrôler les battements frénétiques de mon cœur.

C'était une catastrophe. Une *épouvantable* catastrophe. Le règlement ne plaisantait pas sur les relations entre les professeurs et les élèves. L'exclusion définitive était la règle, doublée d'une interdiction d'enseigner pour le professeur coupable.

— Comme Eric vous l'a dit, j'ai commencé mon cursus ici avant d'obtenir mon master en théâtre et arts de la scène à l'université Temple de Philadelphie, en mai dernier. Je travaillais depuis six mois quand Eric m'a contacté pour me proposer ce poste.

Partagée entre l'envie folle et la terreur de croiser son regard, j'ai glissé un œil prudent dans sa direction.

Il ne me regardait pas. En fait, il était tourné vers les élèves de l'autre côté de la salle et ne s'adressait qu'à eux. En dehors du fait qu'il ignorait complètement les gradins où je me trouvais, il ne montrait aucun signe d'inquiétude ou de trouble. J'étais, de mon côté, en pleine ébullition. Les joues me brûlaient et je sentais mes mains, serrées entre mes genoux, trembler comme des feuilles.

— J'ai adoré mes quatre années passées ici et je suis…

Il s'est alors tourné vers moi, et je n'ai rien pu faire d'autre, que lui rendre son regard, pétrifiée. Il s'est éclairci la gorge, puis s'est retourné de l'autre côté.

— Je suis très excité de revenir ici.

Je voulais disparaître au fond d'un trou et mourir.

Je voulais disparaître au fond d'un trou, au fond d'un précipice, être ensevelie sous une avalanche *et* mourir.

Je voulais… pleurer.

Eric s'est excusé puis nous a laissés « faire plus ample connaissance » avec notre professeur. J'aurais bien voulu m'excuser moi aussi, parce que je le connaissais déjà amplement.

— Bien, a commencé Garrick après son départ, je m'aperçois que je ne suis guère plus âgé que vous…

Nouveau bref regard dans ma direction ; j'avais de plus en plus de mal à respirer.

— Ma mission étant de vous éclairer sur la suite de votre parcours, c'est plutôt un atout. Nous aimons tous Eric, Ben, Kate et tous les professeurs de la faculté, mais soyons francs, ils ne sont pas de la première jeunesse.

Toute la salle a éclaté de rire. J'avais trop de mal à avaler la boule qui me nouait la gorge pour les imiter.

— Ils ont débuté à une toute autre époque. Quand j'étais assis à votre place, ce cours s'intitulait « Préparation aux métiers du théâtre » ; il s'appelle aujourd'hui « Carrières du théâtre – Gestion, technique et organisation ». Nous allons donc traiter les aspects pratiques de tous les métiers auxquels vous vous destinez, du déroulement concret des auditions à l'organisation syndicale professionnelle, en passant par toutes les branches du milieu théâtral. Nous parlerons aussi de l'aspect plus abstrait. Parce que je suis navré de vous le dire, mais le plus dur, bien que ce soit difficile, n'est pas de décrocher des rôles ou d'arriver à joindre les deux bouts. Le plus dur, c'est de garder la foi et de surtout ne pas oublier ce qui vous a, en premier lieu, poussé vers cette orientation.

Il n'avait pas besoin de nous rappeler nos angoisses à propos de notre futur. Nous avions tous conscience de l'incertitude qui était suspendue au-dessus de nos têtes. Depuis le début de l'année, nous enchaînions les discussions nocturnes, introspectives (et avinées, bien sûr) sur le sujet.

— Maintenant, j'aimerais vous entendre. Présentez-vous et dites-moi, en quelques mots, ce que vous envisagez de faire après votre diplôme.

Nous étions une vingtaine d'étudiants. Les huit premiers, après avoir décliné leur nom, ont annoncé « vouloir déménager à New York ».

Tout acteur rêve de s'installer à New York. Les plus chanceux y parviendront. Les autres doivent se montrer plus réalistes.

Cade, mon meilleur ami après Kelsey, a pris la parole.

— Cade Winston. Je suis partagé entre poursuivre

mes études et passer directement des auditions. Mais au fond, je ne sais pas si je veux *vraiment* poursuivre ou si j'ai seulement peur de me lancer.

Garrick a souri et, malgré mon stress, je n'ai pas pu m'empêcher de l'imiter. J'éprouvais la même incertitude pour beaucoup de choses, pas seulement le théâtre.

— Bien, a-t-il dit. Vous êtes sincère, Cade, c'est une excellente chose. Plus vous êtes sincère avec vous-même, mieux c'est. C'est formidable d'avoir des rêves et de grands espoirs, mais ils sont plus faciles à briser qu'un plan solide. Nous tâcherons de découvrir ce que vous voulez vraiment devenir, pendant ce cours.

Après ce commentaire, tout le monde semblait d'accord pour dire ce qu'il pensait vraiment plutôt que réciter ce qu'il supposait qu'on attendait de lui.

Nous passions tant de temps à défendre notre orientation que nous avions du mal à montrer ne serait-ce que l'ombre d'une hésitation. Le choix de nos études avoué, tant de gens nous demandaient quel était notre plan B en cas d'échec, qu'il nous arrivait de croire que le plan B était finalement la meilleure solution.

Il m'arrivait parfois d'envier Kelsey. Elle n'avait peur de rien. Mais c'était peut-être plus facile d'être confiant quand on avait des parents fortunés.

— Kelsey Summers. Je vais prendre une année sabbatique pour découvrir le monde avant de décider ce que je veux faire. Il paraît que les acteurs les plus intéressants sont d'abord des gens intéressants. Alors je me dis que passer un an pour être plus fascinante que je ne le suis déjà est un bon investissement.

— Frimeuse, lui ai-je soufflé.

Elle a plissé les yeux et m'a pincé l'arrière du bras. J'ai

poussé un cri et failli tomber de ma chaise au moment même où Garrick posait les yeux sur moi.

— Et vous ?

J'ai dû détourner les yeux pour répondre.

— Bliss Edwards. Je suis partagée entre la scène et la régie. Comme il n'existe pas de master pour suivre les deux, je pense que je vais, euh… me lancer sur le marché du travail.

Quand je l'ai regardé, il s'était tourné vers Dom, assis un rang au-dessus de moi.

J'ai fermé les yeux et poussé un soupir. Kelsey m'a pris la main et l'a serrée.

Parce que nous étions gens de théâtre, et que ces gens-là aiment s'écouter parler, il nous a fallu vingt minutes pour finir les présentations. Et comme il ne restait que cinq minutes de cours, Garrick a conclu :

— Bien. Il semble que vous ayez tous songé à l'étape suivante. Mercredi prochain, venez avec vos CV, une photo, et soyez prêts pour une audition.

— Une audition ? a demandé Dom. C'est la première semaine de cours, il n'y a pas d'auditions avant des semaines.

Plus que quiconque, Dom aimait s'écouter.

— Aucune importance, a répliqué Garrick. Dans la vie, il vous arrivera de passer dix auditions par jour. Vous aurez parfois des semaines pour vous préparer, parfois une heure. Étant donné que vous ne serez acteurs que le jour où vous décrocherez un rôle, votre travail consiste à passer des auditions. Alors vous avez intérêt à être bons. Le cours est terminé. À mercredi prochain.

Son sourire n'était pas aussi sublime que ceux que j'avais vus la veille, mais il était suffisamment troublant pour me faire trébucher en descendant les gradins.

J'étais près du rideau, à deux pas de la sortie, lorsque j'ai entendu :

— Mademoiselle Edwards, puis-je vous parler une seconde ?

L'expression de Kelsey, qui hésitait entre l'euphorie la plus totale et la compassion, me donnait envie, pour la première fois depuis douze heures, de gifler quelqu'un d'autre que moi.

— On se retrouve à midi, pour déjeuner ? m'a-t-elle demandé.

J'ai opiné, doutant de survivre jusque-là. Je n'étais même pas sûre de pouvoir assister au cours suivant.

J'ai pris mon temps pour retourner sur mes pas. Dom bombardait Garrick de questions, alors je me suis arrêtée à côté de Cade. Si Kelsey était l'amie qui m'entraînait dans les bars et m'encourageait à braver l'inconnu, Cade était l'ami qui trouvait toujours le mot juste.

— Sur une échelle de un-cool à dix-abominable, où places-tu ta gueule de bois ? m'a-t-il demandé.

Ma bouche s'est tordue dans une sorte de grimace. Vu mon état émotionnel, c'était le mieux que je pouvais faire.

— Ça dépend… Maintenant ? Un bon sept. Mais si Dom essaie de me parler… il va falloir une échelle plus grande.

Il a éclaté de rire, et je me suis brièvement demandé comment la soirée se serait déroulée si c'était à lui que j'avais avoué mon secret, au lieu de le dire à Kelsey. Certainement pas de la même manière.

— Je dois filer. Science politique, a-t-il ajouté dans une grimace.

J'ai compati, heureuse d'avoir abandonné cette option l'an dernier.

— On se voit, ce soir ?

— Avec plaisir.

Cette fois, j'ai vraiment souri, parce que Cade dénichait toujours des bonnes adresses, et j'avais vraiment besoin de me distraire.

Il m'a embrassée sur la joue avant de se sauver.

Je me suis tournée vers Garrick qui m'observait, le regard sombre et les yeux plissés. Dom avait disparu. Il avait dû sortir de l'autre côté. Nous sommes restés face à face, immobiles et embarrassés. Il avait les mains enfoncées dans ses poches et moi, je triturais la bretelle de mon sac sur mon épaule.

Il a fini par toussoter.

— Comment va ta brûlure ?

J'ai baissé les yeux sur ma jambe. J'avais mis une jupe pour la laisser à l'air libre. J'ai légèrement soulevé le pied pour la lui montrer.

— Bien. J'ai refait le pansement. Ça commence à cloquer, mais d'après ce que je sais, enfin d'après ce que j'ai lu sur Internet, c'est normal.

J'ai relevé les yeux, mais il regardait toujours ma jambe. C'était tellement bizarre que je me suis raidie.

Il a encore toussoté.

— Alors comme ça… tu es étudiante.

— Alors comme ça… pas toi.

Il n'a pas bougé, puis il s'est éloigné subitement, avant de revenir vers moi, en passant une main agacée dans ses cheveux. Je ne pensais qu'à la façon dont mes mains s'y étaient enfoncées et à l'incroyable douceur que j'avais sentie sous mes doigts.

— J'avais pensé… Enfin, je n'étais pas vraiment en état de penser, s'est-il repris, mais tu n'as pas l'air d'être étudiante. Quand je t'ai dit que j'avais fait mes études ici et que je venais de me réinstaller, tu as répondu « moi aussi », alors j'ai cru que tu avais fait exactement comme moi.

Je n'arrêtais pas de cligner des paupières. Je n'essayais pas de retenir des larmes, ou de chasser une poussière, je ne pouvais simplement pas m'en empêcher.

— J'ai habité le Texas quand j'étais petite. Je voulais dire que j'étais revenue pour mes études.

Il a opiné une fois, une autre, puis il a continué. Il hochait la tête, je clignais des yeux, et pas un de nous ne disait ce qui devait vraiment être dit.

Comme je ne supportais pas le silence, c'est moi qui l'ai rompu :

— Je ne dirai rien.

Il a dressé les sourcils, mais je n'aurais pas su dire si c'était d'étonnement, d'approbation, de contrariété ou juste par réflexe.

— Je veux dire, ce n'est pas comme s'il y avait quoi que ce soit à, euh… raconter. Ce n'est pas comme si nous… Enfin, nous n'avons pas… fait la bête à deux dos.

Oh, non !

Mourir. *Je voulais mourir.* Je voulais mourir *tout de suite.*

« La bête à deux dos » ? J'étais sérieuse ?

J'avais vingt-deux ans et, au lieu de prononcer le mot « sexe » ou n'importe quelle formule un peu adulte qui se rapportait à… la chose, j'avais recours à une référence à Shakespeare ! Une référence à Shakespeare très, très embarrassante.

Et il souriait ! Et son sourire faisait naître de drôles de sensations au creux de mon estomac, des sensations qui me faisaient penser à la nuit dernière, un épisode auquel je n'avais aucun besoin de penser maintenant. Je ne voulais penser ni à des bêtes, ni à des dos, ni à la veille.

J'ai détourné le regard, respiré un grand coup et repris, aussi calmement que possible :

— Ce que je veux dire, c'est que ce n'est pas la peine d'en faire toute une histoire.

Il n'a pas répondu tout de suite. S'il attendait que je le regarde, il pouvait attendre longtemps.

— Tu as raison, s'est-il enfin décidé. Nous sommes adultes. Nous devons oublier ce qui s'est passé hier.

Je ne risquais pas d'oublier ce qui s'était passé la veille, mais je pouvais faire semblant. Je pouvais jouer la comédie. Je suivais même des cours pour ça.

— Parfaitement, ai-je approuvé.

Je me suis tournée pour partir, mais sa voix m'a retenue :

— Comment va ton chat ?

— Quel chat ? Oh ! *Mon* chat. Bien sûr. Le chat qui… m'appartient. Oh, elle… je t'ai dit que c'est une femelle, n'est-ce pas ? Elle va bien. Tout en miaous, câlins et ronrons, comme font les chats, quoi.

Pourquoi les portes étaient-elles si loin ?

J'ai continué d'avancer, lâchant par-dessus mon épaule :

— Je dois aller en cours. On se verra mercredi, j'imagine. Salut !

J'ai bondi hors de la salle, me suis élancée dans le couloir en courant et me suis précipitée dans les toilettes pour handicapés que personne n'utilisait jamais.

Une fois là, je suis tombée à genoux. (*Sur* le carrelage des *toilettes*, preuve flagrante de mon état… désespéré.)

Au bord de l'asphyxie.

Il n'y avait que moi pour sortir accidentellement avec un professeur. Je ne risquais pas d'aller au cours suivant.

9

— La gêne était palpable, Kelsey.

À la cafète, accablée, je la laissais me nourrir de frites au taux de calories réconfortant.

— Tu exagères, Bliss.

Sa façon de me tapoter le dos n'avait rien de maternel, mais elle faisait de son mieux.

— La seule chose que j'ai ressentie, c'est la tension sexuelle. *Ça,* c'était palpable. Il ne t'a pas regardée souvent, mais chaque fois qu'il l'a fait… Au secours !

— Je ne survivrai pas à un semestre de cours.

— C'est ridicule, Bliss. Tu es actrice. Tu sais très bien que les acteurs couchent tout le temps les uns avec les autres. Une fois que c'est fait, ils passent à autre chose. Tu ne te souviens pas, en première année, de cette scène dans laquelle tu n'arrivais pas à jouer avec Dom, et qu'Eric vous a envoyés dans la salle à côté en vous disant de vous embrasser jusqu'à ce que vous soyez à l'aise ?

— Pourquoi est-ce que tu me rappelles maintenant le deuxième épisode le plus humiliant de ma vie ?

— Parce que tu t'en es remise !

— Je ne me remettrai jamais d'avoir senti la langue de Dom jusque dans ma gorge. Beurk !

— Tu t'en sortiras, Bliss. C'est l'affaire de cinq mois, à raison d'un cours par semaine. Ce sera fini avant même que tu ne t'en aperçoives. Après ça, tu pourras t'envoyer en l'air une dernière fois avec lui et venir faire le tour du monde avec moi.

— Tu racontes tellement de bêtises en une seule phrase que je ne sais pas par laquelle commencer.

— Commence par finir ton assiette, sinon on va être en retard au cours de mise en scène.

J'ai englouti quelques frites en grommelant.

Elle fouillait son sac à main, à la recherche de son téléphone, quand ses doigts se sont fermés sur autre chose.

— Oh, j'avais oublié ! J'ai de l'aspirine… Tu en veux ?

— Pourquoi ?

— Comment ça, pourquoi ? Tu n'as pas mal après… enfin, tu sais… cette nuit, quoi !

Je l'ai regardée bêtement.

— Mal ? Oh, oui ! me suis-je rattrapée en comprenant subitement. Non, non, ça va. J'en ai pris deux ce matin.

— Tu es sûre ?

— Oui. Ça ira, merci.

— Tu m'impressionnes, a-t-elle lâché, heureusement sans insister.

J'ai passé le reste de la journée en mode automatique, concentrée sur le moment où je pourrais enfin rentrer chez moi et m'enfoncer dans le cocon d'oubli qu'est le sommeil.

Cette heure venue, à peine franchi le seuil de mon appartement, et sans même prendre le temps de me changer, je me suis couchée.

La sonnerie du téléphone m'a réveillée. C'était Cade.

— Salut, ma belle ! Prête à sortir ?

Un œil trouble sur mon réveil m'a appris qu'il était dix-neuf heures. J'ai bâillé.

— Oui… bien sûr. Qu'est-ce que tu proposes ?

— Je pensais…

— Pas un bar, l'ai-je coupé. Je ne boirai rien ce soir.

Il a ri.

— Même pas un petit verre pour faire passer ta gueule de bois ? D'accord, a-t-il enchaîné devant mon grognement caverneux. Lindsay passe chez *Grind*, ce soir. Ça te dit de prendre un café là-bas ?

Lindsay était une de nos camarades. L'écouter chanter s'annonçait simple, agréable et réconfortant. Exactement ce qui me fallait.

— Excellente idée, Cade.

En sortant de chez moi, dix minutes plus tard, j'ai prudemment inspecté les environs. Je ne voulais surtout pas risquer de tomber sur Garrick. Sûre que la voie était libre, j'ai couru jusqu'au parking et grimpé dans la vieille Honda déglinguée de Cade.

Il m'a accueillie avec un sourire, et j'ai fait de mon mieux pour ne pas regarder vers l'immeuble de Garrick.

— J'ai oublié de te dire que tu es rayonnante, aujourd'hui. La gueule de bois te va à ravir. Et je ne parle pas de ta jupe ! Tu n'en mets jamais à la fac.

« Démarre ! » avais-je envie de lui dire, mais, même de ma part, il aurait trouvé ça brutal, alors j'ai répondu :

— Oh ! je me suis brûlée, je ne dois rien porter de serré.

— Tu t'es brûlée ? Comment ?

Je ne pouvais pas lui dire que c'était à cause d'un

pot d'échappement. Il m'aurait demandé ce que je faisais sur une moto, qui était le motard et comment je l'avais rencontré.

— Avec mon fer à lisser.

— Tu t'es brûlé le mollet avec… ton lisseur ? Tes cheveux sont longs jusqu'où ?

Avec la succession de mensonges que j'enchaînais depuis la veille, on aurait pu croire que j'avais fait des progrès. Pas du tout.

— Ha ! ha ! me suis-je exclamée le temps de trouver la parade, très drôle ! Il a glissé du lavabo, idiot, et m'est tombé sur la jambe.

J'ai traficoté la clim, qui ne marchait qu'à moitié, pour chasser le rouge qui me montait aux joues et me donner une contenance.

— Tu ferais peut-être bien de prendre un café glacé, ce soir, m'a-t-il glissé en regardant mes mains s'agiter nerveusement sur le tableau de bord. Au cas où tu le ferais tomber, lui aussi.

— Bien, chef.

Grind était une jolie maison en lisière du campus qui avait été transformée en café musical quelques années plus tôt. Des musiciens s'y produisaient presque chaque soir, que ce soit sur la scène aménagée à l'intérieur ou sous la véranda. Ce soir, l'endroit était bondé. Laissant à Cade le soin de nous trouver des places dehors, je suis allée nous chercher à boire. Suivant ses conseils, j'ai commandé un mocha glacé pour moi et un smoothie pour lui.

En sortant, quinze minutes plus tard, je n'avais aucune idée de l'endroit où il s'était posé. J'ai avancé entre les tables, saluant les gens que je connaissais. Lindsay, sur scène, m'a fait un sourire.

J'ai fini par dénicher Cade, devant une table presque au pied de la scène. Compte tenu de la foule, c'était un exploit.

Arrivée derrière lui, je lui ai donné un petit coup de coude dans le dos.

— J'ai bien cru que je n'allais jamais te trouver. Tu aurais pu m'envoyer un texto.

Il s'est tourné, m'a passé un bras autour des épaules et m'a pris son smoothie.

— Désolée, ma belle, j'étais en grande conversation. Regarde qui est là !

Il s'est poussé, me révélant Garrick assis à table.

N'ayant pas eu la chance de poser mon café, il m'a glissé des mains pour atterrir sur mes pieds.

— Mince, Bliss ! s'est exclamé Cade. Je plaisantais sur le café tout à l'heure, mais heureusement que tu m'as écouté. Tu aurais pu te brûler. Qu'est-ce qui t'arrive ? Tu n'es pas si maladroite, d'habitude.

Je ne pouvais pas dire un seul mot. J'avais les pieds froids, collants et les joues en feu.

— Assieds-toi, a continué Cade. Monsieur Taylor nous a proposé de partager sa table.

— Appelez-moi Garrick, Cade, s'il vous plaît.

J'étais sûre qu'il le lui avait déjà demandé une bonne douzaine de fois.

Sans s'arrêter à sa remarque, Cade s'est tourné vers moi.

— Je vais chercher des serviettes pour tes pieds. Tu veux un autre café ?

— Non, non merci, Cade. Reste, je vais m'en occuper.

— Pas question ! Tu adores les chansons de Lindsay. Changer le monde, le pouvoir des femmes, c'est ton truc tout ça. Je ne veux pas que tu rates le concert. Assieds-toi.

Il m'a appuyé sur les épaules jusqu'à ce que je cède, puis il s'est envolé, me laissant seule avec Garrick, une fois de plus.

— Que fais-tu là ? ai-je soufflé.

Sa voix, en comparaison de la mienne vibrante de colère, s'est élevée calmement, presque triste :

— Je n'ai pas encore de connexion Internet chez moi et j'avais besoin du Wi-Fi pour consulter mes e-mails. Je peux m'en aller, si tu veux.

Oui.

— Non.

J'ai soupiré.

— Je ne vais quand même pas te chasser. J'aurais seulement préféré que tu ne nous invites pas à ta table.

— Cade ne m'a pas dit que tu étais avec lui. Je voulais seulement lui rendre service.

— Oh ! je… Pardon, me suis-je excusée. C'est bizarre, c'est tout. Cade ne sait pas…

— Si c'est ça qui t'inquiète, m'a-t-il interrompue, ce n'est pas moi qui vais le lui dire. Je voudrais garder mon poste et, par ailleurs, ta vie privée ne me regarde pas. Ce qui s'est passé entre nous est terminé, a-t-il achevé d'un ton plus dur.

Terminé ? Pourquoi avais-je l'impression de recevoir un coup de poing dans l'estomac ? Mon regard s'est arrêté sur sa mâchoire serrée. Il avait la peau lisse.

— Tu t'es rasé, ai-je constaté.

Ses traits se sont détendus, pour lui donner un air légèrement interloqué.

— Euh… oui, je me suis rasé, en effet.

Nous sommes restés silencieux, et je n'arrivais pas à détacher les yeux de son visage. Le bleu de ses yeux était limpide, magnifique et, sans sa barbe, il avait l'air plus jeune, ou plus civilisé. Mais il était toujours aussi sexy.

En voyant ses yeux glisser sur mes lèvres, je me suis aperçue que je les mordillais, parce que j'avais envie, je mourais d'envie de… l'embrasser.

J'ai bondi de ma chaise.

— C'est une mauvaise idée ! Une très mauvaise idée. Je préfère partir. Tu n'as qu'à dire à Cade que je me sentais mal, ou ce que tu veux.

Il s'est aussitôt levé.

— Non, Bliss, attends. Je suis désolé Ne pars pas. Je vais… Je vais rester là, tranquillement, vous pourrez m'ignorer complètement, je te jure.

Au même moment, Lindsay s'est avancée sur l'estrade, les lumières se sont allumées et tout le monde a applaudi.

Si je voulais partir, je devais le faire tout de suite. Parce que si je m'en allais au milieu d'une chanson, elle ne comprendrait pas.

Alors, contre toute raison, je me suis rassise.

Garrick a tenu parole et gardé les yeux rivés sur l'écran de son ordinateur, sans doute pour trier ses e-mails. De mon côté, tandis que Lindsay vérifiait ses accords, je me suis forcée de ne pas tourner la tête vers lui.

Cade est revenu à l'instant où Lindsay remerciait le public.

— Tiens, m'a-t-il murmuré, Randy m'a laissé lui emprunter un torchon. Je me suis dit que ce serait mieux que des serviettes en papier.

Il a pris un de mes pieds sur ses genoux, m'a déchaussée et a commencé à m'essuyer avec le linge humide. Quand il a effleuré l'endroit chatouilleux entre mes orteils, j'ai gloussé.

Garrick a aussitôt cessé de frapper sur son clavier.

J'ai levé les yeux, mais il regardait Cade et… mes jambes. J'ai toussoté, enlevé mon pied et pris le torchon des mains de Cade.

— Merci, mais je préfère le faire moi-même. Je ne te fais pas confiance pour ne pas me chatouiller.

Garrick est retourné à son ordinateur, Cade s'est concentré sur Lindsay, et je me suis penchée sur mes pieds. À l'abri des regards, j'ai fermé les yeux et serré les dents.

Lindsay chantait l'une de ses toutes premières chansons. Je l'avais vue plusieurs fois, que ce soit sur scène ou en répétition, dans le foyer des étudiants entre deux cours. J'aimais sa musique acoustique, directe et pure, et ses textes qui, entre critique sociale et analyse de mœurs, épinglaient si bien les petits et les grands travers des hommes. C'est pourquoi, lorsqu'elle s'est penchée sur le micro pour annoncer la chanson suivante, j'ai été tellement surprise.

— Celle-ci ne me ressemble pas, a-t-elle commencé. L'adorable propriétaire de cet établissement…

Elle a tendu la main sur le côté de l'assemblée.

— Fais un signe, Kenny…

Il s'est exécuté, à contrecœur, mais il l'a fait quand même.

— Kenny, donc, m'a demandé au moins un texte qui ne soit pas… comment as-tu dit, Kenny ? « Amer ou politique », je crois que c'est ça. Comme je suis incapable d'écrire autre chose, je me suis tournée vers une amie. Elle veut rester anonyme, mais c'est elle qui a écrit le texte de la chanson que je vais maintenant interpréter. Elle s'appelle *Resist*.

Les premières notes de la guitare se sont élevées doucement, dans le style habituel de Lindsay, puis la mélodie est devenue mélancolique, passionnée, presque désespérée.

Quand elle s'est mise à chanter… j'ai regretté de ne pas être partie quand j'en avais eu l'occasion.

No matter how close, you are always too far
My eyes are drawn everywhere you are.

Tous les murmures s'étaient tus. C'était un changement de registre si radical que tous les regards étaient braqués sur elle. Tous, sauf celui que je sentais posé sur moi.

I'm tired of the way we both pretend,
Tired of always wanting and never giving in.
I can feel it in my skin, see it in your grin,
We're more. We always have been.

Think of everything we've missed.
Every touch and every kiss.
Because we both insist.
Resist.

Je sentais les yeux de Garrick peser sur moi. Mon cœur cognait dans ma poitrine, et j'avais du mal à respirer. Je ne voulais pas résister. Je ne pouvais pas. Je l'ai regardé.

Hold your breath and close your eyes.
Distract yourself with other guys.
It's no surprise, your defeated sighs,
Aren't you tired of the lies ?

Mais… il ne me regardait pas. Les mains au-dessus de son clavier, les yeux sur l'écran de son ordinateur, il semblait… absent. Étais-je en train de me faire un film ?

Think of everything we've missed.
Every touch and every kiss.
Because we both insist.
Resist.

No matter how close, you are always too far.
My eyes are drawn everywhere you are.

Je n'avais tout à coup plus aucune envie d'être ici. Je ne pouvais pas être si près de lui. J'allais devenir folle. C'était ridicule. Encore plus ridicule qu'une aventure sans lendemain, mais il me plaisait. Il n'aimait pas Shakespeare, il avait une moto et c'était mon prof, mais… il me plaisait.

I'm done. I won't ignore.
I won't pretend or resist.
I want more.

10

Les dernières notes de guitare se sont élevées, puis éteintes. Lindsay a lancé :

— Alors, Kenny, heureux ?

Cade a éclaté de rire et poussé un grand cri. Comme si elle n'attendait que ce signal, la salle s'est mise à applaudir et à siffler d'enthousiasme. J'ai voulu lever les mains, pour applaudir moi aussi, mais elles étaient de plomb.

Cette fois, Garrick me regardait. Les pupilles dilatées, il ne faisait aucun effort pour se détourner. Je n'avais peut-être pas imaginé son regard tout à l'heure. Nous nous sommes dévisagés et pour la première fois de ma vie, j'ai vraiment compris ce que signifiait « avoir le cœur arraché ». Quelque chose, à l'intérieur de moi, cherchait désespérément à s'évader.

Avant de devenir complètement folle, j'ai détourné les yeux, me suis levée et ai attrapé Cade par le bras.

— Eh ! qu'est-ce qui t'arrive ? s'est-il exclamé.

Il lisait en moi comme personne, et j'ai vu son expression passer de l'amusement à l'inquiétude.

— Ça va ?

— Oui, très bien, ai-je assuré. Je suis seulement fatiguée. Tu ne veux pas me raccompagner ?

— Si, bien sûr.

Il a posé une main sur ma joue, à la façon de ma mère quand elle veut vérifier ma température et, sans quasiment me lâcher des yeux, s'est adressé à Garrick :

— Merci de nous avoir laissé partager votre table, monsieur Taylor. À mercredi.

— De rien, Cade, mais appelez-moi Garrick, s'il vous plaît. Bonne nuit à vous deux.

Il ne regardait que Cade, ce qui était probablement préférable.

Sans me retourner, je me suis laissé entraîner vers le parking. C'était la première fois que j'étais aussi heureuse de monter dans la voiture déglinguée de Cade.

— Tu es sûre que ça va ? a-t-il repris en s'installant au volant.

— Oui, promis, je suis juste crevée.

Il a mis le contact et… rien ne s'est passé. Pas de lumière, pas de vrombissement, rien.

— Merde ! a-t-il lâché.

— Quoi ? Qu'est-ce que ça veut dire ?

— Ça veut dire que ma bagnole est une épave.

Il a encore tourné la clé, plusieurs fois et, voyant que rien ne se produisait, il a frappé le volant en jurant comme un charretier. J'ai remonté les genoux sous le menton et posé la tête dessus.

— Attends, je vais voir ce qui se passe dans le moteur.

Il est descendu. Pendant qu'il disparaissait sous le capot, je suis revenue sur les dernières vingt-quatre heures et, tout en passant en revue chacun des regards que m'avait lancés Garrick ce soir, j'ai dû m'endormir.

C'est la secousse de Cade sur mon épaule qui m'a réveillée. La voiture était toujours immobile.

Je suis descendue en me frottant les yeux.

— Excuse-moi, lui ai-je dit, je dois être plus fatiguée que je ne le croyais.

— La voiture ne démarre pas, nous avons tout essayé.

J'ai compris le sens du « nous » quand le capot s'est baissé, dévoilant quelqu'un qui n'était pas Cade.

Évidemment, Garrick est apparu derrière.

Évidemment, parce que j'étais maudite.

— Nous avons même essayé de brancher la batterie sur celle de la moto de monsieur Taylor.

— Je t'ai dit de m'appeler Garrick, Cade.

— Oui, oui, je sais. Quoi qu'il en soit, a-t-il repris, comme j'habite tout à côté…

Oh, non ! *Non*, me suis-je dit en le voyant venir. Cade habitait sur le campus, il pouvait donc rentrer à pied, tandis que moi, j'habitais bien plus loin. Et ça n'a pas, évidemment, loupé :

— J'ai demandé à monsieur Taylor, il m'assure qu'il peut te raccompagner à moto. Imagine-toi que vous habitez dans la même résidence !

— Incroyable, ai-je murmuré en desserrant les dents pour grimacer un sourire. Écoute, Cade, c'est très gentil de sa part, mais je vais appeler Kelsey.

— Kelsey ? Mais… vous habitez au même endroit. C'est absurde, Bliss.

Sa confusion était charmante, j'avais tout de même envie de lui décocher un bon coup de pied dans les tibias.

— Il n'empêche que…

— Bliss, m'a coupée Garrick – Dieu, que sa façon de prononcer mon prénom était délicieuse –, cela ne me dérange pas. Vraiment, tu seras chez toi très vite, je t'assure.

Il me regardait comme si c'était normal. Comme si passer mes bras autour de sa taille pendant qu'il conduisait était la chose la plus naturelle du monde. Comme si je n'avais pas de pansement sur la jambe pour me rappeler la dernière fois que j'étais montée sur cette moto.

Cade a bâillé, il était aussi fatigué que moi. Je savais, si j'insistais pour appeler Kelsey, qu'il attendrait avec moi. Je ne pouvais pas lui faire ça.

Alors j'ai pris une grande inspiration.

Qui n'était pas suffisante.

— D'accord, me suis-je résignée à la fin de mon soupir. Merci… monsieur Taylor. À demain, Cade.

— Super ! À demain, ma belle.

Ignorant complètement mon tourment, il m'a souri, embrassée rapidement sur le front et, après nous avoir souhaité bonne nuit, s'en est allé d'un pas tranquille vers le campus.

Je n'ai même pas tenté le coup de la respiration ventrale, je n'avais aucune chance d'apaiser mes nerfs à vif. Alors j'ai redressé les épaules et me suis tournée vers Garrick.

Il me regardait, sourcils froncés.

— *Toi,* tu ne peux pas m'appeler monsieur Taylor.

Malgré la tension qui régnait entre nous, sa contrariété un peu incrédule m'a fait éclater de rire. C'était absurde, au fond.

— D'accord… Garrick.

Il m'a tendu le casque et a enfourché sa moto. Il n'avait pas besoin de me dire de faire attention au pot d'échappement, mais il l'a fait quand même.

Au lieu de m'agripper à sa taille, je me suis retenue

à sa veste. Le trajet était encore plus effrayant sans une prise plus solide, mais je refusais de passer les bras autour de lui. J'avais trop peur de ne pas pouvoir me détacher.

Arrivée devant chez moi, je suis descendue en vitesse. Je crois lui avoir souhaité bonne nuit, mais j'étais tellement paniquée, je n'en suis pas certaine. Je me suis enfuie. Et il ne m'a pas retenue.

Ma porte ouverte, j'ai jeté un regard en arrière. Il a attendu une seconde et, après un coup d'accélérateur, a relancé le moteur. Je l'ai regardé partir, réprimant mon envie folle de m'élancer derrière lui.

Il pouvait m'inspirer tout ce qu'il voulait, il n'était pas question de quoi que ce soit entre nous.

Le mercredi suivant, ma photo et mon CV sous le bras, j'ai attendu la dernière minute avant d'entrer en cours. La salle se remplissait dans un joyeux brouhaha, et j'ai pu m'asseoir discrètement, avec Cade et Kelsey, assez loin de l'estrade pour qu'une bonne douzaine d'étudiants me séparent de Garrick.

Il a rappelé la classe à l'ordre et le cours a débuté.

— Bien, comme je vous l'ai dit la semaine dernière, nous n'allons pas perdre de temps. Aujourd'hui, je vais vous auditionner sur un passage d'*Un tramway nommé Désir*. Si vous ne connaissez pas ce texte, c'est le moment de vous interroger sur le bien-fondé de votre orientation. Je vous ai répartis et j'ai attribué à chacun un partenaire. La liste des couples et le texte sont sur la table à ma gauche. Vous avez dix minutes pour vous préparer dehors avant que je n'appelle le premier duo. Vous constaterez que j'ai choisi la scène qui précède le point culminant, celui où Stanley viole Blanche, la sœur de sa femme.

— Mince, mec, il la viole ?

C'était Dom, visiblement un de ceux qui devaient s'interroger sur son orientation.

— Oui, Dom, il la viole, a répliqué Garrick. Bien. Maintenant, a-t-il enchaîné, la principale difficulté, c'est que vous devez interpréter des moments clés sans avoir eu le temps de construire tout ce qui conduit à ce moment précis. Vous êtes ce que j'appelle « émotionnellement aveugles ». C'est pourquoi les minutes qui précèdent l'audition sont extrêmement importantes. Vous en avez dix pour prendre connaissance du texte, vous adapter à votre partenaire et vous glisser dans la peau de votre personnage. Bonne chance !

Il s'est écarté, et la ruée s'est déclenchée. On se serait cru le jour de l'ouverture des soldes chez Walmart. Tous les élèves tentaient d'arracher leur texte et de découvrir leur partenaire avant les autres. Je n'étais pas d'humeur à entrer dans la mêlée, mais Kelsey m'a tirée par le bras et entraînée avec elle.

J'ai pris le texte et reconnu la scène. Garrick ne plaisantait pas en parlant de plonger dans le vif du sujet. Blanche était au bord de la crise de nerfs. J'ai regardé la feuille de répartition et j'étais, comme par hasard, avec… Dom.

Je me suis pressé la tempe, juste à l'endroit où naissait une douleur lancinante. Une demi-seconde plus tard, Dom me passait le bras autour des épaules.

— Qui l'aurait cru, *Bliss chérie*, nous voilà de nouveau réunis !

J'ai repoussé son bras et suis partie vers la porte.

— Au travail, Dominic.

Quand je suis sortie, les couples étaient dispersés dans le couloir. Le seul endroit libre se trouvait devant les portes. Autrement dit, nous étions presque sûrs de passer en premier.

Autrement dit (*bis*), nous aurions moins de temps de préparation que tous les autres.

Autrement dit (*ter*), j'étais sur le point de faire une crise de nerfs.

Je n'étais pas maudite, j'étais damnée.

D'un autre côté, j'aurais fini avant les autres.

— Bien, Dom, voyons ce qu'on peut faire.

J'ai passé l'essentiel des dix minutes à lui expliquer la pièce et la scène. Dom, dans le genre beau gosse, n'était pas mauvais pour interpréter les bellâtres insupportables bouffis de vanité, parce qu'il en était un. Ça tombait bien.

— Mon personnage est bourré, c'est ça ?

— Oui, Dom, c'est ça.

— Cool. Et toi, tu es folle ?

J'ai soupiré.

— En quelque sorte. Disons que je me fais des illusions, et que tu détruis ces illusions.

— Super. Alors je t'agresse.

J'ai levé les yeux au ciel.

— Oui, tu m'agresses. Bon, maintenant que tu as compris, je vais commencer assise, et tu vas entrer côté jardin, d'accord ? Je ne crois pas que nous jouerons toute la scène, elle est beaucoup trop longue.

Et notre préparation s'est arrêtée là, parce que les portes se sont ouvertes et que Garrick a posé les yeux directement sur moi.

— Bliss, Dom, vous êtes prêts ?

— Bien sûr, Garrick, a aussitôt répondu Dom.

Ce n'était bien sûr pas mon cas, et je détestais me sentir prise au dépourvu.

Pendant que Garrick parcourait nos CV, j'ai pris une chaise pour la poser sur la scène, me suis assise, puis ai plié mon texte pour qu'il soit plus maniable. Il nous a demandé de nous présenter, comme si nous ne l'avions jamais rencontré, puis nous a dit de commencer.

La scène s'ouvrait sur Blanche, parée de ses plus beaux atours, dont une tiare, parlant à des soupirants imaginaires lors d'une réception imaginaire.

Il m'a fallu quelques secondes pour entrer dans le personnage, mon inquiétude et mon malaise étaient à l'opposé de l'ignorance sereine de Blanche. Mais une fois cette étape franchie, je n'ai eu aucune difficulté à me perdre dans son rire, ses rêves et ses illusions. Quand Dom est arrivé en se pavanant, j'ai dû reconnaître qu'il faisait un bon Stanley. Il ne connaissait strictement rien de la pièce, mais il dégageait le charisme voulu par Tennessee Williams ainsi qu'un mépris absolu pour Blanche.

Puisant dans ce que m'inspiraient mes relations avec Garrick, j'ai dirigé mon malaise sur Dom. Au bout de quelques minutes, Garrick nous a interrompus.

— Bien, bien. Bliss, tu as un peu hésité au début, mais tu étais complètement dedans ensuite. Dom, je crois que tu possèdes vraiment le personnage.

J'ai failli lever les yeux au ciel.

— Toutefois, a-t-il repris, je sens moins d'investissement de ta part que du côté de Bliss. Elle a conscience de toi tout le temps, et elle ajuste ses mouvements, son jeu, aux tiens. Je veux te voir un peu plus réactif. Reprenez au moment où tu reviens de la salle de bains, Blanche appelle Western Union, et voyons si vous êtes un peu plus complices.

J'ai opiné et me suis dirigée de l'autre côté de la scène,

là où j'avais décidé de placer le téléphone fictif. Garrick, en faisant sauter le passage où Stanley détruisait le bel univers imaginaire que je m'étais construit, avait choisi le moment le plus difficile pour moi. Je devais jouer, en aveugle justement, la peur angoissée que Blanche éprouvait à ce moment-là.

J'ai fermé les yeux et pris une profonde inspiration.

La peur, l'angoisse tendance paranoïaque, étaient les sentiments que j'éprouverais si on découvrait mes liens avec Garrick, ou... si Garrick découvrait que j'étais vierge. Exactement ce que j'avais ressenti juste avant d'interrompre nos ébats. La peur panique à son plus haut degré.

J'ai ouvert les yeux, un peu rassurée, et fait le geste de décrocher le téléphone. Étant donné que j'avais le texte dans l'autre main, je devais renoncer à faire semblant de prendre l'écouteur. Le souffle court, j'ai demandé l'opérateur.

Ma peur était si concrète que des larmes se pressaient sans effort à mes paupières. J'ai bredouillé, la gorge nouée par une panique grandissante. Ma voix s'est brisée sur mon appel au secours. Le sentiment d'être acculée venait trop facilement, j'en suffoquais.

Quand j'ai entendu Dom arriver derrière moi, je me suis figée. J'ai reculé. Il s'est interposé entre la porte fictive et moi, me lorgnant d'un œil tellement lubrique que je n'avais aucun besoin de feindre la répulsion.

J'ai essayé de m'échapper, il m'a barré la route. Je lui ai demandé de me laisser passer, mais il n'a pas bougé. Éclatant d'un rire sonore, il a, au contraire, avancé sur moi. Mon cœur s'est arrêté.

Mon rôle m'a échappé juste le temps de me dire que nous étions sacrément bons. Bien meilleurs que je ne l'aurais imaginé. Puis le visage de Dom est entré dans mon champ de vision, me ramenant aussitôt à la scène.

J'ai tenté de fuir mais, riant toujours, il ne me laissait aucune échappatoire. Ses mains se sont refermées sur mes bras.

Je me suis débattue comme une forcenée. En vain.

Il me maintenait si fort qu'il me faisait mal, *vraiment* mal. Un frisson désagréable m'a parcourue.

Son visage était si près du mien que je sentais son souffle sur ma bouche. C'était à ce moment-là que j'étais censée m'effondrer, vaincue, et qu'il était censé m'emporter hors de la scène, où le viol était censé se dérouler. Mais la suite ne s'est pas passée de cette façon.

Au lieu de m'emmener, il a jeté son script, m'a attrapée par la nuque et m'a tirée vers lui pour m'embrasser.

Complètement choquée, j'ai tenté de le repousser, mais il continuait, sans comprendre que c'était *moi* qui protestais et non Blanche. Je me suis contorsionnée de plus belle, mais il était trop fort, et ses lèvres m'écrasaient si durement que je ne pouvais pas prononcer un mot pour l'arrêter. Je m'apprêtais au seul geste de défense possible – un bon coup de genou entre les jambes – quand il m'a brusquement libérée.

Pantelante, j'ai vu Garrick, furieux, lâcher le bras de Dom qu'il tordait douloureusement en arrière.

— Peux-tu me dire exactement à quel endroit tu as vu cette indication scénique, Dominic ?

Sa voix, dangereusement contenue, était d'une froideur effrayante.

La mienne ne l'était pas du tout quand je me suis jetée sur Dom.

— Pour qui tu te prends ? ai-je hurlé en le frappant

des deux mains. La scène du viol se passe *dans les coulisses,* abruti !

Il m'a saisi les poignets et immobilisée.

— Eh ! du calme, j'essayais seulement d'être dans le rôle. J'improvisais. C'est ce que font les acteurs, non ?

La main de Garrick s'est posée sur son bras et l'a serré probablement plus fort que nécessaire. Dom m'a aussitôt relâchée, et j'ai reculé.

— Ils improvisent, a commencé Garrick, mais ils le font dans le respect de leur partenaire. Alors, à moins que tu ne veuilles te faire accuser de viol, mets-toi d'accord avec elle avant de te jeter sur elle.

Je voyais son calme se fissurer.

— Va-t'en maintenant. Tu es renvoyé.

Dom m'a lancé un regard glacial, comme si c'était moi qui l'avais humilié, et s'en est allé d'un pas furieux vers la porte. Il l'a claquée si fort que les murs en ont tremblé.

Le sort s'acharne-t-il sur tout le monde, me suis-je brièvement demandé, ou uniquement sur moi ?

Sentant un léger contact sur mon bras, j'ai baissé les yeux à l'endroit où Garrick venait de poser les mains. Un bleu se formait déjà là où Dom m'avait empoignée pendant la scène.

Il a passé une main dans ses cheveux et m'a regardée, désolé.

— J'aurais dû faire attention.

Je n'ai compris à quel point j'étais encore choquée qu'en éclatant nerveusement de rire. J'ai aussitôt fermé les yeux. Les doigts de Garrick m'ont effleuré la joue, créant un véritable séisme sur leur passage. Je n'ai pas bougé ; je ne faisais rien de mal. Mais si je soulevais les paupières, si je voyais son sublime visage, ses lèvres sensuelles, j'étais sûre de franchir une limite complètement, radicalement interdite.

— Bliss…

Ce n'était qu'un murmure, un souffle sur mes lèvres, juste avant qu'il ne s'en empare.

11

Ce baiser était une très mauvaise idée, la pire de toutes les mauvaises idées de tous les temps. Je l'ai pensé trois bonnes secondes, avant de cesser de penser complètement. Je *voulais* qu'il m'embrasse, je ne voulais même que ça, et sa langue n'était pas assez furieuse, ni assez exigeante pour répondre au désir furieux, exigeant, qui *me* consumait. La passion à l'état pur. Et dire que j'avais toujours cru savoir ce que voulaient dire les metteurs en scène quand ils parlaient d'alchimie entre les acteurs… Je m'étais trompée. Il suffisait que Garrick me touche pour provoquer une réaction en chaîne aussi dévastatrice qu'une explosion nucléaire.

Bon sang, qu'il faisait chaud tout à coup !

Un éclat de rire a résonné dans le brouillard de ma conscience. Les mains tremblantes, j'ai repoussé Garrick. Les élèves attendaient derrière la porte. Depuis combien de temps étions-nous seuls, enfermés ?

Il a fait un pas, mais j'ai levé la main.

— Arrête ! Arrête tout de suite ! Tu ne peux pas faire

ça ! Tu as dit que nous devions oublier ! C'est *toi* qui l'as dit ! Tu ne peux pas dire ça et... faire ça !

— Je suis désolé. Excuse-moi.

Il n'avait pas du tout l'air désolé.

J'ai secoué la tête et me suis tournée vers la porte.

— Bliss, attends. Je suis désolé, je t'assure. Cela ne se reproduira plus, d'accord ?

— J'espère.

C'est ce que j'ai répondu, mais je n'éprouvais rien qui aurait pu ressembler au soulagement. Il avait l'air de croire que je ne voulais pas ce baiser autant que lui, mais j'avais autant à y perdre que lui ! Pourquoi étais-je la seule à faire preuve du minimum de bon sens ?

Je suis sortie pour entendre Dom vitupérer au milieu d'un groupe d'étudiants.

— Ce type est un abruti fini. Il a réagi comme si j'avais voulu la violer, mais je n'ai fait que l'embrasser ! Et ce n'était pas la première fois, en plus.

J'ai levé les yeux au ciel.

— Pourtant, tu t'es débrouillé pour que ce soit pire, ai-je rétorqué en passant. Tu n'es pas censé t'améliorer avec le temps, Dom ?

J'ai entendu ses copains éclater de rire, ce qui ne l'a pas empêché de m'insulter.

Je ne me suis pas retournée.

Le reste de la semaine s'est déroulé sans incident. Garrick a gardé ses distances, et j'avais heureusement assez à faire pour m'occuper l'esprit. Nous devions choisir un texte et préparer une mise en scène, et Garrick nous avait demandé de faire des recherches sur l'Actors' Equity Association, le principal syndicat de la profession.

J'ai donc passé le week-end à consulter mes pièces de théâtre (et celles de Cade) et à lire toutes les analyses du monde sur l'AEA.

La semaine suivante débutaient les auditions du dernier spectacle de l'année. C'était le plus important et, si je m'en sortais bien, ma dernière chance de monter sur scène avant le diplôme. J'avais joué dans le tout premier spectacle et j'avais assuré la direction d'une pièce, mais je n'avais rien fait d'autre depuis. Pour celui-ci, on m'avait proposé d'être régisseur, mais jouer me tentait aussi. Alors, au cas où je réussirais les auditions, je n'avais toujours pas donné ma réponse. Je m'apercevais subitement que j'étais sur le point de terminer mes études sans avoir la moindre idée de ce que je voulais devenir ensuite. Le jour de mon inscription, trois ans et demi plus tôt, je m'étais dit que je finirais bien par découvrir ce que je voulais faire et comment y parvenir. Pour être honnête, je m'étais aussi imaginé que j'aurais rencontré l'homme de ma vie. Tous les couples que je connaissais s'étaient rencontrés pendant leurs études. Et j'étais là, à quelques mois de quitter la fac, sans savoir si je voulais être comédienne ou régisseur ni connaître l'homme que j'aurais dû être sur le point d'épouser. L'idée même du mariage me paraissait totalement absurde.

La première question de ma mère dès que nous nous adressions la parole – « As-tu rencontré quelqu'un ? » – ne m'aidait pas. Je me suis brièvement demandé quelle serait sa réaction si je lui décrivais l'état actuel de ma vie amoureuse. Elle serait certainement effarée. À moins qu'elle ne me demande la date du mariage. Elle pouvait être imprévisible.

Comment peut-on savoir avec qui on veut passer le

reste de sa vie ? Je n'étais même pas capable de savoir ce que je voulais pour dîner ! Je ne savais même pas, malgré mes trente-cinq mille dollars de prêt étudiant, si je voulais être actrice…

À la fin de cette deuxième semaine, mon histoire avec Garrick commençait à ressembler à l'aventure sans lendemain qu'elle était censée être. J'arrivais en cours parmi les derniers et j'étais l'une des premières à partir. Fidèle à sa parole, il gardait ses distances, c'est-à-dire que nous n'échangions que le strict minimum. Je ne l'ai jamais revu chez *Grind*, et j'y allais souvent.

Quand les auditions ont débuté, je n'ai pas été surprise de le découvrir parmi les membres du jury. Il en faisait partie, comme tous les professeurs. Heureusement, sa présence n'arrivait pas à ternir mon enthousiasme pour ce spectacle. En tant qu'actrice, j'avais toujours préféré les rôles classiques (d'où mon amour pour Shakespeare), et nous avions finalement opté pour l'adaptation d'une tragédie grecque. *Phèdre* n'était pas mon premier choix. Les affres de l'amour interdit étaient l'exact opposé de ce dont j'avais besoin. Certes, Phèdre ne convoitait pas son professeur, mais les sentiments étaient les mêmes et j'avais, au moins, une excellente compréhension de mon personnage.

Cela faisait longtemps que je n'avais pas désiré un rôle à ce point.

Quand mon tour d'entrer en scène est arrivé, j'étais confiante. Je connaissais mon texte par cœur et j'étais complètement dans mon personnage. Je savais ce que signifiait désirer « avec ardeur » quelqu'un qu'on ne pouvait pas avoir, et je savais surtout ce qu'était vouloir et ne pas vouloir en même temps.

J'ai donc mis tout ce que j'avais d'envie, de peur, de doute et de honte dans cette minute et demie de représentation. Je me suis donnée comme je ne l'avais jamais fait dans la vie, parce que sur scène, je pouvais exprimer mes sentiments, les maîtriser, et, au nom de Phèdre, prétendre que ce n'était pas les miens. J'étais plus sincère sous les feux de la rampe que je ne l'aurais jamais été à la lumière du jour.

L'exercice terminé, je suis allée attendre les autres au foyer des étudiants. Je me demandais si j'avais été assez convaincante, mais ça ne servait à rien. Les résultats seraient affichés le lundi matin, et je n'avais qu'à patienter, comme tout le monde.

À la fin de la journée, nous sommes tous partis au *Stumble Inn*. Nous avions besoin de décompresser.

Occupant la moitié de la salle à nous tous seuls, criant, riant, nous bousculant sans nous soucier des autres clients, nous avons commencé par des tournées de tequila. Ce choix me rappelait de manière inquiétante ma rencontre avec Garrick, mais j'ai résolument envoyé balader ces souvenirs. J'étais avec mes amis et j'avais besoin de relâcher la pression et de m'amuser autant qu'eux.

J'étais assise entre Cade et Kelsey. Lindsay était là, comme Jeremy, un étudiant de seconde année avec lequel j'étais brièvement sortie, un soir de beuverie. Il avait continué de me draguer, mais j'étais sûre qu'il savait qu'il ne se passerait rien entre nous. Depuis quelque temps d'ailleurs, il tournait autour de la bombe sexuelle de notre promo, Kelsey. Il y avait aussi Victoria, qui réunissait la silhouette pulpeuse de Kelsey et l'attitude « je hais tout et tout le monde » de Lindsay. Rusty enfin, toujours hilarant, complétait notre table.

Jeremy, qui n'avait pas vingt et un ans, n'avait pas le droit de boire de l'alcool, mais la serveuse n'a pas pris la peine de vérifier toutes nos cartes d'identité. Après avoir longtemps examiné celle de Cade, c'est à peine si elle avait survolé les autres. Nous avons commandé à boire, à manger, puis encore à boire.

Je me sentais bien quand la conversation est revenue sur les auditions.

C'est Rusty qui a lancé le sujet :

— Alors… cette pièce sur l'inceste ?

— Ce n'est pas un inceste, Rusty, ai-je protesté, ils n'ont pas de liens de sang.

— Peu importe, a-t-il répliqué en haussant les épaules. J'ai une belle-mère, et je trouverais dégoûtant qu'elle me coure après.

Kelsey a éclaté de rire.

— Surtout parce que tu es gay !

— J'ai croisé ta belle-mère, a repris Cade, elle peut me draguer quand elle veut.

Si nous n'avions pas été ce que nous étions, Rusty aurait pu prendre la mouche et la discussion virer à l'empoignade. À la place, ils se sont tapés dans la main.

— Sérieusement, a repris Rusty, comment ça s'est passé pour vous ? Moi, j'ai été nul. J'aurais de la chance si je décroche le rôle du soldat numéro deux ou d'un serviteur.

— Je tuerais pour jouer Aphrodite, s'est exclamée Kelsey avant de bomber le torse. Qui, à part moi, a les seins qui conviennent ?

— Moi, a lancé Victoria. Tu es aveugle ou quoi ?

— Tu veux le rôle, maintenant ? C'est nouveau.

— Non, je ne veux pas le rôle, a reconnu Victoria.

Mais ça ne signifie pas que mes seins ne sont pas à la hauteur et qu'ils apprécient que tu les ignores.

— Moi, je n'ai jamais ignoré tes seins.

La remarque de Jeremy nous a fait tous éclater de rire. D'habitude, il restait toujours un peu en retrait. Il faut dire que, quand nous étions tous ensemble, il n'était pas facile de se faire une place. Presque quatre ans de complicité avaient créé des réflexes qu'il commençait tout juste à adopter.

— Et toi, Bliss, m'a demandé Lindsay, on sait tous que tu ne dors pas depuis des jours.

J'aurais rougi si mes joues n'étaient pas déjà chauffées par l'alcool.

— Je crois que ça s'est bien passé. J'avais vraiment l'impression d'être dans la peau de Phèdre.

Kelsey a pouffé, et je lui ai donné un coup de pied sous la table.

Cade m'a souri et demandé :

— Serais tu accro à un membre de ta famille que je ne connaîtrais pas ?

Je lui ai donné une bourrade, à laquelle il a répondu en me prenant par les épaules pour me serrer contre lui.

— Je plaisante, m'a-t-il dit en même temps qu'il m'embrassait sur la joue.

— Ce que je veux dire, c'est que je comprends ce que c'est de vouloir quelque chose et d'être obligé de se convaincre que c'est mal. Il ne s'agit pas forcément d'amour. Regardez, on veut tous les rôles que les autres décrochent, même si ce sont nos amis. Alors qu'on devrait se réjouir pour eux, on se demande, en les regardant jouer, comment nous aurions fait à leur place. On convoite ce qu'on ne peut avoir. C'est humain.

J'ai dû me laisser emporter, car, à la fin de ma tirade, la table était silencieuse.

— Visiblement, tu n'es pas assez saoule ! s'est exclamé Rusty.

Alors nous avons commandé une autre tournée, puis nos plats sont arrivés.

— Il y a tout de même un sujet que nous n'avons pas abordé, a relancé Victoria l'œil coquin. Un sujet majeur.

Nous nous sommes tournés vers elle, intrigués.

— La bombe sexuelle qui nous sert de professeur.

Tous les garçons de la table (sauf Rusty) ont grogné, tandis que toutes les filles (sauf moi *et* Rusty) sont quasiment tombées en pâmoison.

Victoria s'est éventée.

— Sérieusement, la première fois qu'il a parlé, j'ai cru que j'allais avoir un orgasme. Quel accent, quelle voix et quels yeux !

Je n'ai rien dit, comme Kelsey, qui m'a lancé un regard interrogateur.

Je pouvais m'éclipser aux toilettes, ce ne serait pas si bizarre. J'avais déjà beaucoup bu après tout.

— Hou ! Hou ! Kelsey ? l'a relancée Victoria. On dirait que tu me lâches sur ce coup-là.

— Non ! s'est défendue Kelsey en souriant. Et oui, il est mignon. Mais je le trouve un peu trop « sage » à mon goût.

Elle s'est tournée vers Jeremy.

— Je préfère les hommes plus aventureux, a-t-elle ajouté avec un clin d'œil.

— Quoi ? Ça ne te suffit pas qu'il soit motard ? s'est amusé Cade.

— Il est motard ? Je ne savais pas !

Elle m'a lancé un regard de reproche, comme si je l'avais trahie.

— Que s'est-il passé entre Dom et lui ? m'a demandé Lindsay. Dom ne se remet toujours pas de la façon dont Garrick l'a traité pendant votre audition.

J'ai senti la main de Cade revenir sur mes épaules et me donner une brève étreinte.

— Dom est un abruti, a-t-il répondu. Monsieur Taylor l'a remis à sa place, c'est tout.

— « Monsieur Taylor » ! s'est exclamé Rusty en nous montrant, Cade et moi. Vous êtes trop mignons, tous les deux ! Monsieur Taylor par-ci, monsieur Taylor par-là. Vous êtes bien les seuls à le traiter comme un prof.

J'ai levé les yeux au ciel. Je n'appelais jamais Garrick « monsieur Taylor » quand je lui parlais, mais quand je parlais *de lui*, je n'arrivais pas à utiliser son prénom. J'avais trop peur de me trahir et que tout le monde comprenne ce qui se passait.

Jugeant qu'un petit tour aux toilettes était une bonne idée, j'ai poussé Cade qui s'est glissé sur la banquette pour me laisser passer. Au bout de quelques pas, je me sentais nettement mieux. À mon retour, ils auraient changé de sujet, et tout irait très bien.

Je passais devant le bar quand j'ai entendu mon prénom.

— Bliss !

Je me suis retournée, sans voir personne.

— Bliss !

La voix était plus proche. Elle venait du bar. C'était d'ailleurs celle du barman.

J'ai souri en m'efforçant de paraître contente de le voir, mais je n'arrivais même pas à me souvenir de son prénom. J'avais été trop secouée ce soir-là pour le retenir.

Comme toujours dès que je pensais à Garrick, j'ai senti mon estomac se nouer. Je me suis raidie pour ne pas plonger dans mes souvenirs.

— J'espère que ça ne te dérange pas que je me souvienne de ton prénom.

Si, ça me dérangeait. Un peu.

— Non, ai-je répondu, si ça ne te dérange pas que je ne me souvienne pas du tien.

Il a accusé le coup puis m'a souri.

— Brandon.

— Brandon, bien sûr ! Excuse-moi, la semaine a été difficile.

— Je peux t'aider à l'oublier, m'a-t-il dit en me servant un shot de tequila. Offert par la maison.

C'était bizarre de boire toute seule, mais je pouvais difficilement refuser. Alors je l'ai remercié puis, sur un haussement d'épaules, l'ai avalé.

J'ai ri, parce que je ne voyais pas quoi faire d'autre.

— Écoute, a repris Brandon, je ne veux pas te paraître lourd, mais… on pourrait peut-être se voir, un de ces jours ?

Autrement dit, ai-je aussitôt traduit, est-ce que je voulais sortir avec lui ? Plus important, est-ce que je voulais *coucher* avec lui ? Parce que, malgré Garrick, j'étais toujours vierge. Et toujours décidée à ne plus l'être. C'était une occasion de régler la question… Une occasion qui ne brisait aucune règle universitaire et ne risquait pas de nous faire virer. Je l'ai regardé. Kelsey avait raison, il était mignon. Et très intéressé.

J'ai essayé d'imaginer nos vêtements jetés par terre, ses mains sur ma peau, mes lèvres sur les siennes. J'ai recommencé. Malheureusement, à chaque fois, c'était Garrick que je voyais. Pas Brandon.

Pourquoi ne pouvais-je pas perdre ma virginité d'un simple claquement de doigts ? Pourquoi fallait-il en passer par le sexe ? Et pourquoi, dès qu'il en était question, ne pouvais-je m'empêcher de penser à Garrick, alors que je m'étais enfuie ?

Pourquoi mon cerveau refusait-il obstinément de fonctionner ?

Brandon a répondu à sa question à ma place :

— J'en déduis que c'est non. C'est généralement le cas quand on met si longtemps à se décider.

Je lui ai souri, les lèvres pincées.

— Je suis désolée, Brandon, tu es sympa, vraiment, mais je ne suis pas… tentée… pour l'instant.

Je me suis mordu la langue. Je ne savais tellement pas gérer les conflits que, lorsque je devais dire non, j'ajoutais toujours un truc stupide, du genre « pour l'instant ».

Il a opiné.

— Ok, pas de souci. Mais, euh, je ferais mieux de retourner au boulot.

Sans plus attendre, il est allé à l'autre extrémité du bar s'occuper d'un client. J'ai repris mon chemin en soupirant pour m'asperger le visage dans les toilettes.

Cela ne m'a pas remis les idées en place, mais l'alcool aidant, elles étaient, au moins, plus légères.

De retour à notre table, deux verres de tequila – que m'avait réservés Cade – m'attendaient. Comme prévu, la conversation était passée à autre chose. À la tournée suivante, je me sentais bien et j'avais mal aux mâchoires tellement nous riions. Nous étions tous assez partis pour tenir des propos décousus, ponctués de blagues qui rebondissaient entre nos rires.

— Je suis tellement bourré, disait Rusty, que je vais me réfugier dans ma voiture et jouer de l'accordéon jusqu'à plus soif.

— Tu joues de l'accordéon ? ai-je pouffé.

— Oui, j'en ai même un. Tu veux m'écouter jouer ?

— Et comment !

Laissant mon portefeuille à Cade, et le remerciant d'un baiser mouillé sur la joue de payer pour moi, je me suis levée.

— Moi aussi ! Moi aussi ! s'est écriée Kelsey en confiant elle aussi son portefeuille à Cade (mais en le remerciant d'une tape dans le dos).

Rusty nous a enlacées toutes les deux.

— Prenez note, les mecs ! Les filles suivent toujours les hommes qui jouent d'un instrument !

— Ton instrument n'aime pas les filles, Rusty, a raillé Lindsay.

— Ce qui ne veut pas dire qu'*elles* ne l'aiment pas !

Le niveau sonore a dû baisser de moitié après notre départ, mais pas dans mes oreilles, où le raffut continuait de faire rage.

Quelques minutes plus tard, tout le groupe est venu nous rejoindre. Assis sur le capot de sa voiture, Rusty jouait de l'accordéon et chantait en français, du moins, c'est ce qu'il prétendait. J'étais presque sûre que c'était du charabia, mais personne ne s'en souciait et, très vite, le charabia nous est devenu assez familier pour que nous chantions tous avec lui. À deux heures du matin, nous avons chanté la sérénade aux derniers clients du bar qui prenaient leurs voitures. Nous avons chanté en anglais et en charabia. Nous avons chanté Britney Spears, Madonna et *Phantom of the Paradise*. Cade s'est lancé dans un rap déchaîné, où « peut-être » rimait avec « lèpre ». Et nous avons continué comme ça, jusqu'à ce que le propriétaire nous envoie au diable.

Nous étions trop ivres pour conduire, à l'exception peut-être de Jeremy, mais comme aucune de nos voitures n'était assez grande pour nous contenir tous, j'ai proposé, sur un coup de tête, que nous allions chez moi.

— Ce n'est pas loin, et je suis quasiment sûre d'avoir de la vodka au congélateur.

— À mon commandement, s'est écrié Rusty d'une voix tonitruante, vodka !

— Vodka ! a renchérit la troupe en chœur.

Et nous sommes tous partis.

Plus tard, j'ai regretté cette nuit, mais pour l'heure je ne voulais pas qu'elle s'arrête.

12

Quelque part entre le *Stumble Inn* et mon appartement, je me suis débarrassée de mes chaussures. C'était des ballerines, mais elles me faisaient affreusement mal aux pieds, alors je les ai jetées.

— Waouh ! s'est exclamé Cade. Qu'est-ce que tu fais ?

Je suis tombée dans ses bras en gloussant. Je croyais avoir déjà été saoule, mais avec le recul… je m'aperçois que je ne l'avais jamais été à ce point.

— Les chaussures sont stupides. Pourquoi s'en encombrer ?

Il a éclaté de rire.

— Pour ne pas marcher sur un vieux clou rouillé et attraper le tétanos, par exemple.

— Tétanos, titanic. Tac à clique. Clac.

Comme il a encore éclaté de rire, je l'ai imité, sans avoir la moindre idée de pourquoi nous riions tant.

— Tu es adorable. Viens, m'a-t-il dit, je vais te porter jusqu'à chez toi sur mon dos.

— Super !

Il s'est baissé, j'ai grimpé sur son dos, et nous avons

repris la route en titubant. En arrivant sur le parking de ma résidence, je chantais à tue-tête une chanson de ma composition dont les paroles disaient, en substance : « Cade est mon héros ! Zéro à héros ! »

— Pourquoi zéro ? Je ne suis pas un zéro !

— Cade est mon meilleur ami ! Un jour, à West End nous serons accueillis ! Sa voiture sent le fromage ! Je veux lui rendre hommage !

— Rends-lui hommage, mais en silence ! a crié Rusty.

— Rusty est un envieux ! Et le vent pouffe dans mes cheveux !

— Tu veux dire « souffle », m'a corrigée Cade en riant.

— Souffle ? Qu'est-ce qui souffle ?

— Rien, a-t-il gloussé.

Mon immeuble est apparu dans mon champ de vision.

— Oh ! flûte, j'ai oublié mon sac.

— Je l'ai.

— Tu l'as ? Cade, tu es le meilleur !

Je l'ai embrassé bruyamment quelque part dans le cou, et c'est à peu près à ce moment-là que j'ai entendu Jeremy s'écrier :

— Mister T. ! Ça alors !

— Un catcheur ? me suis-je exclamée. Où ?

— Non, c'est m'sieur Taylor.

J'ai glapi et suis descendue du dos de Cade en même temps que je me tournais pour voir Garrick. Du coup, Cade a perdu l'équilibre, et nous sommes tombés par terre, lui sur moi.

— Oh là là ! ai-je gémi/chanté, Cade pèse une tonne ! Et son poids tout à coup m'étonne !

Le monde dérivait, comme si j'avais été en pleine mer.

— Bonsoir, monsieur Taylor, a dit Cade.

— Bonsoir, Cade. Ça va ?

— Très bien, a-t-il répondu en se relevant.

Quand il m'a tendu la main pour m'aider à me mettre sur pied, j'ai vu le regard de Garrick posé sur moi. Ses cheveux étaient en bataille et son sourire était splendide.

Ce n'était pas juste qu'il soit si beau.

Je me suis couvert les yeux en gémissant.

— Qu'est-ce que j'ai fait au ciel pour mériter ça ?

Ils ont éclaté de rire, mais ce n'était pas drôle. J'étais maudite. *Vraiment* maudite.

— Allez, viens, ma belle, m'a dit Cade en essayant de me relever.

Mon corps était en plomb.

— Je ne peux pas. Je me sens comme une nouille trop cuite.

— Voyez-vous ça.

Le visage amusé de Cade s'est tourné vers Garrick et j'ai fermé les yeux.

— Vous me donnez un coup de main, monsieur Taylor ?

Je me suis sentie voler. Quand mes pieds ont touché terre, mes yeux se sont ouverts sur le profil de Garrick. Un magnifique et irrésistible profil. Mon bras était passé sur ses épaules, l'autre sur celles de Cade. Ainsi soutenue, je suis arrivée devant ma porte. Puis Cade m'a lâchée, pour chercher mes clés dans mon sac, et je n'ai plus été que dans les bras de Garrick.

Ma tête s'est posée sur son épaule.

— Vous sentez bon. Pourquoi sentez-vous toujours aussi bon ?

— Oh ! oh ! est intervenu Cade, c'est le moment de laisser partir le professeur, ma belle.

J'ai lâché Garrick, et Cade m'a attrapée par la taille.

— Désolé, monsieur Taylor.

— Pas de souci, Cade.

— Je suis sérieux. Elle va être atterrée quand elle va savoir que vous l'avez vue dans cet état. Je vous jure qu'elle n'est jamais comme ça d'habitude. Je ne sais pas pourquoi, mais depuis quelque temps, elle est vraiment stressée.

— Ne t'inquiète pas, je serai discret. Bonne nuit, Bliss.

Je me suis redressée pour l'attraper par la manche.

— Non, restez.

Rusty est alors apparu, son accordéon en main.

— Oui, Garrick, restez, Baby Bliss a de la vodka en stock.

Le sourire de Garrick s'est tourné sur moi.

— Merci pour la proposition, mais je crois que... Baby Bliss a eu son compte, et il y a quelques limites que je ne peux pas franchir.

Il a croisé mon regard, et j'ai compris qu'il ne parlait pas seulement du verre que nous lui proposions. Ce constat m'a un peu dessaoulée, pas beaucoup, mais assez pour me rendre compte que je me ridiculisais.

— Soyez prudents, nous a-t-il dit, et amusez-vous bien.

Puis il a disparu, et Cade m'a portée jusqu'à mon canapé.

Tandis que les garçons allaient explorer mon réfrigérateur, Kelsey s'est assise à côté de moi avant de poser la tête sur mes genoux.

— Ton amoureux était sexy, ce soir.

— *Kelsey !* Chut !

— Quoi ? Personne n'écoute.

J'ai levé les yeux. Elle avait raison. Les garçons sortaient à grand bruit des chips du placard, et Lindsay et Victoria remplissaient de vodka des verres de jus d'orange. Un peu rassurée, je suis revenue à Kelsey.

— Il est toujours sexy, ai-je soupiré, et je ne sais pas combien de temps je vais le supporter. Je vais finir par me jeter sur lui en plein cours.

Elle a ri.

— Si intéressante que soit cette perspective, tu sais que c'est une très mauvaise idée. Et puis… tu l'as déjà eu. Il a été assez bon pour te donner envie de recommencer, mais ce n'est pas comme si tu n'avais jamais couché avec lui. Tu as seulement besoin de penser à autre chose.

J'ai opiné, sans conviction. J'étais presque sûre que rien ni personne ne pouvait m'empêcher de penser à lui ni de le vouloir. Surtout que, contrairement à ce que croyait Kelsey, je ne l'avais *pas* eu. Il restait un mystère pour moi. Et un mystère que j'avais diablement envie de découvrir.

Un éclat a traversé son regard, et elle s'est subitement redressée.

— Vous savez à quoi je n'ai jamais joué ? a-t-elle demandé, radieuse. À la bouteille !

Victoria a fait une moue sceptique.

— Tu n'y as jamais joué, toi ? Ça m'étonnerait !

Kelsey a haussé les épaules, puis m'a lancé un clin d'œil par-dessus son épaule.

— Que voulez-vous, a-t-elle repris, j'ai grandi tard. Le temps que ces deux-là aient fini de pousser (elle désignait sa généreuse poitrine), plus personne n'avait besoin d'un jeu pour s'embrasser.

— Parce qu'on en a besoin maintenant ? l'a taquinée Cade.

Elle a sauté du canapé pour s'asseoir en tailleur par terre.

— Bien sûr que non, a-t-elle répliqué en attrapant la bouteille d'eau à moitié pleine sur la table basse. C'est le jeu qui est excitant !

Elle m'a tirée par le bras, et j'ai atterri à côté d'elle, en riant nerveusement.

— Vous voyez ? a-t-elle renchéri. Bliss s'amuse déjà. Vic, apporte la vodka ! On va corser le jeu. Pas question d'un simple bisou sur les lèvres. Je veux voir la langue !

— Kelsey, tu es encore plus obsédée que la plupart des garçons que je connais.

— Merci, Lindsay. Mais mon obsession ne m'empêche pas d'être lucide. Ceux qui ne voudront pas s'embrasser avec la langue pourront s'en sortir avec un smack *et* un shot de vodka.

Les garçons semblaient soulagés, sauf Rusty qui avait l'air déçu.

— Les filles sont plus nombreuses, a observé Lindsay.

— On n'a qu'à rappeler Garrick, a suggéré Victoria rieuse.

J'ai dû pâlir.

— Ça ne va pas la tête !

— Oh ! Bliss, quelle rabat-joie !

Devant l'air entendu que m'a lancé Kelsey, je me suis dit que j'avais en effet besoin de cette distraction. Alors je me suis penchée et j'ai moi-même fait tourner la bouteille.

Elle s'est arrêtée sur Rusty. Sans lui laisser la moindre chance de s'échapper, je l'ai saisi par le col et attiré à moi. Mon baiser manquait sans doute de raffinement – nous étions tous trop saouls pour être parfaitement concentrés – mais je l'ai embrassé avec application, avant de le relâcher et de me rasseoir à ma place.

Il a émis un petit sifflement.

— La vache, Bliss ! Si je n'étais pas cent pour cent gay, je te demanderais de sortir avec moi sur-le-champ !

J'ai rejeté la tête en arrière et éclaté de rire. C'était bon de se laisser aller.

Rusty a lancé la bouteille à son tour, elle s'est arrêtée sur Jeremy.

— Ne te vexe pas, Rusty, s'est-il empressé de dire en prenant la bouteille de vodka, mais tu n'es pas mon genre.

Il a souri, avalé une bonne gorgée, et déposé un bécot éclair sur les lèvres obligeamment tendues de Rusty.

Nous avons tous crié comme des gosses de huit ans.

On a alors frappé à la porte. Kelsey a bondi dans l'entrée d'où elle est revenue avec dix camarades de plus.

— Ça ne te dérange pas ? m'a-t-elle demandé.

C'était bien elle d'inviter d'abord et de demander la permission ensuite. Je me suis contentée d'opiner. Après tout, plus on était de fous…

— Super, prenez place. Mais je vous préviens, l'heure est à la débauche !

Il n'y avait pas d'autre terme. En quelques minutes, tout le monde sortait avec tout le monde, quels que soient les affinités, les attirances ou les degrés d'intimité. Le temps d'une nuit, nous oubliions tout, sauf l'alcool, chargé de nous emporter.

Quand la bouteille m'a de nouveau désignée, elle avait été lancée par une fille. Les garçons nous ont sifflées quand nous avons toutes les deux choisi le gage, mais ils ont accueilli notre smack dans un tonnerre d'applaudissements. J'ai fait tourner la bouteille en riant et cette fois, elle est tombée sur Cade.

Cade avait tout du gendre idéal, jusqu'au sourire engageant avec lequel il me considérait maintenant. J'ai tranquillement crapahuté jusqu'à lui. À genoux devant lui, j'ai posé les mains sur ses épaules et me suis penchée.

Notre baiser a débuté normalement, puis tout à coup, j'ai senti qu'il dérapait. Une de ses mains sur ma nuque, l'autre sur ma taille, il m'embrassait presque… désespérément, comme si c'était la fin du monde et sa dernière chance de bonheur.

Son baiser était assez appuyé pour me remuer, mais assez doux pour me donner l'impression d'être vénérée. Si bien que, pendant quelques secondes, j'ai oublié où et avec qui j'étais pour me fondre dans le seul plaisir qu'il me procurait.

Puis quelqu'un a sifflé et je suis revenue sur terre. J'ai ouvert les yeux pour regarder l'ami qui venait de m'embrasser comme s'il était… fou amoureux.

Je suis retournée à ma place, sans écouter les commentaires qui fusaient. Étourdie et complètement désemparée, je suis restée plusieurs tours silencieuse.

Je sentais des regards posés sur moi. Celui de Cade, sans aucun doute, et probablement celui de Kelsey. Mais j'étais trop près de m'effondrer pour vérifier.

Ce baiser ne signifie rien, me disais-je. Nous étions saouls, et j'étais tellement désorientée par Garrick que j'étais prête à tomber dans les bras de n'importe qui.

C'était tout.

Inutile de s'emballer.

Nous étions toujours amis. Et nous allions le rester.

J'ai attendu jusqu'à ce que la tête me tourne trop pour l'ignorer. Je me sentais nauséeuse.

Je me suis levée. Après avoir rassuré tout le monde – ils pouvaient rester aussi longtemps qu'ils voudraient –

et indiqué à ceux qui voudraient dormir où se trouvaient les couvertures, j'ai disparu dans ma chambre. Abandonnant le sourire plaqué sur mes lèvres, je me suis glissée au lit, accablée.

Tout irait heureusement mieux demain.

13

Je me suis réveillée à côté de Kelsey, complètement léthargique dans mon lit. Cinq autres corps étaient affalés dans mon salon et un dernier gisait dans ma baignoire. J'ai souri juste avant que mon crâne, victime d'une affreuse gueule de bois, ne me rappelle à quel point le monde peut être hostile et la vodka cruelle.

J'étais dans ma chambre, après m'être brossé les dents et longuement débarbouillée, quand j'ai entendu la porte d'entrée s'ouvrir et se fermer doucement. J'ai écarté le rideau pour découvrir Cade, les bras chargés de quoi nourrir un régiment.

J'ai respiré un bon coup et me suis avancée dans la pièce.

— Un vrai sauveteur ! ai-je murmuré.

Il a levé les yeux, m'a souri et tendu un énorme burrito garni d'œufs brouillés, de bacon et de fromage.

— Comment te sens-tu ?

— Écrasée par un trente-tonnes rempli de sumos.

Je me suis hissée sur un des tabourets du coin cuisine avec une vivacité que j'ai aussitôt regrettée. J'ai fermé les yeux, le temps que ma tête cesse de tourner. Lorsque je les ai rouverts, Cade était assis à côté de moi.

Le burrito, épais, bien garni, était délicieux.

— Je suis amoureuse de ce truc, ai-je dit la première bouchée avalée. Je me marierais avec lui si je ne voulais pas à tout prix le dévorer.

— La tragédie de l'amour, a-t-il répliqué dans un murmure.

Nous avons échangé un sourire embarrassé. C'était la première fois que je me sentais mal à l'aise avec Cade. J'ai détourné les yeux pour les poser sur les dormeurs éparpillés dans mon salon.

— Qu'est-ce que j'ai manqué ?

— Pas grand-chose. Jeremy est tombé définitivement raide de Kelsey, si ce n'était pas déjà le cas. Victoria a fumé comme un pompier, et Rusty a vomi tripes et boyaux dans ta salle de bains.

J'ai froncé le nez.

— Ne t'inquiète pas, j'ai tout nettoyé. Je ne voulais pas que tu tombes sur ce carnage au réveil.

Un poids s'est installé sur mes épaules.

— Tu es trop gentil avec moi, Cade.

Il s'est contenté de hausser les épaules. Il avait toujours été trop gentil avec moi.

— Écoute, ai-je repris, à propos d'hier…

Il s'est gratté la tête, un sourire hésitant aux lèvres.

— Oui, j'imagine que nous devons en parler, hein ?

Il a attrapé les bords du comptoir, comme s'il avait besoin d'un appui pour entendre la suite, et je me suis éclairci la gorge. Les mots, pour autant, ne venaient pas.

— Alors… tu es… ?

J'ai laissé ma phrase en suspens. Ses jointures ont blanchi puis ses doigts se sont brusquement desserrés.

— Oui, a-t-il répondu. Depuis… un moment.

J'ai relevé les yeux, mais son visage était indéchiffrable.

— Pourquoi ne m'as-tu jamais rien dit ?

— Je n'ai pas osé. Tu es ma meilleure amie, Bliss. Tu ne sors quasiment jamais avec personne. Je pensais… que tu ne voudrais pas plus de moi.

Était-ce le cas ? Se pouvait-il que j'aie envie de sortir avec Cade ? Que j'en aie envie au point de…

D'un battement de cils, j'ai repoussé les larmes absurdes que je sentais me monter aux yeux. Cade était un garçon génial. J'adorais passer du temps avec lui, et notre baiser avait été très… agréable. Je l'aimais bien. C'était évident, mais… car il y avait un « mais ». Et ce « mais » était… Garrick. Pouvais-je arrêter de penser à lui ? Arrêter de le vouloir ?

Le soupir de Cade m'a tirée de mes réflexions.

— Tu ne veux pas, n'est-ce pas ?

Pourquoi son regard devait-il être aussi parlant ? J'y lisais toute l'attente, toute l'espérance, toute l'inquiétude du monde. Je l'aimais ; j'en étais sûre. Et je pouvais, un jour, être *amoureuse* de lui, mais pour le savoir, je devais d'abord oublier Garrick et ce qu'il m'inspirait. Aurais-je eu tant de mal à répondre si Cade m'avait interrogée un mois plus tôt ?

— Honnêtement, Cade ? ai-je enfin répondu. Je ne sais pas. Est-ce que « peut-être » est une réponse acceptable ?

Il a pris le temps de réfléchir. J'ai attendu jusqu'à ce que son silence me devienne insupportable.

— Ce n'est pas que je ne t'aime pas, ai-je alors plaidé. Au contraire, tu es quasiment parfait. Seulement… tu es aussi mon meilleur ami, et je ne suis pas sûre. J'ai besoin d'être sûre.

— Je veux aussi que tu le sois.

Son sourire était sincère, et affectueux, mais pas aussi lumineux que ceux auxquels j'étais habituée.

— Va pour un « peut-être », a-t-il admis dans un soupir. Je peux vivre avec.

Quand je suis arrivée devant le théâtre, lundi matin, il y avait foule. Les résultats de l'audition étaient affichés sur la porte.

Ce n'est qu'un morceau de papier, me suis-je dit en approchant, mais ceux qui l'entouraient connaissaient le sort qu'il me réservait. Tous les regards étaient braqués sur moi, je n'arrivais pas à les déchiffrer. Était-ce de la pitié, de l'envie, du soulagement ? Plus j'avançais, plus j'avais l'impression de faire partie d'un autre univers ; un univers entièrement différent de celui où vivaient ceux qui avaient *déjà lu* ce morceau de papier. Et quand je les aurais rejoints, la pression ne s'en irait pas pour autant : on ne devait rien laisser paraître. On ne pouvait pas pleurer sur un rôle qu'on n'avait pas décroché, ni maudire celui qui l'avait eu à la place. On ne pouvait ni hurler de joie ni exploser de rage ou de frustration. On devait se contenter de lire les résultats sans manifester la moindre réaction. C'était faisable, sauf que nous étions acteurs. Et les acteurs vivent et se nourrissent d'émotions.

Cade m'a rejointe, quelques mètres avant la porte.

— Tu as lu ?

— Pas encore, m'a-t-il répondu. Je t'attendais.

Notre malaise persistait. Nous n'avions pas eu le temps, depuis l'avant-veille, de comprendre ce que ce « peut-être » signifiait pour nous deux. Mais ce n'était pas la question. Nous étions deux acteurs, au comble d'une anxiété que nous faisions tout pour dissimuler, sur le point d'affronter un refus ou un nouveau combat. Car il ne s'agissait que d'une présélection.

Il m'a prise par la main sans que je m'interroge sur la signification de ce geste. J'avais besoin de ce réconfort. J'avais besoin de Cade pour m'apaiser. Et j'étais sûre que c'était réciproque.

Nous avons franchi les derniers mètres rapidement. Les étudiants se sont écartés.

Hippolyte était le premier rôle de la liste. Sept candidats avaient été retenus. Dont Cade et Jeremy.

J'ai levé les yeux sur Cade. Son visage, parfaitement stoïque, ne montrait rien, ni surprise, ni satisfaction, ni inquiétude. Sept candidats, cela signifiait que le directeur de casting n'était pas sûr, qu'il n'avait pas encore trouvé ce qu'il attendait. Le rôle restait vacant, il reviendrait à celui qui l'incarnerait le mieux au cours des prochaines auditions.

J'ai serré la main de Cade, qui m'a aussitôt rendu mon étreinte, puis j'ai reposé les yeux sur la liste.

Mon cœur cognait dans ma poitrine, mes oreilles bourdonnaient, même ma vision s'était rétrécie. J'avais l'impression d'être au bord d'un précipice au fond duquel m'attendait la gloire ou la désillusion. Succès, désastre, je n'étais retenue que par un fil…

Mes yeux ont trouvé la ligne « Phèdre », écrit en caractères gras, juste après Hippolyte.

Et j'ai vu, comme la lumière au bout du tunnel, mon nom. C'était plus euphorisant que franchir la ligne d'arrivée d'une course éreintante. C'était comme la goulée d'air du noyé qui s'était vu mourir. J'ai étouffé ma joie et le soulagement qui m'étreignait parce qu'on me regardait et parce que ce n'était qu'une sélection préliminaire. J'avais seulement été retenue au premier tour.

J'ai senti l'autre main de Cade se refermer sur la mienne.

Mes yeux ont continué de descendre.

Thésée.

Non, me suis-je reprise, c'est une erreur. Thésée est un personnage. Je suis revenue au début de la liste. Il y avait bien sept noms en dessous d'Hippolyte. Puis Phèdre, et… un seul nom, le mien.

Personne d'autre. Ils n'avaient retenu *personne d'autre.*

J'étais la seule.

J'avais décroché le rôle.

J'étais tellement heureuse que j'ai poussé un hurlement, brisant toutes les règles. Cade a éclaté de rire et m'a fait tournoyer dans ses bras. J'entendais des applaudissements et je comprenais, à certains regards, que la rumeur de notre baiser s'était répandue. Je m'en moquais. L'intensité de ma joie effaçait tout.

J'avais décroché le rôle !

14

Je suis arrivée au cours de Garrick sur un nuage.

D'habitude, le jury sélectionnait plusieurs candidats, même quand les professeurs avaient déjà une préférence pour un comédien. C'était une façon de se laisser le temps, de s'assurer d'avoir vraiment choisi le meilleur.

Mais ils m'avaient retenue. D'emblée. Ils n'avaient donc aucun doute.

Quelque chose s'est soulevé dans ma poitrine et, avant que je m'en rende compte, des larmes me sont montées aux yeux. Je suis restée derrière le rideau, le temps de les étouffer.

J'ai respiré profondément, mais cela ne m'a pas soulagée. Alors j'ai fait ce qui me semblait le plus logique : j'ai dansé. À l'abri du rideau, sans musique, sans bruit, j'ai donné libre cours à la joie qui me transportait. Personne ne pouvait me voir.

Sauf que, évidemment, quelqu'un était là.

— J'en déduis que tu as vu les résultats.

Je me suis figée, les bras en l'air, en plein déhanché.

Redressant lentement ma posture, je me suis retournée.

— Bonjour, Garrick.

Il se mordait les lèvres, faisant apparemment de son mieux pour ne pas éclater de rire.

— Bonjour, Bliss. Félicitations.

J'avais les cheveux dans la figure. Je les ai repoussés, d'un geste aussi désinvolte que possible.

— Merci. Je suis un peu, euh… excitée.

— C'est normal. Ton audition…

Il a avancé et, comme d'habitude, sa présence a soulevé une vague de chaleur, et de désir.

— Ton audition était fantastique. Sans comparaison avec les autres.

Une boule s'était formée dans ma gorge, et je n'arrivais pas à l'avaler. Mon « merci » est sorti dans un murmure étranglé.

— Vendredi soir, en revanche…

— Oh, je…

— Aussi ridiculement adorable que tu l'aies été, évite de te saouler comme ça, s'il te plaît. Eric s'attend à ce que tu sois au meilleur de ta forme.

— Bien sûr. Absolument. Je ferai attention, juré.

— Je me suis aussi… fait du souci pour toi.

— Oh !

Ses yeux m'ont parcourue, passant de ma tignasse échevelée à mes yeux, de mes yeux à mes lèvres, puis de mes lèvres à ma jambe, où ma brûlure avait laissé une cicatrice rose sombre.

— Et je n'aime pas me faire du souci pour toi.

J'ai compris, à la façon dont mon cœur a jailli, que je devais faire quelque chose si je ne voulais pas commettre l'irréparable. Parce que j'étais en territoire dangereux. Parce que ses yeux, son corps et son accent soulevaient en moi des réactions qui allaient bien au-delà de l'attirance, même obsessionnelle. Des réactions inquiétantes.

Il a levé la main et repoussé la mèche de cheveux en travers de ma joue. J'étais à deux doigts d'imploser. Ou même un seul.

J'ai souri, dans l'espoir d'alléger la tension.

— Tu devrais plutôt te faire du souci pour toi, ai-je réussi à répondre. Me qualifier d'« adorable » pourrait t'attirer des ennuis, le genre qui pourrait te marquer à vie.

Il a fait un pas de plus et, tandis que le monde rétrécissait autour de nous, sa main s'est avancée dans mes cheveux.

Son pouce frôlait ma joue quand il a répondu :

— Étant donné que l'autre adjectif est encore plus risqué, nous devrons, en attendant de pouvoir l'employer, nous contenter d'« adorable ».

La première fois qu'il m'avait qualifiée de « ridiculement adorable » m'est aussitôt venue à l'esprit. J'avais mon slip au niveau des genoux.

De toute évidence, j'avais besoin d'apprendre à réfléchir avant de parler. Mais ce n'était pas le moment, car, pour l'instant, mon cerveau était bloqué, en mode répétitif, sur deux petits mots… *en attendant, en attendant, en attendant…*

Il s'est éclairci la gorge et a reculé, lâchant la mèche qu'il tenait entre ses doigts.

— Il est temps de commencer le cours.

J'ai opiné et l'ai laissé derrière moi pour franchir le rideau.

Cade et Kelsey m'avaient gardé une place entre eux. Devant leur immense sourire, j'ai chassé ma brève et clandestine rencontre avec Garrick pour me replonger dans ma joie. Kelsey m'a serrée dans ses bras et murmuré :

— J'imagine qu'en pincer pour le prof t'a aidée à entrer dans le personnage.

J'ai tenté de la fusiller du regard, mais elle a ajouté :

— Je suis super fière de toi, ma grande.

Je lui ai rendu son sourire, trop émue pour parler, puis me suis tournée vers Cade.

Nous nous étions tenu la main tout à l'heure, et je m'étais jetée dans ses bras quand j'avais vu les résultats, mais je n'étais pas très sûre du protocole, maintenant. Le monde des « peut-être » était… compliqué.

Avant, tout était facile entre nous. Je me sentais aussi à l'aise avec lui qu'avec moi-même. Et tout à coup, le moindre de nos gestes, la moindre de nos paroles prenaient une drôle d'intensité. Quand nous nous touchions, je le remarquais. Quand nous ne nous touchions *pas*, je le remarquais *aussi*. Je ne trouvais pas de juste milieu. Pas de peut-être.

Alors je me suis figée.

Et nous avons attendu, immobiles, coincés dans l'indécision que le cours commence.

Quand Garrick est entré, j'ai repoussé notre malaise.

Je savais que nous finirions par nous remettre, par trouver le moyen de renouer notre complicité, je ne pouvais pas repousser ma décision éternellement. Mais je pouvais m'accorder un peu de répit. Cette journée était fabuleuse, je ne voulais pas la gâcher.

À la fin du cours, Eric m'attendait à la porte.

— Bonjour, Bliss, puis-je vous parler un instant ?

— Euh, oui, bien sûr, ai-je bredouillé, surprise.

Il a ouvert la porte et m'a fait signe de retourner sur

mes pas. Remontant le courant des étudiants qui sortaient, je l'ai suivi à travers le rideau, et il m'a indiqué le siège, à côté de Garrick. Je me suis assise prudemment et les ai regardés, incertaine. Devant leur silence, j'ai tout à coup compris.

Il nous avait démasqués.

Pourquoi sinon voudrait-il nous entretenir, moi et Garrick ?

Oh, mon Dieu ! Qu'allais-je devenir ?

J'allais être renvoyée de l'université. J'allais perdre ma bourse. Comment allais-je poursuivre mes études ?

Mes oreilles bourdonnaient, j'étais sur le point de m'écrouler sur le sol. Garrick allait aussi se faire renvoyer. Il allait repartir pour Philadelphie, Londres, ou n'importe où ailleurs, et je ne le reverrais jamais.

Je me suis tournée vers lui, essayant d'exprimer tous mes remords dans un regard. Il… souriait ?

— Bliss, a commencé gravement Eric, je dois reconnaître que vous m'avez surpris.

— M-monsieur, je suis tellement…

— Votre parcours universitaire s'est certainement bien déroulé jusque-là, mais je n'aurais jamais cru que vous soyez capable du genre de performance dont vous avez fait preuve à la dernière audition.

Je me préparais tellement à la honte qui allait s'abattre sur moi qu'il m'a fallu quelques secondes pour comprendre… qu'elle n'allait pas du tout s'abattre sur moi, finalement.

— Je suppose que vous étiez jusque-là un peu trop dans le contrôle, trop cérébrale. Disons, mécanique. Mais vendredi, vous vous êtes montrée époustouflante. Vous viviez l'instant. Vous ressentiez au lieu de penser, et vous avez su exprimer une palette d'émotions – la force, la vulnérabilité, le désir et le dégoût, l'espoir et la honte – proprement fascinante. Je ne sais pas ce que vous faites, ou ce que vous avez fait, mais s'il vous plaît, continuez. L'audace vous réussit.

Mes yeux se sont plantés spontanément dans ceux de Garrick. Savait-il ? Savait-il que c'était à cause de lui ? Que c'était cette *chose* que je sentais entre nous qui me faisait prendre des risques que je n'aurais jamais courus avant ? Ma « presque nuit » avec lui était la seule impulsion à laquelle je m'étais probablement livrée.

— Merci, monsieur.

— Il n'y a vraiment pas de quoi, Bliss. J'ai hâte de vous faire travailler. À ce propos, j'aimerais que vous assistiez à la suite des auditions, mercredi. Nous aimerions que vous donniez la réplique à Hippolyte. De cette façon, nous pourrons choisir votre meilleur partenaire et voir le couple que vous formerez sur scène.

— Bien sûr, monsieur, vous pouvez compter sur moi.

— Parfait. Garrick sera également présent. Étant donné qu'il sera directeur adjoint de la production, si vous avez des questions, vous pouvez aussi bien vous tourner vers lui que vers moi.

Il m'a tapoté l'épaule et s'en est allé, me laissant de nouveau seule avec Garrick. Mon cœur, à cause de la frayeur d'avoir été démasqués, ou simplement parce que j'étais à côté du seul homme que je voulais et ne pouvais pas avoir, battait à tout rompre.

— Je ne sais pas si je te l'ai dit, a-t-il commencé, mais je suis vraiment fier de toi.

— Merci. Je crois que je suis encore sous le choc.

Ou plutôt, *les* chocs. Celui d'avoir été choisie, celui

d'avoir eu si peur, et celui – malgré cette peur – de désirer Garrick quand même.

— Eh bien, il va falloir t'y faire. Parce que d'après ce que j'ai vu, tu peux oublier la régie, sauf si tu y tiens vraiment. Tu es une actrice, Bliss, que tu le croies ou non.

J'ai opiné distraitement, mais il est revenu à la charge :

— As-tu réfléchi à ce que tu veux faire après ?

J'ai tripoté les fils de mon jean déchiré au genou.

— Pas vraiment…

— Si tu veux en parler, tu sais que je suis là.

Je lui ai glissé un regard, incapable d'exprimer l'absurdité que m'inspirait sa suggestion.

— Je suis sérieux, a-t-il insisté. Tu as l'air d'en douter, mais on peut être amis, Bliss.

Mes sourcils se sont dressés encore plus. La possibilité que nous soyons amis n'était pas absurde, elle était… aberrante. Je ne rêvais pas de voir mes amis complètement nus. Je ne me torturais pas à l'idée de ne pas coucher avec eux.

Il a lâché un rire et secoué la tête.

— D'accord, d'accord, a-t-il admis, être amis est peut-être un peu prétentieux. J'espère tout de même que tu viendras me voir, si tu as besoin de quelque chose… de quoi que ce soit.

Le désir qu'il m'inspirait s'est alors transformé. Il était aussi ardent, mais différent de la simple attirance que j'avais éprouvée jusque-là. Je ne voulais pas seulement coucher avec lui, je voulais plus. Je voulais me glisser dans ses bras, poser ma tête sur son épaule.

Je voulais que mon professeur devienne mon petit copain.

15

Eric fouillait dans les papiers étalés devant lui quand je suis entrée dans l'auditorium, mercredi.

— Bliss ! s'est-il exclamé en levant rapidement les yeux. Vous êtes en avance, comme toujours. C'est bien, très bien. Bon, je ne retrouve pas mes notes. J'ai dû les laisser dans mon bureau. Je vais les chercher. Pendant ce temps-là, asseyez-vous avec Garrick et mettez-vous à l'aise.

Ces auditions me mettaient toujours sur les nerfs. Et maintenant que j'avais été choisie, c'était pire. Tout le monde s'attendait à ce que je sois parfaite. Et si j'avais été bonne par hasard ? J'ai regardé Eric disparaître dans les coulisses en me demandant s'il n'allait pas changer d'avis après m'avoir revue.

Je me suis assise un rang plus bas que Garrick en regrettant de ne pas avoir attendu plus longtemps au foyer. Je me serais sentie plus à l'aise au milieu de mes camarades qu'ici.

Quand je l'ai senti se pencher vers moi, j'avais heureusement renoncé à me sentir détendue.

— Salut… *l'ami*, ai-je articulé dans un sursaut d'ironie pathétique.

Il a ri, ce qui était sans doute une bonne chose.

— Pas très convaincant, a-t-il dit, mais 20/20 pour l'effort.

— Quelle indulgence.

— Disons que je m'adoucis à ton contact.

Son visage était assez loin du mien, mais j'aurais juré qu'il avait murmuré cette phrase à mon oreille.

— Pardon, s'est-il excusé presque aussitôt. Il m'arrive d'oublier.

— Moi aussi.

C'était un mensonge. Je n'oubliais jamais vraiment. J'aurais voulu, pourtant. J'aurais voulu effacer le gouffre qui nous séparait et me laisser aller au seul plaisir de sa présence. Je ne pouvais pas. Quand il s'est éclairci la gorge, j'ai sursauté. Cette fois, je n'imaginais pas qu'il était tout à côté : ses lèvres caressaient mon oreille.

— Je peux te poser une question ?

— Oui, ai-je répondu dans ce qui était à peine un souffle.

— Cade.

Je me suis tournée, déroutée, avant de reculer prestement. Nos fronts se touchaient presque.

— Ce n'est pas une question, ai-je répliqué.

— Tu es toujours avec lui ?

— *Avec* lui ?

— Oui. Vous êtes toujours ensemble en cours, mais je ne sais pas, j'ai l'impression que… quelque chose a changé. Je me disais que vous aviez peut-être rompu.

Rompu ? Il croyait que je sortais avec Cade ? J'étais donc la seule, puisque visiblement le monde entier s'en doutait, à ne pas comprendre les sentiments que mon meilleur ami avait pour moi ? Ce n'était pas Phèdre que je devais jouer, mais l'idiote de service.

— Il n'y avait rien à rompre, ai-je répondu.

— Pardon ?

— Tu as très bien compris ! Cade et moi, nous ne sommes pas ensemble. Et nous ne l'avons jamais été.

Ses yeux étaient écarquillés et sa tête inclinée de façon assez dubitative pour que je comprenne qu'il ne me croyait pas.

— C'est ce que tu crois ? Tu crois que je sors avec Cade et que je le trompe avec toi ?

C'était le pompon ! L'homme pour lequel j'étais en train de craquer me prenait pour une fille facile. Il ne manquait plus que ça !

Il secouait la tête de droite à gauche, mais je n'arrivais pas à savoir si c'était un « non » ou s'il essayait seulement de comprendre.

— Je ne sais pas, a-t-il répondu. Vous êtes toujours ensemble, et il n'arrête pas de te toucher. Il passe même son temps à te toucher. J'ai remarqué, tu peux me croire. Je me suis dit que c'était pour ça que… tu t'es enfuie, cette nuit-là.

— Je ne me suis pas enfuie à cause de Cade. Je devais aller chercher mon chat…

— Bliss, je ne suis pas stupide.

Contrairement à moi, me suis-je rapidement reproché. Car mon excuse me revenait en pleine figure et, de toute évidence, elle n'avait pas fonctionné. En tout cas, pas de la façon que j'avais imaginée. Il acceptait le prétexte, mais il se trompait sur le mobile. Et je ne pouvais pas l'éclairer maintenant, ici, quand nous étions censés nous comporter, sinon en adultes responsables, au moins en professionnels.

— J'ai un chat ! me suis-je défendue en m'accrochant au seul argument que j'avais. Il est… *elle* est, me suis rattrapée, grise et adorable. Et elle s'appelle… Hamlet.

J'étais tellement douée que je n'étais même pas capable de trouver un nom de fille à un chat femelle. Que mon cerveau ait cessé de fonctionner, ou que le monde ait subitement basculé, j'avais l'impression de m'enfoncer.

— Tu as un chat nommé Hamlet ?

— J'ai un chat nommé Hamlet !

Il ne me restait qu'à trouver le chat en question.

— Très bien. Mais ce n'est pas la question. Ce qui m'intrigue en revanche, si tu ne sors pas avec Cade, c'est ce qui se passe entre vous.

— Il ne se passe rien.

— Tu mens très mal.

J'étais effectivement une piètre menteuse, mes oreilles brûlaient assez pour savoir qu'elles étaient écarlates.

— Il ne s'est rien passé, ai-je répété, si ce n'est vendredi soir, quand j'étais… comment dites-vous chez toi, beurrée, torchée, éméchée ?

Il a reculé, les mains serrées sur mon dossier.

— Tu as couché avec lui ?

— Quoi ? Non !

Il n'est pas revenu vers moi, mais ses mains se sont desserrées et il m'a caressé le bras.

— Tant mieux.

— Garrick…

Il m'entraînait sur une pente savonneuse.

— Quoi ? s'est-il enquis faussement innocent. Ce n'est

pas parce que je ne peux t'avoir maintenant que je suis prêt à te céder à Cade.

Ma raison, au mot « maintenant », avait déraillé, mais je me suis ressaisie.

— Je vais faire comme si tu n'avais pas parlé de moi comme d'un objet qu'on possède.

— On peut se posséder mutuellement.

Pouvait-on parler d'orgasme cérébral ? Je décidai que oui. Parce qu'au lieu de me récrier, je laissais sa voix profonde et son regard aussi tranquille que pénétrant me donner des frémissements que je sentais jusque dans mes mains qui me suppliaient de le toucher. J'ai préféré jouer la colère.

— Qu'est-ce qui te prend ? Je croyais que tu avais juré de ne pas recommencer.

Il a passé les mains dans ses cheveux, sous mon regard fasciné, et répondu :

— Je ne sais pas… Penser que tu sortais avec lui me rendait fou.

— On s'est embrassés, c'est tout.

Il a tressailli, comme si je lui avais annoncé que j'épousais Cade et m'apprêtais à faire une tonne d'enfants avec lui. J'ai détourné les yeux. Son regard m'inspirait des visions insensées.

— Ce n'était qu'un baiser, me suis-je entendue répéter, ça ne signifie rien du tout.

— Je ne veux pas qu'on t'embrasse.

— Garrick…

Je commençais à détester l'intonation de ma propre voix. S'il continuait de cette façon, j'allais me jeter sur lui, probablement au moment même où Eric choisirait de revenir.

— Je sais que j'ai tort, a-t-il repris, je me comporte même comme un parfait abruti. Mais j'ai beau me répéter de te laisser tranquille, le fait est… que je ne suis pas sûr d'y arriver. Et maintenant que je sais que tu ne sors pas avec Cade…

— Qu'est-ce que tu racontes ?

La porte des coulisses a claqué, et je me suis brusquement aperçue à quel point nous étions proches l'un de l'autre. Le cœur battant, j'ai mis quelques sièges entre nous. Eric est apparu, brandissant son carnet de notes, au moment où je m'asseyais.

— Je l'ai trouvé ! Du même coup, je vous ai apporté un vrai script, Bliss, vous n'aurez pas besoin de vos feuilles.

Je m'efforçais de calmer les battements de mon cœur quand il m'a tendu le texte.

Je l'ai pris en m'interdisant de regarder Garrick. Cela n'aurait rien changé. J'étais sûre de sentir le moindre de ses mouvements, le moindre de ses regards dans ma direction.

Le petit livret, encore tiède des mains d'Eric, était réconfortant. J'allais m'y plonger, heureuse de cette diversion, quand la régisseuse, Alyssa, une étudiante de troisième année, est arrivée pour nous annoncer que nous n'attendions plus que le feu vert d'Eric.

Il le lui a donné puis s'est tourné vers moi.

— Les candidats vont reprendre leur monologue, Bliss, puis vous irez les rejoindre. Collez à ce que vous étiez pendant votre audition. Jouez-la objective, vous désirez Hippolyte, mais votre honte et votre peur vous retiennent.

J'ai jeté un coup d'œil sur Garrick. Ce qu'Eric attendait de moi était à ma portée.

Alyssa est revenue, accompagnée de Jeremy. Elle s'est

installée à la régie, tandis qu'il s'arrêtait au centre de la scène, les épaules droites, le menton haut.

Il semblait dans son élément, notre petit benjamin, et je lui ai souri fièrement.

— Bonjour, Jeremy, l'a salué Eric. J'aimerais revoir votre monologue, pour nous remettre dans le bain, puis Bliss vous rejoindra pour une scène test entre vous.

Jeremy s'est éclairci la gorge, avant de faire une pause. J'adorais ces quelques secondes. Au summum de l'appréhension et de l'espoir, on était comme au bord d'une falaise, prêt à plonger, galvanisé et tendu comme un arc. C'était… addictif.

Je me suis engagé trop avant.
Je vois que la raison cède à la violence.

On sentait, d'emblée, le désespoir ; et on entendait dans la voix de Jeremy les accents fougueux de la jeunesse. Ses mots sortaient avec le même tumulte que ses sentiments. Comme si, une fois qu'il avait commencé à dévoiler son amour à Aricie, rien ne pouvait contenir sa confession.

Cette âme si superbe est enfin dépendante.
Depuis près de six mois, honteux, désespéré,
Portant partout le trait dont je suis déchiré,
Contre vous, contre moi, vainement je m'éprouve…

Je m'apercevais tout à coup qu'Hippolyte et Phèdre étaient tous deux épris et honteux ; Phèdre à cause de l'objet de son amour, Hippolyte parce qu'il était amoureux tout court. Je voyais, à travers Jeremy, la honte qui rongeait Hippolyte, et je me demandais si j'avais eu la même expression pendant mon audition… si je l'avais chaque fois que je voyais Garrick.

Présente, je vous fuis ; absente, je vous trouve.

Garrick fixait Jeremy, ne le quittant des yeux que pour les notes qu'il prenait de temps en temps sur le calepin posé sur ses genoux. Ce vers résonnait comme une musique à mes oreilles, une mélodie insistante qu'on n'arrive plus à oublier.

À présent, je le fuyais. Mais mes pensées ne cessaient de revenir à lui.

Eric s'est levé.

— Bien, bien. Voyons ce que cela donne avec Bliss.

J'ai arraché mes yeux de Garrick et, triturant mon script, me suis dirigée vers la scène. J'avais les jambes en coton.

J'adorais Jeremy, mais, en quelques minutes, il était clair qu'il n'était pas Hippolyte. Il n'était pas le jeune héros, séduisant, fier et fougueux qui avait fait chavirer le cœur de Phèdre. Il était trop jeune. Il maîtrisait et interprétait parfaitement son texte, et il était passionné, mais la passion, parfois, ne suffit pas.

Deux autres candidats se sont succédé, eux aussi imparfaits, par manque de confiance en eux.

Puis est venu le tour de Cade.

J'ai toujours pensé que le meilleur atout de Cade était sa voix. Sur scène, son timbre grave, légèrement rocailleux, avait de la puissance. Et dans une pièce où le texte et le lyrisme étaient primordiaux, sa voix était idéale.

Il n'était jamais facile de déchiffrer Eric, mais il se montrait bien plus satisfait qu'il ne l'avait été jusque-là.

Les choses ont commencé à se dégrader quand je l'ai

rejoint sur scène. Nous interprétions la scène où Phèdre avoue pour la première fois ses sentiments à Hippolyte. Hippolyte n'a jamais aimé sa belle-mère. Il ignore que sa dureté à son égard n'est qu'une façade pour dissimuler l'amour qu'elle lui porte, et lui portait déjà avant la mort supposée de Thésée.

Nous nous sommes bien sortis de ce passage, mais je n'étais pas à la moitié de mon monologue, celui où je déclare ma flamme à Hippolyte, qu'Eric nous a interrompus.

— Non, non, répétait-il en montant sur scène, ça ne va pas du tout ! Cade, que faites-vous ?

Cade avait l'air sonné.

— Pardon ?

— Vous méprisez Phèdre. À mesure que vous comprenez ce qu'elle vous déclare, c'est l'horreur, le dégoût, la colère, qui vous animent.

— Bien sûr, monsieur.

— Alors pourquoi avez-vous l'air d'un chiot énamouré ?

Comme si je ne me sentais pas assez coupable… C'était ma faute. Cade avait longtemps dissimulé ses sentiments, mais notre baiser les avait fait jaillir à la surface, et ma tirade ne faisait que les aggraver.

J'ai préféré me détourner pendant qu'Eric lui parlait, j'avais trop peur de trahir ma compassion et qu'il en soit blessé. Alors, j'ai regardé Garrick. Il a soutenu mon regard une seconde avant de se tourner vers Cade. Le pli de son front s'est accentué. Puis il est revenu sur moi et ne m'a pas lâchée des yeux. Son expression était différente, quelque chose avait changé, qui me faisait battre le cœur et frissonner.

Nous avons repris la scène, et elle s'est achevée sans

incident. Cade n'était pas au mieux de sa forme, il restait tout de même nettement meilleur que tous les autres candidats. J'aurais dû apprécier qu'il ait du mal à jouer le dégoût, le mépris et la colère à mon égard. C'était mon ami après tout. Mais j'étais mal à l'aise, parce qu'une pensée s'était fichée dans mon esprit et, quels que soient mes efforts, je n'arrivais pas à l'en déloger.

S'il savait quelle raison se cachait derrière mon « peut-être », s'il savait *qui* se dressait entre nous… il n'aurait aucun mal à me mépriser *pour de vrai*.

J'étais déconcentrée pour le candidat suivant, suffisamment pour qu'Eric décide de m'accorder une pause. Ayant besoin d'air frais, je suis sortie par l'issue de secours. J'ai compris, avant même d'entendre la porte se rouvrir dans mon dos, que Garrick m'avait suivie.

— Tu t'en sors bien, a-t-il dit.

J'ai lâché ce qui aurait été un rire si j'en avais eu le cœur.

— Oui, et c'est pour que je m'en sorte encore mieux que tu me poursuis jusqu'ici.

— Non, mes raisons sont purement égoïstes.

Si j'avais cru m'habituer à sa franchise, je me trompais.

— Tu avais raison tout à l'heure, tu es un parfait abruti.

Ce qui me restait de mordant s'est évanoui devant son sourire.

Il est venu à côté de moi, et ses yeux se sont perdus sur les pelouses du campus.

— Je suis convaincu que cette pièce est un signe. J'ai l'impression de nous voir.

— Ah oui, et qui est la belle-mère concupiscente, toi ou moi ?

Ses yeux sont revenus sur moi.

— Oh ! moi, très certainement, a-t-il répondu. Phèdre ne cesse de s'accuser d'être égoïste, elle se hait d'être aussi égoïste, cela ne l'empêche pas de continuer. Elle ne peut pas s'interdire ce qu'elle désire si ardemment, même si ce désir la conduit à sa perte et à celle d'Hippolyte.

— Ton petit parallèle t'a appris quelque chose ?

— Non. Je reste convaincu qu'elle ferait pareil si elle pouvait recommencer, elle… prendrait le risque. Parce que même s'il y a quatre-vingt-dix-neuf chances sur cent que l'histoire finisse mal, il y en reste une pour qu'elle se termine bien. Et pour cette seule et unique chance, elle tenterait le coup.

— Écoute, Garrick, ta comparaison est passionnante, surtout avec cet accent, mais je suis fatiguée des métaphores et fatiguée d'être comparée à des figures tragiques. Alors dis-moi ce que tu veux, et laisse-moi tranquille. J'ai passé la nuit à déchiffrer des textes anciens, je ne veux pas continuer avec toi.

— Je dis que j'avais tort.

Il s'est approché, et mon épuisement s'est envolé d'un coup, remplacé par des millions de picotements sous ma peau.

— Je dis que tu me plais. Je dis que je me fiche pas mal d'être ton professeur.

Puis il m'a embrassée.

Je l'ai repoussé avant d'être emportée par l'élan insensé qui me poussait dans ses bras. Le plaisir m'a envahie après, comme un écho. Je l'ai chassé, avec le regret qui l'accompagnait.

— C'est complètement dingue, Garrick.

— J'aime ce qui est dingue.

Toute la question était de savoir si c'était mon cas.

Partagée entre la peur panique de m'apercevoir que ça l'était et le désir de céder, j'ai reculé. J'avais besoin d'espace pour respirer, réfléchir et me reprendre. Il y avait mille raisons pour que cette histoire finisse mal. D'un autre côté, et pour la première fois de ma vie, je trouvais mon existence plus passionnante que n'importe quelle fiction ou personnage de la littérature. Pire, j'avais une envie folle de découvrir la fin.

Eric ne m'avait-il pas conseillé d'être intrépide ? Il parlait de jeu, mais n'était-ce pas aussi valable dans la vraie vie ?

Garrick a glissé la main dans mes cheveux.

— Penses-y, m'a-t-il dit comme s'il lisait dans mes pensées, c'est tout.

Pour y penser, j'allais y penser. J'allais même ne penser qu'à ça.

Après un court baiser sur le front, il a fait demi-tour et m'a laissée derrière lui, dans un état lamentable.

16

— Tu veux un chat ! s'est exclamée Kelsey en quittant le cours de mise en scène, le lendemain. Qu'est-ce qui te prend, Bliss ?

— J'en veux un, c'est tout. Tu m'accompagnes ou pas ?

Elle a haussé les épaules.

— Impossible, je dois travailler. Désolée. Emmène Cade.

En le voyant surgir entre nous, je me suis demandé s'il écoutait notre conversation et depuis quand.

— M'emmener, où ?

— À la SPA. Je vais chercher un chat.

— Cool. Si je n'habitais pas sur le campus, j'aurais un chien.

J'avais conscience de la distance qu'il maintenait entre nous et de son hochement de tête, comme si ce geste lui donnait une contenance.

Kelsey a mis ses lunettes de soleil.

— Bon, si désolant que ce soit, je file. Amusez-vous bien à la fourrière. Et contente-toi d'un seul sac à puces,

Bliss. Ça me ferait mal de te voir devenir une mémé à chats avant l'âge.

Ignorant mon regard implorant, elle a filé.

C'était la première fois, depuis mon « peut-être », que Cade et moi nous retrouvions seuls. Il a redressé la bandoulière de son sac et l'a tripotée comme il le faisait chaque fois qu'il était nerveux.

— Si tu préfères y aller seule, pas de problème.

— Non, viens.

Nous devions régler cette histoire, et je ne voyais que deux solutions : ou nous sortions ensemble ou nous ne sortions pas ensemble. Notre amitié était déjà fissurée, attendre achèverait de la ruiner. Quitte à avoir cette discussion, autant la mener en terrain neutre.

— D'accord. Cool.

Cool, en effet.

J'étais contente de conduire, je n'avais pas besoin de justifier mon silence. Et comme c'était ma voiture, je pouvais monter le son de la radio autant que je le voulais. Ce que je n'avais pas prévu, c'était que Cade était suffisamment à l'aise pour le baisser.

— Alors, m'a-t-il demandé, pourquoi veux-tu un chat tout à coup ?

Oh ! tu sais, j'ai failli coucher avec notre prof, l'autre jour, mais je me suis enfuie au dernier moment en prétextant un chat imaginaire que je devais récupérer. Maintenant il a l'air de vouloir que nous sortions *vraiment* ensemble, et, même si c'est la pire des idées, je m'en fiche pas mal, parce que mon corps, et probablement mon cœur, me crie le contraire. Donc, j'ai besoin d'un chat pour qu'il ne s'aperçoive pas que c'était un prétexte pour ne pas lui dire que je suis vierge et que j'étais pétrifiée à l'idée de coucher avec lui.

— Oh ! juste comme ça, me suis-je contentée de répondre.

— Cool.

S'il répétait ce mot une seule fois, j'allais hurler.

Je me suis garée sur le parking en regrettant de l'avoir emmené avec moi.

À notre entrée, la réceptionniste a levé vers nous un visage pointu, des yeux obliques et des cheveux courts et soyeux. Son allure féline laissait croire que son environnement avait déteint sur son ADN.

— Bonjour ! En quoi puis-je vous aider ?

— Je voudrais adopter un chat.

— Formidable ! s'est-elle exclamée en battant deux petites mains aux allures de pattes. Nous avons plein de merveilleux candidats. Venez, je vais vous les présenter.

Nous l'avons suivie à l'arrière, où une puissante odeur d'antiseptique couvrait celle de tous les animaux.

— Nous y voilà, a-t-elle constaté en ouvrant une porte.

La pièce était remplie de cages, et il était impossible de savoir si le concert des miaulements avait commencé avec notre arrivée ou s'il était constant, mais c'était assourdissant.

— Bien, je vous laisse, a-t-elle déclaré. La seule chose que nous demandons, c'est que vous ne sortiez qu'un animal à la fois.

Sur un grand sourire façon chat du Cheshire, elle est partie.

J'ai commencé à faire le tour des cages, un peu perdue.

J'aimais les chats, mais étais-je sûre d'en vouloir un ? Qu'est-ce que j'en ferais une fois la fac terminée ? Est-ce qu'un garçon en valait la peine ? Est-ce que coucher avec un homme en valait la peine ? Ou, plus exactement, avais-je vraiment besoin d'un chat pour perdre ma virginité ? J'avais tout de même d'autres possibilités.

J'ai regardé Cade. Les doigts à travers les barreaux d'une cage, il caressait un chat plus noir que l'encre.

Le problème n'était pas seulement le sexe, même si c'était à cause du sexe que j'étais là. J'avais envie de Garrick, j'avais envie de coucher avec lui, mais, si je tentais à nouveau l'expérience, j'étais sûre qu'elle se solderait de la même lamentable façon. Ce n'était pas le sexe, le problème, c'était moi.

— Tu sais quoi ? ai-je lancé à voix haute. Je ne suis peut-être pas prête pour un chat.

J'ai commencé à partir, mais Cade m'a barré le chemin.

— Tu n'en as même pas caressé un. Essaie, au moins.

Il a ouvert la cage et pris le chat noir dans ses bras pour me le tendre. Même à un mètre, j'entendais le murmure doux et régulier de son ronronnement.

J'ai reculé.

— Ce n'est pas que je n'aime pas, euh… les chats, me suis-je défendue en bredouillant. Je suis sûre que je serais ravie de… d'en avoir un. Mais si je n'étais pas prête, hein ? Si j'avais un chat *avant* d'être prête ? Et si je me trompais, que je ne choisissais pas le bon ? Ou si j'étais une mauvaise maîtresse… de chat, bien sûr ?

Me serais-je aussi bien empêtrée si j'avais dit ce qui me tracassait vraiment ?

Cade a levé les yeux au ciel et m'a mis le chat dans les bras.

— Bliss, tu ne peux pas être mauvaise si tu essaies.

Avec les chats, peut-être, mais pas avec les hommes.

J'en étais sûre. Connaissant mon comportement névrotique, je pouvais être désastreuse. Affligeante, même.

Sans me demander mon avis, le chat s'est frotté sous mon menton, et c'était agréable. Cade me dévisageait avec un grand sourire. C'est peut-être lui, le meilleur choix, me suis-je dit. Le sexe serait peut-être moins terrifiant avec lui ?

Déstabilisée par cette réflexion, je lui ai remis le chat dans les bras et j'ai recommencé à faire le tour des cages. Je n'étais toujours pas convaincue, mais j'étais un peu plus calme. Heureusement, parce que lorsque j'ai vu le chat gris, une femelle, tapie dans son abri et qui pouvait très bien passer pour le Hamlet de mon invention, j'ai bien cru entendre le destin éclater de rire à mes oreilles.

Deux grands yeux verts me considéraient avec méfiance. J'ai ouvert la cage, ce qui m'a valu un feulement menaçant.

Évidemment, me suis-je dit, il faut que je tombe sur le seul chat sauvage et terrorisé de tout le refuge.

— Tu plaisantes ? s'est écrié Cade dans mon dos.

J'aurais bien aimé, mais j'avais dit à Garrick qu'Hamlet était une femelle grise et c'était la seule femelle grise du refuge.

— Dans la vie, ai-je répondu, les choses les plus terrifiantes sont parfois les plus gratifiantes.

J'étais presque sûre d'avoir lu cette sentence sur un emballage de gâteau. Mais elle semblait pleine de bon sens, non ?

J'ai avancé les mains, prête à subir un coup de griffe, une morsure, ou un véritable massacre, mais quand mes doigts se sont posés sur sa fourrure, elle n'a émis qu'une plainte sourde.

J'ai tourné les yeux vers Cade qui me regardait en hochant la tête, perplexe.

— Pourquoi ne veux-tu pas celui-là ? m'a-t-il demandé en hissant le chat noir près de son visage. Il est adorable.

La chatte que je tenais maintenant dans mes bras, pattes raides et yeux écarquillés, semblait prête à bondir. Si je tentais de la serrer davantage contre moi, je sentais qu'elle allait me démolir. Alors je l'ai posée sur le sol, et elle est allée se cacher sous un banc.

Je me suis redressée. Le regard interrogatif de Cade concernait le chat, je le savais, mais, derrière sa question muette, j'en entendais une autre. Une autre qu'il n'avait pas formulée. « Pourquoi ne veux-tu pas de moi ? » Cade était adorable, et l'idée de sortir avec lui ne me tétanisait pas. Ni de peur. Ni d'autre chose.

Et c'était bien le problème.

— Cade… je vais retirer mon « peut-être ».

Même les chats ont arrêté de miauler. J'imaginais leur silence stupéfié et je me demandais comment se disait « oh, non, pas ça ! » en chat.

— Ah !

J'aurais préféré qu'il crie, jure, proteste, se défende. Je m'attendais même à ce qu'il se rétracte, comme la chatte grise, mâchoires serrées et griffes dehors. Mais il s'est éloigné et a remis soigneusement le chat noir dans sa cage. Sans doute pour respecter les consignes. C'était tout Cade de respecter le règlement. J'avais toujours été comme ça, moi aussi, mais je commençais à me dire que je ne voulais plus l'être.

Avec des gestes mécaniques, il a fermé la grille et claqué le loquet d'un coup sec. Il est resté le dos tourné pour me demander :

— Je peux te demander pourquoi ?

Il avait le droit de savoir, mais comment lui dire la vérité ? C'était impossible. Si je sortais avec Garrick, personne ne devait le savoir. Même pas mes meilleurs amis.

— Il se pourrait qu'il y ait quelqu'un d'autre.

— « Il se pourrait » ?

Je me suis mordu les lèvres. C'était une véritable torture, et c'était moi le bourreau. Il me tournait toujours le dos et, à l'idée de ce que j'étais en train de lui infliger, mon cœur se déchirait.

— C'est un peu… compliqué. Mais il me plaît. Beaucoup. Je voulais comprendre, voir si mes sentiments s'effaçaient pour que, peut-être, toi et moi, nous…

Je n'ai pas eu le courage de formuler la suite. C'était inutile.

— Mais ils ne s'effacent pas, Cade, et je ne supporte pas ce qui se passe entre nous. Tout a changé et j'ai l'impression de mourir. Je ne supporte pas de faire attention à tout ce que je fais ou dis avec toi, de me demander si c'est bien, si je ne franchis pas une limite, ou si je ne suis pas en train de te faire souffrir. Mon meilleur ami me manque. Tu me manques, Cade, même quand je suis avec toi. Alors… je dois faire un choix. Et je ne veux pas tout gâcher entre nous, tu comptes trop pour moi. Si je te disais oui et que mes autres sentiments persistaient… Je ne peux pas te faire ça. S'il te plaît, dis-moi que je n'ai pas déjà tout gâché…

Il s'est alors tourné, et la souffrance que j'ai lue sur son visage m'a frappée de plein fouet. Il s'est raidi, et m'a paru un étranger.

— Je voudrais te dire que ça va, Bliss, tu comptes aussi beaucoup pour moi, mais je ne peux pas prétendre que je n'espérais pas autre chose. Je ne peux pas faire semblant. Le fait est que… tu me fais souffrir. Je t'aime, et chaque seconde sans que tu me rendes cet amour est juste… insupportable.

J'ai tendu la main.

— Cade…

— Non, m'a-t-il arrêtée. S'il te plaît, je ne peux pas.

L'odeur d'éther était soudain suffocante et me donnait la nausée.

— Tu ne peux pas quoi ? Être mon ami ?

— Je ne sais pas, Bliss. Je ne sais pas. *Peut-être.*

Son amertume était imperceptible, mais elle m'a frappée comme une gifle. Je l'ai laissé partir et quand il a disparu, je me suis effondrée sur le banc, accablée, épuisée et le cœur en lambeaux.

Je suis restée assise longtemps à me demander comment j'aurais dû m'y prendre. Y avait-il une façon de ne pas tout gâcher comme je venais de le faire ? N'aurais-je pas dû être moins directe ? Attendre la fin de l'année, que Garrick parte, et tenter de construire quelque chose avec Cade ?

Un jour, quand j'étais petite et que ma meilleure amie m'avait brusquement tourné le dos, ma mère m'a consolée en me disant que certaines amitiés s'achèvent d'elles-mêmes. « Elles brillent comme des étoiles et puis un jour, sans que rien de particulier se produise, elles s'éteignent. Elles ont vécu. »

J'étais incapable d'imaginer la fin de mon amitié avec Cade.

J'ai senti un mouvement à mes pieds, et la tête du chat gris est apparue entre mes jambes. Elle a avancé, se frottant contre moi au passage, puis a fait le tour de mon mollet et a appuyé sa tête contre mon tibia. J'ai baissé la main, et elle s'est figée avant de s'aplatir, apeurée. J'ai attendu, puis continué plus lentement jusqu'à ce que ma main se pose et glisse doucement sur son dos. Elle s'est détendue, et j'ai recommencé.

Je me suis alors assise à côté d'elle. Elle s'est rétractée, mais ne s'est pas enfuie. Quand j'ai senti qu'elle s'était habituée à ma présence et à mes caresses, je l'ai prise dans mes bras et, le visage enfoui dans sa fourrure, j'ai puisé le réconfort qu'elle ignorait me donner.

— Je te propose un marché, Hamlet. Je vais t'apprendre à être moins peureuse, et tu feras la même chose avec moi. Ça marche ?

Elle m'a regardée, de ses grands yeux verts, et a miaulé.

17

Le temps que je remplisse les papiers et que j'installe Hamlet dans la boîte en carton destinée à la transporter jusqu'à chez moi, une bonne demi-heure s'était écoulée depuis le départ de Cade. Je m'attendais à le trouver près de ma voiture, mais il n'était nulle part.

J'ai sorti mon téléphone. Pas de texto.

J'ai regardé sur mon pare-brise. Pas de message.

J'ai composé son numéro. Pas de réponse.

J'ai recommencé. Pour tomber directement sur sa messagerie.

Au bip, j'étais en larmes.

— Cade, je suis désolée, je te demande pardon. Je ne voulais pas te le dire comme ça. Je voudrais que tout redevienne comme avant… Pardon, c'est stupide. Je le sais. Je sais que ça ne peut pas être comme avant, mais… Non, tant pis. S'il te plaît, dis-moi seulement que ça va. Tu n'es pas à ma voiture, et je ne sais pas comment tu es rentré chez toi, ni même si tu es rentré chez toi. Appelle-moi, s'il te plaît.

Quelques minutes plus tard, alors que j'étais assise sur

le gravier du parking et le jean plein de poussière, j'ai reçu un texto.

Ça va.

Je l'ai aussitôt rappelé. Pour tomber directement sur sa messagerie.

C'était plié. J'avais beau m'efforcer de me convaincre du contraire, notre étoile, je le savais, s'était éteinte.

À cause du chagrin, parce que j'étais devenue folle, ou parce que je n'avais aucun autre endroit où me réfugier, ce n'est pas chez moi que je suis allée, en arrivant dans ma résidence.

Mais chez Garrick, Hamlet en main.

Je ne sais pas à quoi je ressemblais quand il m'a ouvert la porte, je ne voulais pas le savoir. Dès qu'il m'a vue, il m'a invitée à entrer sans me poser de questions.

C'était la première fois que je venais chez lui. J'aurais dû faire le tour de l'appartement, lui demander de me faire visiter, dire quelque chose. Mais j'avais des sanglots dans la gorge qui ne demandaient qu'à se déverser.

Les digues se sont rompues quand il m'a soulevé le menton en prononçant mon prénom d'une voix aussi inquiète que son regard. Les larmes ont débordé et se sont mises à rouler sans que je puisse les arrêter, ni respirer, ni formuler aucune explication.

Il m'a pris la boîte d'Hamlet et a passé un bras autour de mes épaules pour me conduire, après une entrée identique à la mienne, dans un salon entièrement différent. Il était plein de livres, certains sur des étagères, d'autres en pile sur le sol. Le mobilier était simple, moderne, mais pas assez impressionnant pour m'empêcher de m'effondrer dans le canapé noir et de prendre un coussin blanc que j'ai serré contre moi. Il s'est assis à côté de moi, m'a pris le coussin des mains, m'a installée sur ses genoux et m'a bercée en essuyant mes larmes, en repoussant mes cheveux, en me caressant le dos.

— Il me déteste, ai-je fini par articuler entre deux hoquets.

Il ne m'avait rien demandé, mais son inquiétude suffisait à m'arracher les mots de la gorge.

— Qui, mon cœur ?

— C-Cade.

— Cade ne pourra jamais te détester.

— Si. Il me déteste. Il est parti. Il ne voudra plus jamais me parler.

J'ai fondu en larmes à nouveau et, calant ma tête sous son menton, il m'a serrée tendrement contre lui.

Tu t'en sortiras, mon cœur, murmurait-il en me laissant pleurer. *Tout va s'arranger. Calme-toi. Respire, Bliss. Je suis là. Tout ira bien. Ne t'inquiète pas.*

Il a dû trouver un millier de variantes, mais ne s'est pas découragé, et, quand mes larmes se sont enfin taries, j'étais si fatiguée que je suis restée contre lui, à écouter le souffle de nos respirations. Un bruit a fini par me tirer de mon agréable torpeur. Un gémissement faible et contrarié.

Hamlet !

J'avais laissé Hamlet enfermée dans sa boîte.

Je me suis levée, l'esprit tout à coup plus clair.

— Excuse-moi, je dois la ramener à la maison.

J'allais prendre la boîte quand il m'a retenue par le coude.

— Reste, tu es bouleversée. Je vais m'occuper du chat.

Non. Je ne pouvais pas le laisser faire. Parce qu'il verrait que toutes les affaires de chat que j'avais apportées étaient neuves et encore emballées.

— Non, merci. Vraiment. Je dois y aller. Ça va maintenant. Merci.

— Bliss, s'il te plaît, parle-moi.

Mon corps se penchait vers lui à la recherche de ses caresses.

— Je ne sais pas…

Je ne savais vraiment pas.

— Écoute, m'a-t-il alors proposé, rentre chez toi, occupe-toi tranquillement du chat, et un peu plus tard, j'apporte de quoi dîner. Nous pourrons parler, regarder un film, ou faire ce que tu voudras, mais tu ne peux pas partir comme ça, sinon… je vais devenir fou d'inquiétude.

J'ai fini par opiner de la tête.

— D'accord.

— Tu es sûre ?

— Oui. Laisse-moi une heure, ça te va ?

Il a souri, et j'ai compris que les ennuis commençaient.

J'étais certaine que ma nouvelle compagne me détestait. Après l'avoir si longtemps laissée dans son carton, je ne pouvais pas lui en vouloir, mais, quoi que je fasse, chaque fois que mes pas me conduisaient vers elle, elle émettait ce feulement bas et menaçant qui me faisait reculer.

Je lui avais préparé une écuelle à la cuisine, qu'elle ignorait superbement. J'avais installé sa litière dans la petite buanderie du couloir et l'avais posée dessus pour qu'elle sache où aller. Elle avait craché et détalé, emportant des graviers dans sa fuite, puis disparu sous mon canapé, ne montrant que ses yeux verts, brillants et diaboliques.

J'aurais dû dire à Garrick que mon chat s'appelait Lady Macbeth, j'aurais été plus près de la vérité.

Ensuite, seule avec mes pensées (aussi réjouissantes

que le virus Ebola), j'ai rangé mon salon. Puis je me suis occupée de ma chambre d'où, prise d'une brusque nausée, je me suis précipitée dans la salle de bains.

Pour rien.

Je ne pouvais même pas prétexter d'être malade.

Avant d'avoir le temps de me décider – voulais-je ou non tenter l'aventure (ou le sort) avec Garrick – un coup frappait à ma porte.

Mon cœur s'est mis à bondir, comme s'il servait de trampoline à quelqu'un. Je me suis immobilisée pour respirer un bon coup. Je ne lui avais rien promis. Il avait dit que nous pourrions parler, regarder un film, ou ce que je voudrais. Je n'étais pas obligée d'en faire un drame.

Quand j'ai ouvert la porte, Garrick était si joyeux que mes appréhensions ont un peu diminué.

— J'ai oublié de te demander ce que tu voulais, alors j'ai pris une pizza, un hamburger et une salade.

Il me tendait les trois et, tout à coup, je me suis sentie submergée. Par une vague de plaisir. Le plaisir de le voir sur mon palier. Non, le plaisir de le voir *tout court*.

Bon sang, cet homme me plaisait.

Et ce n'était pas seulement physique.

— La pizza m'ira très bien.

J'ai reculé pour le laisser entrer. Sa présence, que j'avais tant redoutée tout à l'heure, ne me semblait plus du tout effrayante. J'étais encore un peu nerveuse, mais pas au point de vouloir fuir ou me terrer sous mon canapé comme Hamlet.

Nous sommes allés vers le coin cuisine. Il a posé les cartons sur le comptoir et je me suis concentrée sur les verres, les assiettes, les boissons. Quand le couvert a été mis, que je n'avais plus rien pour m'occuper l'esprit et les mains, je me suis assise sur le tabouret à côté de lui. Je glissais une part de pizza dans mon assiette quand il a ouvert la salade.

Je l'ai regardé avec suspicion.

— Tu vas te contenter de salade pendant que je me goinfre de calories ?

Il a mis la sauce sur sa laitue et m'a souri.

— Non, j'ai l'intention de manger le hamburger. Et de la pizza, si tu m'en laisses.

— Tu me rassures !

Nous avons parlé de tout et de rien. Il a reculé horrifié quand j'ai plongé ma pizza dans la sauce ranch, et avancé les lèvres comme si c'était répugnant quand je lui ai fait goûter. Mais je l'ai surpris, un peu plus tard, à tremper un morceau lui-même. Ça n'a été qu'à la fin du repas qu'il est revenu sur mon irruption chez lui.

— Alors, tu veux me dire maintenant ce qui s'est passé avec Cade ?

J'ai joué avec le morceau de poivron dans mon assiette.

— Nous avons eu une dispute. Enfin, je crois. Je ne suis pas sûre. Nous ne nous sommes jamais disputés, avant.

— À cause de quoi ?

J'ai soupiré et commencé à débarrasser.

— À cause du baiser.

Je n'avais pas besoin de me retourner pour voir sa réaction, alors j'ai mis les assiettes dans l'évier et commencé à faire la vaisselle… même si j'avais une machine.

— Il veut sortir avec moi, ai-je continué. Il me l'a dit après. On a essayé de faire comme si ça ne changeait rien, mais c'était horrible. Je ne peux pas faire comme s'il ne s'était rien passé.

Il est venu à côté de moi, a pris une assiette et s'est

mis à l'essuyer. Il avait dû comprendre que j'avais moins de mal à parler quand on ne se regardait pas, car il a gardé les yeux sur l'assiette sèche depuis longtemps.

— Qu'est-ce que tu as fait, alors ?

— Je lui ai dit que je n'allais pas sortir avec lui.

— Tu n'étais pas un peu tentée ?

Je n'étais pas sûre qu'il veuille vraiment savoir, mais il avait posé la question, alors j'allais lui répondre. J'avais besoin d'en parler.

— J'y ai pensé. Cade est sympa, et j'aime être avec lui, mais il ne me fait pas vraiment vibrer.

Cette fois, il s'est tourné vers moi.

— Et moi, est-ce que je te fais vibrer ?

Je l'ai regardé, le temps de vérifier qu'il plaisantait. Ce n'était pas le cas. J'ai détourné les yeux.

— Question idiote.

— Tu crois ? Tu es plus difficile à déchiffrer que tu ne le penses, Bliss.

Je me suis essuyé les mains et suis partie m'asseoir sur le canapé, dans le coin, avant de prendre un coussin dans mes bras.

— Je suis sérieux, a continué Garrick. Parfois, tu réagis comme si… enfin, comme j'ai envie que tu réagisses. Et d'autres fois, comme dehors pendant l'audition, tu me repousses comme si je ne te faisais pas autant d'effet que tu m'en fais.

J'ai serré le coussin plus fort.

— Tu me fais de l'effet, Garrick. Seulement cela me perturbe aussi et ça… m'inquiète. Et je ne comprends pas pourquoi tu ne t'inquiètes pas aussi.

Il s'est assis à l'autre bout du canapé.

— Je m'inquiète, a-t-il dit, je ne fais même que ça.

— Et tu penses quand même que c'est malin ?

Il a secoué la tête en riant.

— Oh ! non, ce n'est certainement pas malin. Mais tu veux savoir un truc, Bliss ? Je suis malheureux ici. Je suis ravi d'avoir un boulot stable, et j'aime enseigner, mais je n'ai aucun ami. Je vais travailler, je rentre le soir. Je pense à toi parce que je ne peux pas m'en empêcher, et parce que je n'ai rien pour me distraire. Surtout quand je sais que tu habites l'immeuble à côté. Le soir où nous nous sommes rencontrés… Bliss, ce n'est pas mon genre, mais je doutais de ma décision de venir ici, et tu étais tout ce dont j'avais besoin. Je ne sais pas combien de fois je me suis retenu de venir frapper chez toi. Et, oui, te voir avec Cade était une bonne raison de le faire. Mais surtout… tu me plais, Bliss. Tu plais au professeur, à la personne, à l'homme que je suis.

J'avais du mal à respirer, à empêcher le désir de prendre ses aises sur mon visage, à ne pas me pencher vers lui.

— Et qu'est-ce qu'on fait maintenant ? ai-je réussi à souffler.

— Je n'en ai pas la moindre idée.

J'en avais plein. C'était tout le problème.

— Si nous faisons…

Je me suis interrompue. Son attitude avait changé, et je sentais qu'elle reflétait la mienne. Nous étions sur le point de franchir une limite, et nous le savions tous les deux.

— Si nous… sautons le pas, ai-je repris, nous devons être prudents.

Il a opiné, son regard planté dans le mien.

— Et nous devons prendre le temps. Parce que si nous allons trop vite, nous risquons d'être… dépassés.

J'avais surtout (encore) besoin de réfléchir, de savoir si oui ou non j'étais prête à coucher avec lui.

Je n'étais pas sûre que nous soyons capables de prendre le temps, mais c'était le seul moyen, pour moi, d'envisager le sexe sereinement. *Sereinement ?* De qui je me moquais ? De toute façon j'allais flipper. La seule question était de savoir si ce serait un flip complètement névrotique (après l'excuse du chat, je préférais ne pas imaginer de quoi je pouvais être capable) ou juste un flip… normal.

— D'accord, a dit Garrick en approchant. Je peux être prudent et même… prendre le temps.

Sa main sur mon cou m'a fait frissonner. Mais ma peur a vite été dépassée par le besoin de le toucher à mon tour. Abandonnant mon coussin, j'ai glissé vers lui et posé la main dans la sienne. Il l'a portée à ses lèvres et l'a embrassée en fermant les yeux. Je me suis laissé envahir par ce contact, doux et apaisant, et me suis encore approchée de lui.

Mon corps s'est parfaitement niché contre le sien.

Ma tête sur son épaule, son bras autour des miennes, j'ai alors compris, en soupirant, que je franchissais un point de non-retour.

18

La douceur de la nuit s'est envolée le lendemain matin.

Cade n'était pas furieux, effondré ou hostile. En fait, il ne montrait rien. Quand je suis arrivée au foyer, il ne m'a pas adressé la parole. Si j'intervenais dans une conversation, il s'en allait. Il ne s'est pas non plus assis à côté de moi en cours. J'étais une habitude dont il entendait se débarrasser froidement.

Le sourire de Garrick était réconfortant. Nous étions dans la salle informatique pour préparer ce que nous ferions après le diplôme. Certains cherchaient des troisièmes cycles un peu partout, d'autres ratissaient le Web à la recherche du moindre stage. Kelsey s'intéressait aux billets d'avion et aux modes d'hébergement dans toutes les villes du monde.

De mon côté, je contemplais la page d'accueil de mon moteur de recherche.

Garrick, la main sur le dossier de ma chaise, s'est penché sur mon épaule.

— À quoi penses-tu, Bliss ?

À toi. Nu, aurais-je dû rétorquer. Ça lui aurait appris à me déstabiliser. Non que je pensais à lui, nu… Enfin, maintenant que j'y pensais, bien sûr… j'y pensais. Flûte.

J'ai secoué la tête parce que je n'avais aucune réponse susceptible d'être formulée à voix haute. Il s'est redressé et s'est appuyé contre la table, face à moi.

— Le jeu ou la régie ? a-t-il repris.

Son regard me semblait beaucoup trop intime dans cette salle pleine de mes camarades, même si personne n'y prêtait la moindre attention – personne, à l'exception de Kelsey. Elle regardait presque chaque fois que Garrick m'adressait la parole, ce qui ne faisait que me confirmer que nous devions être prudents.

— Je ne sais pas, ai-je murmuré.

— D'accord, alors pourquoi ne pas commencer par une ville ? Tu peux te renseigner sur un appartement. C'est une chose que tu dois envisager, surtout si tu vas à New York.

— New York est au-dessus de mes moyens.

— Oui, c'est le cas de beaucoup de monde. Mais il n'y a pas qu'à New York qu'on fait du théâtre. À Philadelphie aussi.

Je l'ai regardé, stupéfaite. Était-il en train de me suggérer d'aller à Philadelphie ? Là où il habitait ? Était-ce un message ou me faisais-je des illusions ? Il a continué :

— Dallas et Houston sont aussi des bassins d'emploi intéressants. Comme Chicago, Seattle, Boston. En fait, les possibilités sont nombreuses.

Je suis revenue à mon écran. Je me faisais des illusions. Nous n'avions pas de relation sérieuse. Si incroyable que cela paraisse, nous avions passé la soirée sagement enlacés sur mon canapé. Cela ne signifiait pas que nous étions ensemble ou que j'étais prête à m'installer à l'autre bout du pays avec lui.

— Inutile de te mettre la pression, explore, cherche, tu verras ce que ça donne.

Il s'est éloigné vers un autre étudiant, et j'ai posé les mains au-dessus de mon clavier. Les yeux sur la lettre « P », je n'arrivais pas à me décider. Du coin de l'œil, je voyais Kelsey m'observer. Alors, aussi tentée que je sois par l'exploration de Philadelphie, j'ai tapé « stages de régie théâtrale » et lancé la recherche.

Puis je suis passée de page Web en page Web, en regardant l'horloge au bas de mon écran, impatiente de la voir tourner plus vite.

À la fin du cours, mon soulagement a été de courte durée.

Le résultat final de l'audition était affiché.

J'étais toujours Phèdre, ce qui était une bonne nouvelle (Eric aurait pu changer d'avis). Le rôle d'Aphrodite était attribué à Kelsey, comme elle le voulait. Rusty était un soldat, exactement comme il l'avait prédit. Et Cade...

Cade était Hippolyte.

J'ai frappé chez Garrick ce soir-là, nerveuse malgré notre accord de ne rien précipiter. Nous n'avions pas prévu de nous voir, et notre relation était si ténue que nous n'avions même pas échangé nos numéros de téléphone. J'espérais ne pas me discréditer en venant le voir deux soirs de suite. Hamlet m'avait regardée partir avec joie, j'en étais sûre. Notre cohabitation restait délicate.

Mon appréhension s'est envolée à l'instant où Garrick m'a ouvert.

— Bliss ! s'est-il exclamé visiblement soulagé. Je pensais

passer chez toi dans une heure, mais j'avais peur que tu n'aies des invités.

— On ferait peut-être bien d'échanger nos numéros de téléphone.

— Tu vas m'enregistrer sous un nom de code, pour que personne ne sache d'où viennent les textos libidineux que je vais t'envoyer ?

Je l'ai regardé, les yeux écarquillés

— Parce que tu as l'intention de m'envoyer ce genre de textos ?

Une lueur amusée a dansé dans son regard et son sourire éblouissant s'est étiré sur ses lèvres.

— Je ne l'exclus pas.

J'ai dû rougir, pâlir, ou bredouiller, en tout cas, il a dû me prendre par la main pour m'attirer à l'intérieur.

Un livre était ouvert sur le canapé. Un livre de poésie, bien sûr, puisqu'il était parfait. Il a marqué sa page, a posé le recueil sur la pile au pied du canapé, puis est venu m'enlacer les doigts.

J'avais envie de me blottir dans ses bras, mais je n'osais pas. En étions-nous au stade où je pouvais me permettre ce genre de choses ? Ou devais-je attendre ? Jusqu'à quand ? Et quoi ?

— Alors, cette distribution ? m'a-t-il demandé en m'attirant sur le canapé.

Je me suis laissée tomber à côté de lui avec un gros soupir.

— C'est si horrible ?

— Tout dépend si Cade accepte de me parler avant le début des répétitions dans deux semaines.

Cette fois, je n'ai pas eu à me demander si j'avais tort ou raison. Garrick m'attirait si naturellement contre lui que je me suis laissée aller de la même manière contre son épaule.

— Cade n'est pas un imbécile. Je suis sûr qu'il va digérer et s'en remettre.

J'ai opiné, mais je n'étais pas convaincue. Cade était intelligent, et c'était bien pour ça qu'il allait m'éviter le plus possible. Il n'avait aucune raison de se morfondre pour moi.

Il méritait nettement mieux.

— Bon, a tranché Garrick, assez parlé de Cade. Je n'aime pas cette tristesse sur ton visage.

Il a attendu de voir naître un sourire pour continuer :

— Nos possibilités de sorties étant proches de zéro, que dis-tu de regarder un film ?

— Ça me va.

Il a choisi une comédie, sans doute pour me remonter le moral, puis a éteint les lumières et m'a rejointe sur le canapé. Quand le générique a commencé, il s'est adossé en m'attirant avec lui. J'ai hésité une seconde, puis j'ai niché ma tête sur son épaule.

J'ai essayé de m'intéresser au film, vraiment, mais je sentais son souffle sur mes cheveux et sa main descendre et monter lentement le long de mon dos. C'était une caresse douce, électrique, pénétrante. Et chaque fois qu'elle descendait un peu plus bas, qu'elle effleurait ma peau entre ma chemise et la ceinture de mon short, j'étais rivée au bout de ses doigts. Ils ne s'attardaient pas longtemps, cette seconde suffisait pourtant à me couper le souffle. Et quand ils remontaient jusqu'à ma nuque, au terme d'une paresseuse et interminable course, c'était à peine si je pouvais retenir un gémissement. Il avait fait plusieurs de ces allers-retours quand j'ai risqué un regard vers lui. Concentré sur le film, il semblait complètement ignorant de la torture qu'il m'infligeait.

Décidant qu'il était temps de le torturer un peu à mon tour, j'ai desserré le poing et commencé à suivre, du bout des doigts, le dessin imprimé sur son tee-shirt. Je pensais m'arrêter là, mais au terme de ma boucle je ne pouvais plus m'arrêter. Alors j'ai continué, le long de ses pectoraux, sur son épaule, son bras tendu, avant de revenir en sens inverse. Quand je me suis mise, comme lui, à jouer avec l'ourlet de son tee-shirt, sa main sur mon dos s'est figée.

Électrisée par sa paralysie, j'ai glissé les doigts sous le tissu et, le cœur battant, laissé courir le bout de mes ongles sur sa peau. Sa main s'est étalée dans mes cheveux, provoquant l'ouverture instantanée de ma paume sur son ventre. Ses doigts se sont alors crispés, juste assez fort pour me tirer la tête en arrière.

Son sourire avait disparu. Ses yeux, presque noirs dans l'obscurité, ont parcouru mon visage pour se fixer sur les miens. Son regard était brûlant, et l'attente de son baiser tellement insupportable que ma main s'est refermée sur sa taille. Mais il continuait de me regarder sans esquisser le moindre geste, si bien que je me suis humecté les lèvres. Ses yeux ont suivi le bout de ma langue et se sont arrêtés sur ma bouche. Plus le temps s'écoulait, plus je sentais grandir l'onde de chaleur qui palpitait entre mes cuisses.

N'y tenant plus, je me suis lovée contre lui. Il est enfin passé à l'action, et la tension des dix dernières minutes s'est entièrement concentrée sur le contact de nos lèvres. J'avais l'impression de crépiter, comme une allumette juste avant l'embrasement.

Quand il a ouvert la bouche, que nos langues se sont

caressées, j'avais tellement attendu que c'était… comme un premier baiser.

Il s'est écarté et a posé son front contre le mien.

— Merci, a-t-il murmuré.

Merci ? Que devais-je comprendre ? Merci, mais… non merci ? Merci, mais je regarde un film ?

— De quoi ?

— De nous donner une chance. Je sais que tu avais – que tu as toujours – peur. Mais tu rends déjà ma vie infiniment plus agréable.

Était-ce parce qu'il était acteur qu'il ne craignait pas de se dévoiler et d'être vulnérable, ou bien était-ce tout simplement son style ? J'aurais aimé me sentir aussi à l'aise, mais ce n'était pas dans *ma* nature.

— Je peux te poser une question ?

Sa main a glissé sur ma joue.

— Bien sûr.

— Pourquoi as-tu accepté ce poste ? J'en suis ravie, mais tu as dit toi-même que tu étais malheureux.

— Je l'étais. Je ne le suis plus.

Il m'a attirée à lui et de nouveau embrassée. Il n'avait pas répondu à ma question, mais la réponse ne m'intéressait pas assez pour que je veuille m'écarter.

Au contraire. Surtout que sa langue glissait paresseusement sur la mienne.

C'était divin, doux et vraiment divin, mais c'était lent, trop lent, beaucoup trop lent.

Je voulais que nos corps fusionnent, que nos lèvres s'écrasent. Je ne voulais pas ce tourment délicieux. Je voulais la tempête. Alors je l'ai pris par le cou et, approfondissant mon baiser, l'ai entraîné dans l'ouragan que je sentais frémir entre nous.

Notre baiser s'est enflammé. C'était bon. Bon, mais toujours insuffisant. De plus en plus insuffisant, malgré le rythme, maintenant déchaîné, de nos langues. J'ai continué, goûtant chaque once du plaisir qui me traversait, jusqu'au moment où il s'est écarté.

Les yeux dans les miens, le souffle court, il a détaché ma main de sa nuque pour la tirer, tirer, jusqu'à la coincer dans mon dos.

Ainsi prisonnière, il est revenu poser ses lèvres sur les miennes, et s'est mis à m'embrasser avec une lenteur, une douceur, une paresse tellement délibérée que, dans l'espoir de mettre fin à cette véritable torture, j'ai tenté d'avancer. Mais il a reculé et, tout en me maintenant fermement, a recommencé. Ma frustration était telle que j'en ai poussé un grognement d'impatience.

Et, lui, au lieu de me contenter, au lieu de me plaquer contre lui, il a *souri*.

— Qu'est-ce qui t'arrive ?

Plusieurs répliques me traversaient l'esprit, certaines incohérentes, d'autres peu aimables. Celle qui a franchi mes lèvres traduisait heureusement ma pensée.

— Trop lent, ai-je gémi.

Vraiment gémi.

— Je croyais que tu voulais prendre le temps.

— Imbécile.

Il ne s'est même pas donné la peine de paraître choqué. Il a juste éclaté de rire. Je me débattais, pour libérer mon bras, quand il m'a immobilisée d'un baiser un peu plus conséquent, un peu plus satisfaisant que le précédent. J'oubliais juste ma frustration, quand il s'est, une fois de plus, écarté.

C'était absurde, mais s'il continuait comme ça, j'allais me mettre à pleurer. Sa bouche a glissé vers mon oreille.

— Je n'essayais pas d'être intelligent, a-t-il murmuré, mais de répondre à ta demande. Ce que je ne peux pas faire si je me laisse aller, si je t'embrasse comme tu le veux. Parce qu'à ce moment-là, la seule chose à laquelle je pense, c'est au goût de ta peau et à quel point je veux la goûter encore.

Son souffle me brûlait, ses lèvres me brûlaient, ses mots mêmes me consumaient. Si bien que mon dos s'est arqué, me plaquant, à califourchon comme je l'étais, plus intimement contre lui.

Un grognement lui a échappé, et son murmure s'est fait plus âpre.

— Je me souviens de tes seins dans mes mains, de la façon dont tu as réagi à mes doigts à l'intérieur de toi.

Je me suis mordu les lèvres, pour retenir le gémissement qui s'enfuyait. Je voulais qu'il me touche. Je voulais que nous soyons nus, *et* qu'il me touche comme il l'avait déjà fait.

— J'imagine ton corps sous le mien, a-t-il continué, je m'imagine en toi. Ces images me consument, et la lenteur est bien la dernière chose qui me traverse l'esprit.

Cette fois, je n'ai pas pu retenir du tout mon gémissement. Ses mots me faisaient fondre de désir, de plaisir.

— C'est la raison pour laquelle je dois t'embrasser lentement. À moins, s'est-il ravisé, que tu n'aies changé d'avis. As-tu changé d'avis, Bliss ?

Oui ! Oh, oui.

Pire qu'une torture, c'était un véritable supplice.

Mais la raison, tapie au fond de mon cerveau, a subitement refait surface, armée de sa pancarte sur laquelle était inscrit, en lettres majuscules, le mot *SEXE*. Et si je tentais le coup et, qu'une fois de plus, je me dégonflais ?

— Non, ai-je répondu. Je n'ai pas changé d'avis. Imbécile.

Imbécile, parce que c'était un supplice et parce qu'au vu du grand sourire qu'il affichait sur son visage, il le savait pertinemment.

— Dans ce cas, a-t-il conclu, vive la lenteur.

19

J'en voulais encore un peu à Garrick quand je suis partie, mais quand il m'a raccompagnée à la porte et m'a demandé ce que je faisais le lendemain, je n'étais pas assez énervée pour l'envoyer promener. Cade ne me parlait plus et je n'avais pas de nouvelles de Kelsey, alors je lui ai dit que j'étais libre, et nous avons convenu de diner chez moi.

Je me suis réveillée à midi. Mon lit était tellement confortable que j'y suis restée un peu plus. Je l'ai quitté pour prendre une douche, un bon petit-déjeuner, et j'ai passé le temps avec mes cours, puis un livre. Quand j'ai regardé ma montre, il n'était que quinze heures.

Alors j'ai pris mon ordinateur et lancé une recherche sur les théâtres de Philadelphie.

Un site réunissait une multitude d'informations sur de nombreuses salles de la ville. J'en ai visité toutes les pages, notant les spectacles, les auditions en cours, celles à venir, les descriptions de postes à pourvoir, et cochant quelques pages intéressantes.

Mon téléphone a sonné, mais s'est interrompu avant

que je n'arrive à le localiser plus précisément qu'au salon. Celui qui voulait me joindre avait heureusement de la suite dans les idées, car il a rappelé quelques minutes plus tard. La sonnerie venait bien des environs de mon canapé. J'ai écarté les coussins, sans succès. J'ai fouillé au milieu des livres et des papiers, sans davantage le trouver. J'ai fini par m'allonger par terre pour regarder en dessous. Il était là, brillant dans l'obscurité, juste à côté du regard luisant d'Hamlet.

J'attendais toujours que l'aperçu de tendresse dont elle avait fait preuve au refuge refasse surface. J'étais sûre que c'était elle, juste pour me contrarier, qui avait planqué mon téléphone sous le canapé.

— Écoute, chat, je ne sais pas pourquoi tu me détestes autant, mais je crois que tu oublies un détail : c'est *moi* qui t'ai secourue.

Allongée par terre, j'ai tendu le bras vers mon téléphone.

— Et c'est donc *toi* qui dois faire preuve de gentillesse.

Quand ma main s'est approchée, elle a émis son feulement maintenant familier.

— Oui, oui, c'est ça, ai-je répliqué en l'ignorant.

M'extraire de sous le canapé n'a pas été plus facile que m'y glisser.

Maman, ai-je lu sur l'écran. *Deux appels manqués.*

Je me disais que j'aurais mieux fait de le laisser où il était, quand il s'est remis à sonner. J'ai répondu.

— Salut, maman.

— Ah, tout de même ! Pourquoi n'as-tu pas répondu les deux premières fois ? Tout va bien ?

— Oui, maman, très bien. Je ne trouvais pas mon téléphone, c'est tout.

— Tu devrais le poser au même endroit chaque fois

que tu rentres, chérie. De cette façon, tu saurais où le trouver.

— Oui, maman, tu as raison.

— Bon, ton manque d'organisation n'est pas nouveau. Que se passe-t-il d'autre dans ta vie, chérie ?

Ma mère était la seule personne au monde à ne pas me prendre pour une maniaque parce qu'elle l'était infiniment plus que moi. Je n'ai pas eu besoin d'attendre sa question favorite :

— As-tu rencontré quelqu'un ?

J'ai levé les yeux au ciel, ce qu'elle n'aurait jamais laissé passer si elle avait été devant moi.

— Je travaille beaucoup, maman. D'ailleurs, je viens juste de décrocher le rôle principal du dernier spectacle de l'année.

— Oh ! c'est bien, a-t-elle dit sans trop d'enthousiasme.

Faire du théâtre revenait pour elle à gâcher mon intelligence.

— C'est une pièce importante, qui compte beaucoup.

— J'en suis sûre, ma chérie. Mais tu sais que ton père et moi nous inquiétons beaucoup pour toi. Nous serions beaucoup plus rassurés si tu avais quelqu'un pour te soutenir financièrement.

On frappait à ma porte, et je suis allée ouvrir en répondant :

— D'abord, maman, la sécurité financière n'est pas une raison suffisante pour se marier, même si cela *te* rassurerait. Et ensuite, je n'ai pas besoin d'un homme pour s'occuper de moi. Je peux très bien le faire toute seule.

Garrick était sur mon perron, presque une heure avant celle prévue et, à son sourire et à son sourcil dressé, j'ai compris qu'il avait entendu mes derniers mots. Si j'avais pu étrangler ma mère, je l'aurais fait.

— Bon, je dois te laisser, maman. J'ai de la visite.

— De la visite masculine ?

J'ai grogné et lâché :

— Au revoir, maman.

Raccrocher était si agréable que j'ai failli la rappeler pour avoir le plaisir de recommencer.

— Ta mère a l'air de ressembler à la mienne, m'a offert Garrick, tout sourire.

Je l'ai fusillé du regard.

— Tu es en avance.

J'étais mal fagotée, coiffée n'importe comment, pleine de poussière en plus.

— Tu veux que je revienne plus tard ?

— Non, ça ira. Tu n'as qu'à regarder la télé, ou faire ce que tu veux. J'ai besoin de cinq minutes.

Je lui ai fait signe de s'installer au salon et j'ai disparu dans ma chambre en me demandant de quelle amélioration j'étais capable en si peu de temps.

J'ai détaché mes cheveux et contemplé la masse de boucles encore humides que je devais discipliner. Je n'avais pas le temps de les lisser, et si j'essayais de les sécher sans les lisser, j'aurais une touffe de cheveux informe autour de la tête. Je me suis donc contentée d'y passer la main, avec un peu de mousse coiffante, en espérant que le look bouclé ferait l'affaire. Je me suis aussi mis un peu de mascara et de rouge à lèvres.

Quand je suis sortie, Garrick était allongé sur mon canapé, devant la télé, Hamlet roulée en boule sur sa poitrine. Je suis restée figée, sûre que je rêvais.

— Hey ! s'est-il exclamé en me voyant, tu as les cheveux bouclés.

J'ai opiné. Je les lissais presque toujours.

— Ça me plaît, a-t-il affirmé.

J'étais bloquée sur mon chat qui ronronnait, paisiblement perchée sur Garrick. Cet homme avait des pouvoirs magiques. C'était la seule explication.

— Viens, m'a-t-il dit en se redressant pour poser Hamlet sur ses genoux.

Je me suis assise, veillant à respecter la distance réglementaire entre moi et mon chat.

— Comment as-tu fait ? ai-je demandé en lui montrant Hamlet.

— Quoi ?

— Réussir à la prendre et la garder sur tes genoux.

— C'est une femelle ?

— Oui, et elle déteste tout le monde, surtout moi.

— Ton propre chat te déteste ?

— Nous essayons de surmonter nos difficultés.

Il a ri.

— Elle t'en veut peut-être de lui avoir donné un prénom de mâle.

J'ai tendu la main pour la caresser et, comme d'habitude, j'ai eu droit à un feulement. Garrick devait trouver hilarante la haine de Hamlet à mon égard, car il a éclaté de rire. Et comme il la gardait sur ses genoux, j'étais condamnée à rester à l'autre bout du canapé.

Mon propre chat me volait mon…

Peu importe.

Je ne voulais pas penser à ce que Garrick représentait pour moi. De toute façon, notre relation était clandestine, donc secrète, ce qui signifiait qu'elle n'avait pas besoin d'étiquette. J'étais tout de même curieuse. Qu'allait-elle devenir à la fin de l'année ? Serions-nous même encore « ensemble » à ce moment-là ?

Je me suis levée pour préparer le dîner, et me changer les idées.

J'avais prévu des spaghettis. C'était le seul plat que je me sentais capable de réussir quand j'étais nerveuse. Et j'étais toujours nerveuse avec Garrick. Il produisait visiblement l'effet inverse sur Hamlet, tranquillement endormie sur ses genoux.

J'y ai vu l'occasion de faire ce dont je mourais d'envie depuis qu'il était arrivé.

Laissant ma sauce mijoter, je suis retournée au canapé. Au lieu de m'asseoir, et risquer de réveiller le monstre assoupi, j'ai posé la main sur l'épaule de Garrick et me suis penchée. Étant donné sa position, j'avais toute latitude. J'en ai donc profité pour l'embrasser profondément, parce que j'en avais la possibilité et parce qu'il ne faisait rien pour m'en empêcher. C'était le baiser que j'avais voulu la veille et qu'il m'avait refusé.

Je ne voulais pas arrêter, mais j'avais un dîner sur le feu. Quand je me suis écartée, il avait le regard sombre, voilé.

— Tu es diabolique, m'a-t-il dit.

J'ai éclaté de rire.

— Oui, j'avais tout prévu. Même Hamlet est dans le coup !

— Embrasse-moi encore.

Il n'avait pas besoin de me le demander deux fois. Et comme à chacun de nos baisers, ma confiance grandissait, je me suis exécutée avec encore plus d'ardeur. Cela me plaisait… presque autant qu'*il* me plaisait.

Trois coups frappés à la porte, suivis de trois autres quelques secondes plus tard, m'ont arrachée à ma réflexion et aux lèvres que je dévorais.

— Tu attends de la visite ? m'a-t-il demandé le souffle encore court de notre baiser.

J'ai secoué la tête.

Trois nouveaux coups ont retenti, et la voix de Kelsey s'est élevée, impatiente derrière la porte :

— Je sais que tu es là, Bliss ! Ouvre !

— Merde.

Sans aucun ménagement, j'ai pris Hamlet des genoux de Garrick et l'ai laissée retomber sur le canapé. Elle pouvait gronder, j'avais l'habitude et un autre souci en tête.

Garrick.

Je l'ai pris par la main et forcé à se lever. Je n'avais pas la moindre idée de l'endroit où le cacher, mais j'ai pensé que la salle de bains était tout indiquée : elle avait une porte.

Je l'ai poussé à l'intérieur.

— Excuse-moi, lui ai-je soufflé en l'enfermant. Je me débarrasse de Kelsey aussi vite que possible, promis.

Si seulement nous étions allés chez lui.

Je me suis passé la main sur les lèvres, en espérant qu'elles n'étaient pas aussi gonflées que je le pensais, puis dans les cheveux et, quand j'ai été certaine que rien de suspect n'était visible, j'ai ouvert.

Kelsey est entrée en trombe.

— C'est pas trop tôt ! Qu'est-ce que tu fichais ?

J'ai fait semblant de bâiller.

— Rien, je somnolais.

Elle m'a regardée, comme si c'était moi qui venais la déranger.

— Tu somnolais ? Alors j'ai bien fait de venir. Je ne risque pas de te laisser chez toi, un samedi soir, à te morfondre sur ton canapé à cause de cette histoire avec Cade.

Elle m'a saisi le poignet et entraînée dans ma chambre. La salle de bains avait été le bon choix, finalement.

— Je ne me morfonds pas ! ai-je protesté. Et comment es-tu au courant pour Cade ?

— Parce que tout le monde le sait, trésor. Et au passage, je suis passablement vexée que tu ne m'aies pas informée de ce drame.

Il ne manquait plus que ça.

— Ce n'est pas un drame, Kelsey. Nous allons nous réconcilier, j'en suis sûre.

— Tu n'es donc pas au courant ?

— De quoi ?

— Cade a failli refuser le rôle d'Hippolyte. Heureusement que Rusty lui a remis les idées en place. Tu n'appelles peut-être pas ça un drame, mais moi, si.

Je me suis laissée tomber sur mon lit, effondrée. Cade m'en voulait à ce point ? Il était prêt à renoncer à un rôle principal, simplement pour ne pas être obligé de me parler ?

La voix de Kelsey, depuis mon armoire, me donnait une impression de déjà-vu. Elle s'est retournée, des vêtements à la main.

— Qu'est-ce que tu fais ? lui ai-je demandé.

— Nous sortons. Le monde existe en dehors de ton appartement, et je suis là pour te le rappeler.

— Non, Kelsey, je ne préfère pas.

Je me demandais si Garrick, dans la salle de bains, nous entendait.

— N'importe quoi ! De toute manière, tu n'as pas le

choix. Je n'ai pas dansé depuis une éternité et j'ai besoin d'une complice.

Je me suis laissée aller en arrière en grognant. Elle m'a lancé une jupe à la figure.

— Habille-toi.

Je me suis souvenue des spaghettis.

— Je ne peux pas, j'ai un dîner sur le feu.

— Parfait. Je meurs de faim. Qu'est-ce que c'est ?

Je suis allée dans la cuisine, en me demandant si ma vie ne serait pas plus simple sans amis, et elle m'a emboîté le pas. La sauce commençait à brûler.

— Dis donc ! s'est-elle exclamée. Tu veux noyer ton chagrin dans les pâtes ? Il y en a au moins pour trois !

Je me suis contentée de hausser les épaules. Je ne pouvais pas lui expliquer pourquoi je faisais à manger pour deux (dont un doté d'un solide appétit).

J'ai sorti deux assiettes, que j'ai remplies modestement, dans l'espoir d'en laisser à Garrick, même si je ne savais pas quand il allait pouvoir dîner.

J'ai mangé rapidement, laissant Kelsey faire la conversation, globalement consacrée au temps depuis lequel elle n'avait pas eu de « vrai plan cul » et à son dernier « coup d'enfer ». J'ai opiné, ri quand il fallait, sans arrêter de manger. J'avais fini mon assiette quand elle n'avait avalé qu'une bouchée de la sienne. J'ai posé mon couvert dans l'évier et suis partie vers l'entrée.

— Où vas-tu ? m'a-t-elle demandé.

— Dans la salle de bains, lui ai-je lancé sans me retourner.

Avant d'ouvrir la porte, j'ai vérifié qu'elle ne m'avait pas suivie. Comme elle s'occupait de ses spaghettis, je me suis glissée à l'intérieur.

— Elle est partie ? m'a demandé Garrick.

— Chut !

Il était adossé au lavabo et, pour couvrir nos murmures, j'ai ouvert le robinet dans son dos.

— Non, je suis désolée. Elle est même en train de manger nos spaghettis.

Il a fait la grimace, et j'ai étouffé mon rire contre lui.

— Elle va bientôt s'en aller ?

J'ai levé les yeux, sans m'écarter.

— Non. Elle croit que je me morfonds à cause de Cade et elle est décidée à me faire sortir.

Il m'a prise dans ses bras et, le visage enfoui au creux de mon épaule, a émis un grognement digne de Hamlet.

Je l'ai enlacé, tout aussi déçue.

— Je sais. Ça craint.

Il m'a mordillé le cou puis embrassée en me chatouillant. Je me suis écartée en riant.

— Arrête, Garrick, elle est juste à côté.

Elle était même si près qu'elle a frappé à la porte.

— Bon, fini de chipoter, *chica* ! J'ai ta tenue.

La poignée de la porte a tourné et j'ai juste eu le temps de coincer le battant avec mon pied.

— Je ne chipote pas, lui ai-je dit par l'entrebâillement, je me prépare. Donne-moi les vêtements et laisse-moi me changer.

Elle m'a regardée d'un air suspicieux. Je n'étais jamais aussi docile quand elle me tirait dehors de cette façon-là. Je me suis contentée de lui sourire, comme si je me rendais à ses arguments et, sans lui laisser la chance de répliquer, j'ai pris les vêtements qu'elle me tendait, fermé la porte et tiré le verrou aussi calmement que possible.

Quand je me suis retournée, Garrick était assis sur le

couvercle des toilettes. J'ai mis la radio, monté le son et coupé le robinet.

— Je suis désolée, Garrick.

Il a posé les mains sur mes hanches et m'a tirée contre lui.

— Ce n'est pas ta faute. Ce genre de situation devait bien finir par arriver.

— J'aimerais que tu puisses m'accompagner.

— Moi aussi. Mais ça ira. Nous dînerons une autre fois. Change-toi, maintenant. Plus vite tu t'en iras, moins nous risquerons de nous faire surprendre.

J'ai opiné, en serrant les vêtements contre moi.

— J'ai compris, m'a-t-il dit en souriant. Je ferme les yeux.

Je lui ai posé un baiser court et reconnaissant sur la joue, et il a, en effet, fermé les yeux avant d'enfouir son visage dans ses mains.

J'ai enlevé ma chemise et mon short aussi vite que possible pour enfiler la tenue que m'avait choisie Kelsey.

Ma gorge, en prenant la jupe, s'est nouée.

C'était le bout de tissu, atrocement court et moulant, que j'avais refusé de porter la dernière fois que Kelsey me l'avait proposé. Je ne savais même pas ce qu'il faisait dans mon placard. J'ai dû gémir, parce que Garrick a levé la tête.

— Ça va ? m'a-t-il demandé sans ouvrir les yeux.

Non, pas du tout !

— Oui.

J'ai enfilé la jupe pour constater qu'elle était aussi courte et moulante que dans mon souvenir. Je ne pouvais pas porter un truc pareil.

J'ai touché l'épaule de Garrick, pour lui dire que

j'allais chercher autre chose, mais il a ouvert les yeux et fixé mes jambes nues.

Une de ses mains s'est posée à l'arrière de mon genou. Je me suis agrippée, défaillante, à son épaule.

— Tu veux me tuer, c'est ça ? a-t-il murmuré d'une voix rauque. N'est-ce pas la jupe que tu m'as juré ne jamais porter ?

— Si. Et je n'ai aucune intention de la mettre ce soir. Je vais dans ma chambre trouver autre chose.

Je me suis détournée.

— Attends.

Son autre main s'est posée sur ma cuisse et ses doigts, suivant l'ourlet indécent, se sont arrêtés à quelques centimètres de l'arrondi de mes fesses.

— Tu es… incroyablement… sexy.

Tandis qu'il répétait ces mots, encore et encore, je sentais les vibrations de sa voix s'infiltrer sous ma peau, plus brûlante, plus pénétrante que les baisers chastes avec lesquels il les ponctuait sur ma cuisse. J'étais devenue complètement malléable. S'il me l'avait demandé, je lui aurais donné ma virginité sur-le-champ, dans ma salle de bains, sans l'ombre d'une hésitation.

Kelsey, frappant de nouveau à la porte, m'a arrachée des bras de la luxure.

— Bon sang, Bliss ! Tu te dépêches ?

Ma peur est aussitôt revenue. Garrick me trouvait sexy maintenant, mais une vierge n'avait rien d'excitant. Dès qu'il s'apercevrait de mon ignorance, il réviserait son jugement.

— Je dois partir, ai-je lâché, je suis désolée. Il reste des spaghettis, si tu en veux avant de partir. Je… je t'appelle, d'accord ?

Il a opiné.

Sans m'arrêter à son regard, je me suis précipitée dans le couloir, mon système hormonal en déroute et mes neurones en perdition. J'étais tellement secouée que je ne me suis souvenue de ma tenue qu'en bouclant ma ceinture dans la voiture de Kelsey.

J'avais oublié de me changer.

Et ce n'était même pas la peine de songer à faire demi-tour.

20

Ecstasy, la boîte qu'avait choisie Kelsey, était plongée dans le noir, bondée, et la musique assourdissante pulsait contre les murs pour rebondir allègrement sur mes nerfs à vif. Je n'étais pas du tout dans mon élément, contrairement à Kelsey. Il ne me restait qu'à m'installer au bar, et attendre. Elle finirait par partir avec quelqu'un et me laisserait sa voiture. C'était généralement de cette façon que se terminait ce type de soirées.

D'habitude.

Car je n'avais pas prévu que mon accoutrement changerait le scénario. Nous venions à peine de franchir la porte qu'un type m'invitait à danser. J'ai décliné, ce qui m'a valu un regard noir de Kelsey.

— Quoi ? me suis-je défendue en hurlant pour couvrir la musique. Tu m'as demandé de venir, pas de danser !

Je me suis assise au bar et, pendant que je tentais d'intercepter le barman, Kelsey m'a fait la leçon.

— Tu es la fille la plus exaspérante que je connaisse ! Tu as l'air chaude comme la braise ce soir, et tu vas rester plantée là, comme d'habitude, à faire la tête toute la soirée !

— Alors tu aurais mieux fait de me laisser plantée *chez moi* !

On m'a tapée sur l'épaule. Je n'ai même pas attendu d'être invitée pour envoyer balader l'intrus.

Kelsey, les mains sur les hanches, m'a fusillée du regard. Sa colère, malgré ses airs de Barbie, était visible. Et menaçante.

— Ok, a-t-elle commencé, je sais que tu es contrariée, que tu as pas mal de soucis en ce moment, et je fais de mon mieux pour t'aider, mais tu pourrais coopérer ! C'est quoi, ton problème ?

— Je n'ai pas de problème, Kelsey. Seulement je n'aime pas que tu m'obliges à sortir sans te soucier de ce que je veux vraiment !

— Très bien ! Fais comme tu veux. Je renonce ! Reste plantée là si ça te chante, moi, je vais danser !

Elle a fait demi-tour et s'est frayé un chemin jusqu'à la piste, bousculant verres et buveurs sur son passage.

Elle était vraiment en colère. Moi aussi.

J'ai grimpé sur le tabouret. Au moment où mes cuisses entraient en contact avec le Skaï, je me suis rappelé ma jupe minimaliste. Trop énervée pour me demander si je montrais ma culotte, j'ai commandé un whisky-Coca et attendu, furieuse, d'être servie. Kelsey pensait bien faire, mais tous les problèmes n'étaient pas solubles dans la fête ou le rythme des basses, et j'avais beau savoir que nous étions différentes, c'était la première fois que je m'apercevais à quel point elle ne me comprenait pas.

— Je peux t'offrir un verre ? m'a demandé une voix par-dessus mon épaule.

J'ai montré le mien et ignoré la question.

L'intrus s'est quand même incrusté sur le tabouret voisin et penché vers moi, insistant.

— Je ne suis pas intéressée ! l'ai-je coupé d'un ton sec.

— Heureux de l'apprendre.

Cette fois, à cause de son accent, j'ai failli tomber de ma chaise.

— Garrick !

C'était bien lui, sa magnifique blondeur et ses yeux bleus rieurs dissimulés par une casquette.

— Mais… ton accent ?

Je ne l'avais pas reconnu quand il m'avait adressé la parole.

— Je suis acteur, Bliss, m'a-t-il répondu avec une diction tout ce qu'il y avait d'américain. Je sais changer d'accent s'il le faut.

Je l'ai dévisagé, toujours stupéfaite.

— Qu'est-ce que tu fais là ? Si on te voyait ?

Il a touché sa visière.

— Je suis là incognito ! Et si quelqu'un me reconnaît, je dirai qu'on s'est croisés par hasard. Je suis professeur, Bliss, pas moine. Je n'ai pas fait vœu de réclusion.

— Quand même, c'est risqué.

Il a haussé les épaules et m'a souri.

— Je ne pouvais pas supporter de te savoir en boîte dans cette jupe.

Sa main m'a effleuré la cuisse, ravivant toutes les sensations laissées en suspens dans ma salle de bains.

— Garrick, arrête ! On va nous voir ! Et Kelsey, si elle revient ?

— Étant donné votre scène de tout à l'heure, je doute qu'elle revienne de sitôt.

J'ai fait la grimace, prise de remords. J'avais été injuste, je n'aurais pas dû m'emporter et je…

— Viens, m'a-t-il coupée.

J'ai regardé la main qu'il me tendait sans oser y mettre la mienne. Il faisait tellement sombre que s'il y avait quelqu'un que nous connaissions, nous ne le verrions qu'en tombant sur lui nez à nez. C'était beaucoup trop risqué, et…

— Arrête de cogiter, m'a-t-il encore coupée en me prenant par la taille pour me faire descendre du tabouret.

Ma peau s'est décollée du siège avec un bruit embarrassant, mais il n'a pas semblé le remarquer. Il m'a entraînée vers la piste.

J'ai baissé les yeux et, mes pas dans les siens, me suis laissé conduire sur la piste en contrebas, encore plus sombre et plus bondée que l'autre. Si sombre et si bondée que c'était à peine si je distinguais le visage de mes plus proches voisins. Arrivé près du mur, il s'est interposé entre moi et la salle.

Alors que j'étais entièrement dissimulée par sa silhouette, il s'est penché pour murmurer à mon oreille :

— Tu te sens mieux ?

J'ai opiné. Je me sentais mieux. Enfin… nous étions toujours en boîte, et j'aurais préféré que nous soyons seuls, chez moi ou chez lui, mais c'était déjà la meilleure soirée night club de ma vie.

Malgré tout, comme j'étais trop nerveuse pour danser face à lui, je me suis tournée. Il m'a aussitôt prise par les hanches pour me plaquer contre lui.

Le souffle, instantanément, m'a manqué.

J'ai fermé les yeux (le mur n'avait rien de passionnant) et me suis efforcée de me laisser porter par la musique. Il s'est mis, d'un lent mouvement vers l'avant, à danser et son soupir, quand je suis venue en retour à sa rencontre, m'a fait frissonner. Une de ses mains s'est alors posée à plat sur mon ventre. Le pouce à quelques centimètres de mon soutien-gorge et le petit doigt sur la ceinture de ma jupe, il m'a maintenue contre lui tandis que nos corps, soudés l'un à l'autre, ondulaient.

Des étoiles dansaient sous mes paupières, et mon cœur battait au rythme puissant et régulier des basses. Son corps semblait contenir toute la chaleur de la salle, et le balancement de ses hanches, lent et sensuel, brisé de temps à autre par une pression plus forte dictée par la musique, m'hypnotisait. Ses lèvres sur ma nuque, je me laissais glisser dans un océan de plaisir aux vagues amples, tenaces et généreuses.

De peur qu'elles ne s'arrêtent, ou pour mieux les sentir, j'ai levé les bras et, suivant scrupuleusement le rythme de ses hanches, posé les mains dans ses cheveux. Sa main est remontée le long de ma taille et, en redescendant, s'est arrêtée un instant sur la rondeur de mon sein. Mon frémissement s'est accru, mais elle a continué pour se refermer sur ma cuisse.

La musique a changé, pas notre position. Ses mains me parcouraient, nos corps restaient l'un contre l'autre, et j'étais étourdie, noyée par le désir. Le monde vacillait, à moins que ce ne soit nous. Je m'en moquais, il n'y avait que nous qui comptions et je ne voulais rien savoir d'autre.

Quand ses lèvres se sont posées juste derrière mon oreille, j'ai poussé un gémissement, heureusement couvert par la musique. Mais quand il s'est mis à me mordiller, j'ai enfoncé, me sentant défaillir, les ongles dans ses cheveux.

— Bliss, a-t-il lâché d'une voix rauque, sais-tu à quel point je te veux ?

Le contact de son bassin contre le mien m'en donnait une assez bonne idée.

La chanson heureusement s'est arrêtée. Comprenant que j'avais eu tout ce qu'il était possible d'avoir *ici*, j'ai sorti mon téléphone de mon soutien-gorge, où je l'avais commodément glissé, et réussi à composer un texto à Kelsey, les mains fébriles.

J'ai rencontré quelqu'un. Désolée pour tout à l'heure. On s'appelle demain ?

Sans attendre sa réponse, j'ai entraîné Garrick vers la sortie.

Je ne me suis pas souciée de l'allure à laquelle roulait sa moto. Accrochée à lui, je priais seulement pour arriver plus vite.

Ses lèvres étaient sur mon cou avant même que je ne sorte mes clés. La porte, quand je l'ai ouverte, a claqué si fort qu'elle a dû faire un trou dans le mur. Elle n'était pas refermée que nous nous embrassions à pleine bouche.

Je m'étais débarrassée de mes talons aiguilles entre sa moto et mon seuil. Il était maintenant beaucoup trop loin de moi, pieds nus. Cette réflexion a dû nous venir en même temps, parce qu'il m'a empoignée par les fesses et hissée fermement contre lui. Mes jambes, aussitôt, se sont nouées sur sa taille. Il m'a plaquée contre le mur. Sa langue, sa bouche me dévoraient à un rythme effréné, exactement comme je le voulais.

— Le lit, ai-je haleté entre deux baisers.

— Tu es sûre ? m'a-t-il répondu avant que nous nous embrassions de plus belle.

Ce que la musique m'avait suggéré se déchaînait maintenant en moi.

— Bliss, tu es sûre ? a-t-il répété.

Pourquoi toutes ces questions ? Ne voyait-il pas que je voulais seulement continuer de l'embrasser ? Je voulais continuer jusqu'à dissoudre le monde entier avec moi.

— Le lit, ai-je répété.

— Ce n'est pas une réponse.

Il s'est tout de même dirigé vers ma chambre.

Accrochée à lui, j'ai transféré mes baisers sur sa mâchoire, son cou, pour qu'il puisse avancer sans tomber.

Je me suis néanmoins débrouillée pour me faire piéger par le rideau.

Piéger, au sens propre.

Ma boucle d'oreille avait accroché le tissu, et je ne m'en suis rendu compte qu'au moment où une violente douleur m'a tiré la tête en arrière. J'ai crié.

— Quoi ? s'est-il exclamé. Pardon ! Qu'est-ce que j'ai fait ?

— Mon oreille.

Apparemment, je ne savais plus construire de phrases.

— Oh ! Attends.

Voulant se servir de ses deux mains pour me détacher, il a perdu l'équilibre et nous avons atterri, durement, contre mon armoire.

Si j'en jugeais à la douleur qui me transperçait le coude, j'allais avoir un joli bleu. J'ai éclaté de rire. Ce qui m'arrivait était, comme d'habitude, complètement ridicule. Le coude endolori, ma boucle d'oreille coincée dans le rideau, j'avais toujours les jambes nouées autour de sa taille. Entre deux rires, Garrick m'a déposé un affectueux baiser sur le front.

Ce n'était peut-être pas si grave d'être ridicule, après tout.

— Bon, je vais te faire descendre, d'accord ? Attention.

Il m'a reposée lentement puis, tandis que mon pouls commençait à ralentir, a entrepris de me dégager. Mais ses doigts étaient maladroits.

— Détache la boucle de mon oreille, lui ai-je dit, ce sera plus facile. Je la décrocherai du rideau plus tard.

Il s'est exécuté en riant, puis s'est tourné vers moi.

Son regard n'était pas aussi brûlant que le brasier qui m'avait consumée tout à l'heure. Il brillait d'un éclat plus doux, plus intime, comme la lueur d'une bougie, stable et rassurante dans la nuit.

— On est doués, m'a-t-il dit en me frottant le coude.

— Tu l'as dit.

Il m'a attirée pour m'embrasser sur le front. La perfection doit ressembler à ça, me suis-je dit en fermant les yeux.

— Finalement, ce rideau nous a rendu service. Te voir dans cette jupe me fait perdre la tête.

J'ai souri.

— Je t'ai dit que je n'aurais jamais dû la mettre.

— Au contraire. C'est un souvenir que je vais chérir longtemps.

Je l'ai empêché de rire d'une tape sur le bras, mais j'aimais bien son regard impertinent.

— Bien. Je ferais mieux d'y aller, a-t-il repris.

Je l'ai laissé partir, à mon corps – atrocement – défendant, et, quand j'ai refermé la porte, j'ai fait exactement ce que j'avais fait en apprenant que j'avais décroché le rôle de Phèdre : j'ai dansé.

Parce que finalement, tout s'arrangeait.

21

J'ai très vite déchanté.

La première lecture de *Phèdre* était un désastre, un véritable désastre. Une seconde avant de commencer, Cade, malgré les semaines écoulées, refusait toujours de me parler, et si j'en jugeais aux regards qu'on me lançait, tout le casting était de son côté. Une lecture – parce qu'elle se déroule autour d'une table – n'est jamais très excitante, mais celle-ci était plus sinistre qu'une réunion de croque-morts.

Eric n'arrêtait pas de secouer la tête, et je n'avais aucun mal à deviner la question qu'il ressassait. *Où diable sont passés les acteurs que j'ai engagés ?*

Chaque scène ne faisait qu'alourdir l'atmosphère. Nous avions beau les enchaîner, elles ne pouvaient, comme une vis mal engagée, rien donner de bon.

À la fin de la séance, j'étais complètement démoralisée. Dire que j'avais été si impatiente de commencer. J'attendais un événement pareil depuis ma première année et maintenant qu'il survenait, c'était un vrai cauchemar.

Eric, feignant l'optimisme, a conclu en disant que tout irait mieux sur scène. Personne ne l'a cru.

Et ceux qui auraient été tentés de le faire auraient de toute façon compris leur erreur le jour de la première répétition : elle s'est avérée pire que la lecture. Le malaise pesant entre Cade et moi semblait avoir déteint sur tous les acteurs, au point que la raideur et l'agressivité semblaient les sentiments les mieux partagés.

Les cours n'étaient pas mieux. Cade m'évitait et Kelsey continuait de m'en vouloir, si bien que j'étais complètement isolée.

Enfin, si j'omettais Garrick.

La profondeur des sentiments que je nourrissais pour lui me terrifiait. Tout se passait bien, trop bien. En tout cas, de mon point de vue.

Le cours venait de s'achever quand il m'a retenue.

J'ai pris le temps de rassembler mes affaires, pour laisser à la salle celui de se vider, et je l'ai regardé.

— Qu'est-ce que tu veux ?

— Juste une chose, m'a-t-il répondu en souriant.

La seconde d'après, j'étais plaquée contre une table et, sans me laisser le temps de respirer, il m'embrassait.

Je n'avais pas repris mes esprits qu'il me hissait sur la même table et, se frayant un chemin entre mes jambes, me dévorait la bouche de plus belle.

C'était un baiser sauvage, clandestin et totalement… incendiaire. Je m'accrochais à lui, ivre de plaisir, quand il s'est écarté.

Il m'a fallu plusieurs secondes pour retrouver mon souffle et quelques-unes de plus pour me dire que je *devais* me mettre en colère. Je l'ai repoussé et suis descendue de la table, les jambes encore vacillantes.

— Tu es fou ? N'importe qui pourrait nous surprendre !

— Je pensais que tu es beaucoup trop sexy à cette heure matinale.

— Je suis sérieuse, Garrick.

— Moi aussi, a-t-il répliqué en m'entraînant loin de la porte. Quand il s'agit de toi, je suis sérieux, Bliss. Très sérieux.

Suggérait-il ce que je croyais qu'il suggérait ? Je n'arrivais pas à penser. Il était trop proche de moi, et son regard était bien trop direct. Quand il a voulu m'embrasser, j'ai… paniqué. Même à l'abri des regards, je me sentais tout à coup terrifiée, comme la première fois que nous nous étions retrouvés sur mon lit. La même question m'est aussitôt revenue à l'esprit. Étais-je prête ?

Je me suis détournée, au bord de la panique, et ses lèvres ont atterri sur mon cou.

Comment pouvais-je autant vouloir *et* redouter quelque chose ?

D'un côté, je voulais me jeter dans ses bras et lui offrir tout ce que j'avais, de l'autre je voulais m'enfuir dans la direction opposée.

C'est la deuxième option qui l'a emporté.

— Je ne peux pas, me suis-je défendue. Je dois partir. Il faut que je voie Cade avant la répétition de ce soir, pour lui parler.

Sans lui laisser le temps de me rattraper, j'ai quitté la pièce, la peau brûlante de ses caresses.

Cade n'était plus au foyer quand j'y suis arrivée, et je n'ai pas eu l'occasion de le trouver seul le reste de la journée. J'ai pensé le prendre à part, juste avant la répétition, mais tout le monde était là, et je n'avais pas la force d'affronter les regards.

Par conséquent, cette nouvelle répétition a débuté aussi lamentablement que la première.

Eric, qui n'avait pas la moindre idée du drame qui se déroulait en coulisse, était désespéré. Sentant probablement que le problème venait de Cade et moi, il nous a envoyés, au prétexte de travailler avec le chœur, dans une pièce isolée avec… Garrick.

C'était un signe annonciateur de l'apocalypse. Ce genre de situation n'arrivait *que* juste avant la fin du monde.

Garrick était d'un sang-froid aussi impressionnant qu'enviable. Il ne montrait strictement rien. J'avais, de mon côté, l'impression de dérailler.

Nous avons joué notre première scène deux fois. Cade était inerte, et j'étais pitoyable.

Garrick avait beau nous encourager – Du nerf, enfin ! Un peu de conviction, bon sang ! Du sentiment ! – nous restions épouvantables.

Sachant de quoi nous étions capables, il a fini par s'impatienter et nous ordonner, excédé, de prendre une pause.

Je suis allée aux toilettes m'asperger d'eau. Je devais me reprendre. Si j'étais capable de donner la réplique à Dom, je pouvais m'en sortir avec Cade, quelle que soit son attitude. Il était mon meilleur ami, mais si je voulais être actrice, je devais mettre mes sentiments de côté et le considérer comme n'importe quel comédien.

Je suis retournée dans la salle, un peu rassérénée.

Cade et Garrick étaient en pleine discussion.

— Je sais qu'il se passe quelque chose entre vous, disait Garrick, mais tu dois le dépasser.

— J'essaie. Ce n'est pas si simple.

Garrick me tournait le dos, mais je voyais le visage de Cade, pâle et défait. Je me suis figée sur le seuil.

— Tu n'essaies pas assez. Elle ne veut pas de toi, et alors ? C'est la vie.

J'en suis restée bouche bée. Comment pouvait-il se montrer aussi brutal alors qu'il avait été si tendre et compréhensif avec moi quand j'étais venue le voir pour la même chose ?

— Ce sont des choses qui arrivent, continuait-il. Grandis un peu, Cade. Tu es acteur, oui ou non ? Tu ne peux pas laisser tes sentiments dicter ta conduite.

Ma bouche était sèche et une boule me nouait la gorge.

— Ça suffit, suis-je intervenue en entrant dans la pièce.

Ma propre véhémence m'étonnait, elle n'aurait pas dû : je ne supportais pas de voir Cade dans cet état, et, cette fois-ci, ce n'était pas *ma* faute. Garrick dépassait les bornes, et j'en frémissais de colère.

Cade m'a regardée, horrifié. Quant à Garrick, il n'affichait pas l'ombre d'un remords. Ma colère a décuplé et c'est les poings fermés que je me suis interposée entre eux, face à Garrick.

— Ce n'est pas ton problème, lui ai-je lancé.

Il a tourné son front crispé sur moi.

— Si, a-t-il répliqué. Si vous étalez votre vie privée sur scène, *c'est* mon problème.

Objectivement, il avait raison. Il était aussi mon prof et faisait son métier. Cela ne m'empêchait pas de ne pas apprécier le tranchant de sa voix et de lui rendre la pareille :

— En effet, ai-je répliqué sur le même ton, les relations personnelles n'ont rien à faire sur scène. C'est une erreur de mélanger les deux, n'est-ce pas ?

Il était si imperturbable que les mains me démangeaient de le prendre par les épaules et de le secouer comme un prunier.

— Tu n'es pas professionnelle, Bliss.

— *Je* ne suis pas professionnelle ? De ta part, c'est la meilleure !

— Nous poursuivrons cette conversation plus tard.

Il a voulu m'attraper par le coude, mais j'ai reculé. Je savais, même en colère contre lui, que s'il me touchait, j'allais vaciller.

— Je ne veux pas poursuivre cette conversation, ai-je rétorqué. Ni maintenant, ni plus tard, ni jamais. Contente-toi de nous diriger sans te mêler de nos affaires. C'est tout ce que je te demande.

Son calme a fini par se fissurer. Les lèvres pincées, il a serré les mâchoires et fermé les yeux une seconde. Contrairement à ce que j'espérais, sa réaction ne m'a pas du tout soulagée. Au contraire. Je regrettais déjà mes paroles.

— Très bien. Très bien, a-t-il répété en agitant les mains. Puisque tu le prends sur ce ton, j'exige, en tant que directeur, que vous régliez votre différend avant la prochaine répétition. Si ce n'est pas le cas, nous ferons appel à d'autres comédiens. C'est fini pour aujourd'hui.

La porte a claqué sur son départ, et j'ai eu l'impression, tandis que l'écho résonnait à mes oreilles, de me réveiller. J'étais stupide. Toute cette scène était absurde.

J'avais oublié la présence de Cade quand je l'ai entendu dire, stupéfait :

— Merde, Bliss, c'est *lui* ?

J'aurais pu nier, tout lui raconter, ou fuir à mon tour, mais je me suis laissée tomber par terre et j'ai serré mes genoux, comme si je pouvais, en me recroquevillant suffisamment, chasser la douleur qui m'envahissait.

Je n'ai pas pu.

Tous les mots que j'avais prononcés me revenaient en

pleine figure et avec eux, le regret, la honte, et le vide laissé par le départ de Garrick. Je n'avais plus qu'à pleurer.

Les larmes, abondantes et silencieuses, se sont mises à ruisseler sur mon visage, emportant tous les moments heureux que nous avions passés ensemble.

Une main s'est posée sur mon épaule. J'ai levé les yeux, espérant voir Garrick.

C'était Cade.

Il s'est assis à côté de moi et, d'un geste mal assuré, m'a prise dans ses bras. J'ai hésité, parce que je savais ce qu'il éprouvait, tout ce que ce geste lui coûtait, et qu'il était, comme à son habitude, trop gentil avec moi. Puis, j'ai craqué. J'étais déjà égoïste, à quoi bon résister ?

Alors je me suis effondrée contre lui, donnant libre cours à mes sanglots. C'était la pire crise de larmes de ma vie, et j'étais pitoyable. Mais je m'en moquais. Ma capacité à ruiner les meilleurs sentiments était sans bornes.

— Ce n'est pas si grave, a-t-il fini par me dire.

— Pas si grave ?

J'ai levé les yeux, en tentant d'essuyer toute l'eau qui en sortait. Mes mains sont revenues pleines de mascara.

— Il y a peut-être pire, mais dans le genre rupture, c'est déjà pas mal.

Il s'est raidi.

— Tu sortais avec lui ? Je veux dire… tu sortais *vraiment* avec lui ?

— Depuis quelques semaines, en théorie.

Je ne m'étonnais plus d'être encore vierge. Je ruinais toutes mes chances parce que j'avais commis des crimes atroces dans mes vies antérieures.

Contre toute attente, j'avais plu à Garrick. Je lui avais plu malgré ma fuite en pleins ébats, au nom d'un prétexte ridicule. Je lui avais plu malgré mon refus persistant de coucher avec lui. Malgré mon effroyable gaucherie, mon immaturité sidérante, *je* lui avais plu. Et j'avais tout gâché.

J'ai redoublé de sanglots.

— Tu es drôlement accro, dis donc.

J'ai opiné, entre deux hoquets.

— Je sais que c'est complètement idiot, et tordu. Mais quand je l'ai rencontré, je ne savais pas que c'était notre prof, et quand je l'ai su, je n'ai pas pu faire marche arrière, Cade. J'ai essayé. Nous avons essayé. De toute manière, c'est fini maintenant.

Je suis retombée dans ses bras, pleurant de plus belle, et il a commencé à me bercer doucement. C'était réconfortant, mais je me sentais encore plus puérile, pas du tout professionnelle, comme l'avait dit Garrick.

— Il va te pardonner, a repris Cade. Je te pardonnerais.

Je voulais lui demander si cela voulait dire qu'il m'avait déjà pardonné, mais je n'ai pas osé. Alors je suis restée dans ses bras, continuant de pleurer doucement, comme si c'était un répit, le seul qui nous serait accordé.

Quand nous avons fini par partir, la répétition était terminée et le théâtre était vide. Il m'a raccompagnée à ma voiture, et j'ai commencé à espérer, espérer que nous allions nous en sortir et nous réconcilier. Surtout quand il a posé une main sur mon épaule. Son geste n'était pas complètement naturel, mais il suffisait à me réconforter.

— Ça va s'arranger, m'a-t-il dit.

J'espérais qu'il parlait de nous, de Garrick, de la pièce, de la vie.

J'avais vraiment besoin que tout s'arrange.

22

J'aurais dû aller chez Garrick avant de rentrer chez moi, mais… j'avais peur. C'était tellement plus simple de m'apitoyer sur mon sort. J'avais justement un énorme pot de glace au chocolat, parfait pour ce genre de circonstances. J'aurais bien aimé le partager avec Kelsey, mais je ne pouvais pas lui parler de Garrick, et elle me faisait encore la tête. Je n'étais pas non plus assez égoïste pour demander à Cade d'assister à la nouvelle cérémonie des lamentations à laquelle je me préparais. Il m'avait juré de garder le secret, ce qui était déjà énorme, et je lui faisais confiance.

Dans mon salon, j'ai posé les yeux sur Hamlet, en me demandant si elle pouvait me réconforter. Elle s'était bien montrée compatissante, au refuge. J'ai tendu la main pour me voir récompensée d'un feulement sourd, et un crachement en prime.

Elle était visiblement du côté de Garrick.

J'ai pensé aller chez lui un millier de fois, sans m'y résoudre. J'avais rompu et je devais me rendre à l'évidence : l'excitation de l'interdit épuisée, il aurait fini par se lasser de moi, et je préférais ne pas imaginer ce qui aurait pu se passer si nous nous étions fait surprendre. Cette seule évocation suffisait à me noyer sous un torrent d'adrénaline, comme lorsqu'il m'avait embrassée, défiant toute prudence, dans la salle informatique. Au fond, je me rendais peut-être service en rompant maintenant. C'était atroce, mais certainement moins dur que si j'avais attendu trop longtemps.

Dans la tranquillité de mon appartement, engourdie par la nuit qui tombait et la douceur sucrée de ma glace au chocolat, je pouvais m'avouer que j'avais été sur le point de tomber amoureuse de lui. Notre relation éclair m'avait fait l'effet d'un rayon de soleil après une vie entière passée sous terre. Peut-être que ce genre de relation est vouée à être brève, me suis-je dit, elles sont si intenses qu'elles ne peuvent pas durer. J'aurais dû me féliciter d'en avoir vécu au moins une.

J'en étais incapable. Je me sentais misérable (et le pot de glace presque vide, écœurée).

Nous nous sommes revus au cours suivant, en salle d'informatique. Il n'a jamais approché à plus de deux mètres de mon ordinateur et, pendant la répétition qui a suivi, il est resté assis au dernier rang, prenant des notes sans décrocher un mot.

Les répétitions suivantes, jeudi et vendredi soir, se sont déroulées de la même manière. Cade et moi avions plus ou moins recollé les morceaux. Nous n'étions pas redevenus les meilleurs amis du monde, je ne nous voyais pas reprendre nos virées avant longtemps, mais nous pouvions nous adresser la parole sans catastrophes majeures et nous avions les idées assez claires pour nous concentrer sur la pièce.

Je suis retournée à mon état larvaire tout le week-end, terrée dans mon appartement, ne prenant une douche qu'en cas d'absolue nécessité. Kelsey, qui d'habitude serait venue me sortir de ma grotte, avait encore un peu de mal à digérer la scène que nous avions eue en boîte.

J'étais donc seule.

À l'exception d'Hamlet – qui me détestait avec la constance des dieux grecs –, en compagnie de laquelle j'ai passé la semaine avant d'avoir la force de réagir.

Au lieu d'attendre la fin du cours ou, pire, d'aller chez lui, je suis allée voir Garrick dans son bureau, aux heures d'ouverture officielles.

La porte était ouverte, et il était au téléphone.

— Je sais, disait-il en opinant. Je sais. De toute façon, je ne vais pas tarder à rentrer. Il reste quoi, trois mois ?

Je me suis figée et aplatie contre le mur, incapable de respirer.

— Ça ? l'ai-je entendu poursuivre. Non, c'est terminé. Ce n'était rien… juste un incident de parcours.

Quelque chose, déjà fragile et vulnérable, a achevé de se fissurer.

— Oui, j'aurais dû m'en douter, je le sais. Mais c'est fini maintenant, j'ai pris le dessus et je n'y pense quasiment plus… Oui, oui… Je vais trouver un autre poste. Ça ne vaut pas le coup.

Ça ne valait pas le coup ?

Malgré mes bonnes résolutions, j'avais dû conserver un semblant d'espoir, parce que je me suis sentie tout à coup… abandonnée.

L'espoir n'était qu'un sale traître.

Je ne vais certainement pas me mettre à pleurer, me suis-je dit en l'envoyant au diable. Il avait tourné la page ?

Parfait. Je n'avais qu'à en faire autant. Et le lui faire savoir. Car s'il se croyait obligé de démissionner pour m'éviter, il se trompait. Je ne serais pas la cause de son départ.

Avant de changer d'avis, je me suis redressée pour frapper à la porte et entrer.

Il a levé les yeux et m'a regardée, le combiné du téléphone suspendu dans la main. Puis il a secoué la tête et repris sa conversation :

— Je dois te laisser. Je te rappelle plus tard, d'accord ?

Je haïssais la personne qui avait droit à son amabilité. Qui me disait que ce n'était pas une fille ? Qu'il n'avait pas de copine à Philadelphie ? Que notre aventure n'était pas qu'une histoire de sexe (enfin, de « presque sexe ») ?

Quel que soit son interlocuteur, il – ou elle – l'a retenu vingt bonnes secondes supplémentaires, pendant lesquelles il répétait « oui », « d'accord », « bien sûr », et autres approbations du même genre.

Quand il a raccroché, je n'avais plus la moindre idée de ce que j'étais venue lui dire.

Il a attendu, puis s'est lancé :

— Que puis-je pour toi, Bliss ?

Son intonation, distante et réservée, m'a déstabilisée, mais je pouvais l'imiter.

— Je voulais m'excuser de mon comportement pendant l'audition, l'autre jour. Cade et moi avons réglé notre…

— Je m'en suis aperçu, m'a-t-il coupée.

Désarçonnée par son interruption, j'ai tenté de reprendre le fil de mes pensées.

— Oui, alors, euh, je voulais te dire que… à l'avenir, je m'engage à… rester professionnelle, et laisser ma vie privée en dehors des cours et des répétitions.

Il a posé le stylo avec lequel il jouait et s'est levé.

— Bliss…

Mon laïus terminé, je ne voulais pas m'attarder. Surtout si c'était pour l'entendre m'expliquer gentiment qu'il me laissait tomber (alors que je venais d'apprendre que je n'étais qu'un « incident de parcours »). Je préférais l'interrompre tout de suite, plutôt que de fondre en larmes et me ridiculiser.

— C'est bon, l'ai-je coupé. Je suis passée à autre chose. Pas besoin d'en faire une histoire, hein ?

Il s'est arrêté. J'étais sûre qu'il savait que je mentais, qu'il voyait mes lèvres trembler, alors je me suis raidie.

J'allais très bien. J'avais tourné la page. Complètement.

— Bien, a-t-il fini par admettre.

J'ai relâché tout l'air de mes poumons.

— Parfait. Merci de m'avoir reçue. Bonne journée !

J'ai tourné les talons et, la porte à peine franchie, j'ai couru, couru dans le couloir, l'escalier, dehors, jusqu'à être si essoufflée qu'il m'était impossible de pleurer.

À partir de là, j'ai construit un rempart de rire et d'insouciance derrière lequel je me suis enfermée. J'ai renoué avec Kelsey, lui promettant d'aller danser dès qu'elle le voudrait, et je me suis jetée dans les répétitions, apprenant mon texte par cœur pour le savoir une semaine avant tout le monde.

J'ai abordé le mois de mars sans un regard en arrière. Eric se félicitait de mon travail, jurant qu'il sentait la honte, la haine de soi, frémir dans chacune de mes répliques, chacun de mes gestes sur scène. Je souriais, feignant d'apprécier ses louanges.

Je ne visais que la fin de l'année, les examens, mon diplôme, et mon envol pour Dieu sait où. J'allais peut-être voyager avec Kelsey, ou rentrer chez mes parents. Ma mère adorerait. Je pouvais trouver un job de vendeuse, ou de serveuse. L'important, c'était le but. Ensuite, tout irait mieux. Je m'en sortirais. Ensuite, je raconterais tout à Kelsey et nous noierions mon chagrin dans la fête. Ensuite…

J'avais hâte d'être à « ensuite ».

Je me disais que c'était possible, réalisable.

Jusqu'au jour où le « tout de suite » m'a rattrapée.

C'était une semaine avant les vacances de printemps – un congé que j'attendais avec impatience – et tous les étudiants du département étaient rassemblés au théâtre pour assister aux travaux des ateliers de mise en scène. La salle était comble.

Je me préparais aux deux heures qui allaient suivre, quand Rusty est monté sur scène pour faire une annonce.

Il s'est éclairci la gorge, puis a considéré la salle d'un regard étonnamment sérieux de sa part.

— Bien, a-t-il commencé, je suis allé chez le docteur hier.

— Et alors, tu es enceinte ? l'a charrié quelqu'un dans la salle.

— Non, a-t-il répliqué dans un (demi) sourire. En fait, j'ai la mononucléose.

L'agitation a cessé quand nous avons commencé à comprendre.

— D'après le médecin, l'incubation dure entre quatre et huit semaines. Autrement dit, je peux être porteur du virus depuis janvier ou février et l'avoir transmis sans le savoir. Par conséquent, évitez de boire dans mon verre ou celui de quelqu'un d'autre et évitez, d'une manière générale, d'échanger… vos salives.

Janvier ou février… La soirée ! me suis-je rappelé

tout à coup. J'avais embrassé Rusty, ce soir-là, et pas mal d'autres après lui. Nous nous étions tous embrassés.

Mes yeux se sont instinctivement posés sur mes petits camarades de jeux. Ils avaient l'air aussi inquiet et consterné que moi. Si Rusty était déjà contagieux, je pouvais l'être aussi. Comme Cade, Kelsey, Victoria et tous ceux qui étaient venus chez moi.

Et si j'étais contagieuse... Garrick l'était aussi.

23

Je suis allée le voir dès la fin de la représentation. Le couloir grouillait d'acteurs en costume, les professeurs félicitaient leurs étudiants, et de petits groupes se formaient déjà en prévision des projets pour le week-end. J'étais la seule, au milieu de ce brouhaha détendu, à vivre la fin du monde. J'avais l'impression, en avançant vers Garrick, de me diriger vers un terrain miné. Un pas de travers et j'étais pulvérisée.

Les yeux sur son téléphone, il ne parlait heureusement à personne. Je suis restée derrière lui, déstabilisée par sa présence et l'idée de lui parler. Il était comme une drogue. Sa proximité et les souvenirs qu'elle levait dans son sillage suffisaient à ébranler tous les remparts que j'avais dressés entre nous.

Je ne sais pas si j'ai fait du bruit ou s'il m'a sentie venir, mais il s'est retourné. J'ai cru, l'espace d'une seconde, qu'il allait sourire. Mais son expression s'est modifiée, pour afficher une certaine prudence, comme s'il se méfiait de moi, avant de ne plus rien exprimer du tout.

Je sentais, dans la brèche ouverte, s'engouffrer toutes

mes émotions et tous mes souvenirs passés. De son côté, il n'aurait pas pu se montrer plus indifférent.

J'aurais voulu tout lui lâcher et détaler, mais il y avait beaucoup de monde, et ce n'était pas franchement l'endroit pour déclarer à son professeur qu'on lui avait peut-être transmis la mononucléose.

— Est-ce qu'on peut parler… en privé ?

Il a regardé autour de lui pour finir par poser les yeux quelque part. Sur Eric, ou Cade, ou Dom. En tout cas, ils y sont restés pendant qu'il me répondait :

— Je ne crois pas que ce soit une bonne idée, Bliss.

J'étais à court de bonnes idées dernièrement.

— Ce ne sera pas long, lui ai-je promis.

Il a fini par me regarder. J'ai cru déceler de la douceur au fond de ses yeux, mais je l'imaginais certainement. C'était devenu une habitude. Il suffisait que je ferme les miens pour voir ses lèvres à quelques millimètres de moi, et que je les ouvre pour me rendre compte que c'était un rêve.

Une main s'est posée sur mon bras. C'était Eric. Il a commencé à parler des répétitions, des costumes, des vacances, autant de choses pour lesquelles je n'avais aucun intérêt.

Garrick lui souriait, les lèvres pincées. À quand remontait la dernière fois que j'avais vu son sourire éblouissant ?

Après tout, je n'avais peut-être pas besoin de le prévenir. Je n'étais même pas souffrante. Et si je ne déclarais aucun symptôme, je n'avais aucune raison de le mettre au courant. En plus, il voulait clairement oublier notre petite aventure. Il était même disposé à changer de poste, je ne l'avais pas inventé ! Depuis que je l'avais appris, je faisais très attention à surveiller mes regards, mes gestes, de peur de trahir quoi que ce soit qui aurait montré que je n'avais pas tourné la page aussi bien que lui. Parce qu'aussi misérable que j'étais, je me serais sentie bien plus mal s'il était parti pour de bon.

Oui, je ne lui dirais que j'étais peut-être contagieuse que si c'était strictement nécessaire. Inutile de lui en parler avant.

Alors je me suis excusée, les ai salués tous les deux et j'ai tourné les talons. Mon éducation m'avait au moins appris à donner le change.

La veille des vacances, je me suis réveillée épuisée et si frigorifiée que, malgré la chaleur printanière, je suis arrivée au cours de Garrick avec un pull. J'aurais dû comprendre ce qui m'arrivait, ou m'en douter, mais j'avais tellement hâte d'être en vacances que je ne me souciais que de tenir jusqu'à la fin de la journée.

Garrick nous a relâchés plus tôt.

— Désolé de gâcher vos vacances, nous a-t-il prévenus, mais à la rentrée, je veux un projet précis de ce que vous avez l'intention de faire après le 22 mai ; date, pour ceux qui l'auraient oublié, de la remise des diplômes.

— Tu crois qu'une bonne cuite est un projet suffisant ? a ricané Dom derrière moi.

Je n'avais même pas le courage de lever les yeux au ciel.

— Je verrai certains d'entre vous à la répétition, ce soir. Bonnes vacances aux autres ! Évitez les excès d'alcool, de vitesse, ou de quoi que ce soit d'autre ! Bonne fin de journée.

Je crois que certains ont applaudi, mais j'avais les idées confuses et la tête me tournait légèrement. J'ai ramassé mes affaires en me disant que je n'avais pas vraiment besoin d'aller au cours suivant. Je voulais dormir. Une petite sieste me remettrait d'aplomb.

Je me suis dirigée vers la porte dans une sorte de brouillard.

Je n'ai réalisé que tout le monde était parti que quand Garrick m'a demandé :

— Est-ce que ça va, Bliss ?

J'ai opiné, la tête dans le coton.

— Un peu fatiguée, ai-je ajouté.

J'étais assez cohérente pour garder un semblant de neutralité.

— Mais… merci de t'inquiéter. Bonnes vacances.

Ma voix me parvenait du fond d'un tunnel, et il m'a fallu toute ma concentration pour sortir et arriver jusqu'à ma voiture.

Mon retour jusqu'à chez moi est resté un mystère. J'étais sûre d'avoir pris le volant, mais quand je suis arrivée devant ma porte, je n'avais aucun souvenir de l'avoir tourné ou passé les vitesses.

J'allais me laisser tomber dans mon lit quand le calendrier au-dessus de ma table de nuit – témoin silencieux de mon besoin d'organisation névrotique – m'a rappelé que j'avais une répétition le soir même. J'ai réglé mon réveil sur dix-sept heures, pour avoir le temps d'avaler un morceau, puis prévu une seconde sonnerie dix minutes plus tard, au cas où j'éteindrais la première, et je me suis enfin écroulée.

Quelques minutes plus tard, des bruits stridents me déchiraient le cerveau. J'avais si mal que j'ai pressé les mains sur ma tête. Mes oreilles semblaient appartenir à quelqu'un d'autre, et ma gorge, quand j'ai voulu déglutir, était hérissée de barbelés.

Au terme d'un effort herculéen, je me suis tournée sur le côté.

Mon réveil indiquait dix-sept heures *quarante-cinq*.

J'ai cligné des yeux et vérifié.

Dix-sept heures quarante-cinq.

Les bruits stridents continuaient. Quand j'ai fini par comprendre que c'était la sonnerie, j'ai levé la main, péniblement, pour la couper.

J'ai encore dégluti, ma langue était énorme et ma salive brûlante comme l'acide.

J'ai reposé les yeux sur mon réveil. La répétition commençait dans un quart d'heure… Je ne sais pas comment je suis arrivée à me tirer du lit. Je vacillais, comme un bouchon sur une mer déchaînée. J'avais des choses à faire… je le savais, mais je n'arrivais pas à savoir quoi exactement, j'avais l'impression d'oublier un détail essentiel. Et j'avais froid, tellement froid… Où était mon manteau ? J'avais besoin de mon manteau.

Enveloppée dans ce que j'avais trouvé de plus chaud, je me suis traînée jusqu'à ma voiture. Le monde tournoyait avec l'obstination d'un enfant têtu. J'ai tendu la main, sans rien trouver de solide à quoi me raccrocher, et me suis laissée tomber par terre. J'ai regardé le macadam… J'étais tellement fatiguée. Était-ce si grave de m'endormir ici ? Par terre ?

J'avais aussi très froid. Je devais rentrer, si je voulais vraiment m'allonger, ou au moins grimper dans ma voiture. Avais-je le temps de dormir un peu dans ma voiture avant de partir ?

J'ai secoué la tête, dans l'espoir de dissiper le brouillard qui m'entourait, et quelque chose d'horrible s'est mis à vriller dans mon crâne. Bon sang ! Cela faisait mal, tellement mal que je me suis pris la tête à deux mains pour tenter de me libérer. J'ai avalé, ce qui me faisait aussi atrocement souffrir. Tout me faisait mal. Tout.

Je ne pouvais plus me lever, c'était trop dur. J'étais en train de m'allonger, heureuse de sentir la tiédeur du macadam sur ma joue, quand quelque chose m'en a empêchée.

J'ai tenté de résister, parce que je voulais vraiment disparaître dans le sol, mais j'étais prisonnière, comme un poisson pris au bout d'un hameçon.

Je me suis mise à pleurer, parce que j'avais trop mal à la tête et que ma gorge était nouée comme un étau. Je voulais mon manteau, je ne voulais pas être un poisson, et je voulais désespérément dormir.

Dormir.

Une voix réconfortante me rassurait. L'hameçon m'avait lâchée, et je retrouvais la sensation moelleuse de mon oreiller. J'avais dû rêver.

Dormir et rêver. Avant de comprendre, je sombrai dans l'oubli.

Un bourdonnement m'a réveillée. Des abeilles. Je volais avec des abeilles.

— … dort encore. Oui. Je ne sais pas combien, mais elle a beaucoup de fièvre. Elle délire. Mononucléose, oui. Est-ce que je dois la conduire à l'hôpital ? Vous êtes certain ? Vous êtes certain. D'accord. Oui. Merci. Au revoir, docteur.

J'ai tendu la main. Il y avait beaucoup trop de mots. Les abeilles ne parlaient pas. Enfin, c'était ce qui me semblait. C'était bizarre. Où étais-je ?

— Où ? ai-je soufflé.

Puis « Oh », parce que la douleur, générale, persistait.

Ma main a trouvé quelque chose, ou plutôt, quelque chose a trouvé ma main ; quelque chose de doux, de chaud, tandis que j'étais frigorifiée. J'ai laissé échapper un soupir, peut-être un sanglot, et la chaleur s'est posée sur ma joue. Je m'y suis appuyée, avec avidité.

— Tellement froid, lui ai-je dit.

Et la chaleur m'a répondu, basse et caressante :

— Je ne sais pas quoi faire.

Je l'ai pressée sur mon visage.

— Encore, l'ai-je suppliée.

Et puis elle est partie, malgré mes efforts pour la retenir. Un courant d'air m'a traversée et j'ai frissonné, frissonné, tellement frissonné que je me suis mise à pleurer. Mes larmes étaient aussi glacées que des grêlons.

— Fff-rrr-oid.

Ma salive, au lieu de m'apaiser, m'a déchiré la gorge. Mes larmes ont redoublé. Je n'en pouvais plus, je voulais que ça cesse. Par pitié, par pitié.

— Pitié…

— Je suis là, mon cœur. Tiens bon.

Le monde s'est mis à tourner, vaciller, m'engloutissant avec lui. Au lieu de mourir, je me suis sentie tomber dans la chaleur solide et rassurante qui me parlait tout à l'heure. Je m'y suis agrippée, désespérée de me fondre en elle, de faire cesser mes tremblements, les coups de baïonnette qui me transperçaient.

C'était le soleil, le soleil qui me tenait dans ses bras, m'appelait par mon prénom, me caressait le front, les cheveux. Je me suis endormie, bercée par ses rayons au milieu du ciel.

Quand je me suis réveillée, j'avais les idées assez claires pour comprendre que j'étais malade. Respirer me brûlait la gorge, la tête me tournait et tous mes muscles me faisaient souffrir. J'avais encore très froid, mais un peu moins, je décongelais. Et le sommeil m'attirait. J'étais fatiguée, irrésistiblement fatiguée.

Je savais ce que cela voulait dire.

J'avais la mononucléose.

Je devais prévenir Garrick. Mais il fallait d'abord que ma tête cesse d'exploser, ma gorge de brûler et que mes jambes soient assez fortes pour me porter. Dès que la fièvre aurait un peu baissé, je l'appellerais.

Je me suis déplacée, geignant contre la douleur qui mordait mes genoux, mes coudes, mes épaules, et quand enfin je me suis tournée sur le côté, j'ai compris que je rêvais, que la fièvre me faisait délirer, parce que Garrick, torse nu, était à côté de moi sur l'oreiller. Elle était cruelle de jouer sans pitié avec mes désirs. D'un autre côté, c'était ma faute si je ne cessais pas de penser à lui.

Il me dévisageait, sans dire un mot. Et ses yeux, d'un bleu divin, étaient plus accueillants que tous les anges du paradis.

— Si seulement c'était vrai, ai-je murmuré avant de sombrer dans le sommeil.

Quand j'ai ouvert les yeux, mes tremblements avaient cessé, et j'étais seule. J'avais rêvé.

J'ai quand même enfoncé le visage dans mon oreiller.

Même maintenant, épuisée et fiévreuse, je continuais de penser à Garrick. Je n'avais pas cessé de penser à lui et, que je le veuille ou non, je devais admettre que j'étais…

amoureuse de lui. Tous mes souvenirs, tous mes fantasmes, venaient nourrir le désir qu'il m'inspirait…

— Bliss, réveille-toi.

J'avais glissé dans le sommeil. Le rêve continuait.

— Il faut que tu boives, Bliss. Réveille-toi.

J'ai tenté de me détourner, de replonger dans ma torpeur, mais quelque chose m'a attrapée, obligée à m'asseoir, et maintenue pour m'empêcher de m'allonger. J'ai fermé les yeux.

— Oh ! non, pas question. Bois d'abord. Après tu pourras dormir.

Je dormais déjà. Je dormais puisqu'un bol est apparu entre mes mains. Il était chaud, presque autant que les mains fermées sur les miennes, et il sentait bon. Alors je l'ai laissé venir jusqu'à mes lèvres.

C'était de la soupe.

Du bouillon même. Il était bon, mais avaler me faisait trop mal, alors je l'ai repoussé.

— S'il te plaît. Je me fais du souci pour toi. Et je n'aime pas me faire du souci pour toi.

J'avais déjà entendu ces paroles, mon inconscient était méchant de me les servir maintenant, quand celui qui les avait prononcées ne se souciait plus du tout de moi. J'ai levé les yeux. Il était là, encore plus beau peut-être que dans la réalité. C'était lui le soleil. Il avait toujours été comme le soleil.

C'était trop dur.

— Tu me manques, ai-je alors dit à mon soleil radieux. Je t'ai chassé et maintenant, la lumière est partie.

Il ne m'a pas dit que je lui manquais aussi. Il n'a rien dit de ce que j'aurais voulu entendre.

— Bois, Bliss, m'a-t-il dit à la place. Nous parlerons quand tu te sentiras mieux.

J'ai obéi parce que j'étais trop fatiguée pour lutter, ou me disputer contre mes rêves. J'ai bu lentement, laissant le liquide couler pour ne pas avoir à l'avaler et sentir les piqûres dans ma gorge. À la moitié du bol, je l'ai repoussé. Mon soleil n'a pas protesté.

— Maintenant, tu peux dormir, mon cœur, m'a-t-il seulement dit.

Je suis retombée sur mon oreiller, mais au lieu du contentement, c'est la peur qui m'a saisie. La peur de voir disparaître ce rêve, ce moment de répit dans un monde où je n'avais rien gâché. Cade viendrait peut-être, Kelsey aussi. Et j'aurais l'impression, même si ce n'était qu'une illusion, que ma vie était redevenue heureuse.

L'image de Garrick m'a posé la main sur le front.

— J'ai l'impression que ta fièvre a baissé. C'est bien. Tu devrais te sentir mieux demain matin.

— Ça veut dire que je dois t'appeler.

— M'appeler ?

— Pour te prévenir que tu peux être malade, toi aussi.

Il m'a regardée bizarrement. Pourquoi ne comprenait-il pas ?

— Tu ne crois pas que je le sais déjà ?

— Bien sûr que non. Tu es un rêve.

— Un rêve ?

— Le vrai Garrick ne serait jamais ici.

Je me suis enfoncée dans mon oreiller.

Ce rêve tout à coup n'était plus si agréable. Garrick n'était pas là. Et son image avait beau me regarder, pleine de sollicitude et même de tendresse, nous n'étions rien l'un pour l'autre… plus maintenant.

Le faux Garrick pour autant ne s'effaçait pas, il restait là, la main dans mes cheveux. Alors je me suis autorisée à rêver un peu plus longtemps.

24

Aux alentours de quatre heures du matin, je me suis réveillée en nage, le corps collé aux draps humides et la tête lourde sur l'oreiller.

La fièvre semblait m'avoir quittée.

J'ai voulu me redresser, mais je devais être encore sonnée, parce que mon lit ne semblait pas horizontal. J'ai tendu la main pour allumer la lampe et, complètement sidérée, l'éteindre aussitôt. J'avais des visions !

J'ai attendu, puis l'ai, prudemment, rallumée.

Je me suis pincée. Je me suis encore pincée, et je me suis pincée une troisième fois parce que mes visions, ahurissantes, persistaient.

Garrick était endormi dans mon lit.

Oh là là.

Oh… là… là…

Jusqu'à quel point ce que j'avais vécu était un rêve ? Ma vie sous forme d'abeille relevait sans aucun doute de la fièvre, comme les animaux fabuleux avec lesquels je m'étais longuement entretenue. Et je n'avais pas vécu sur un soleil en compagnie d'extraterrestres.

Mais Garrick était *bel et bien* dans mon lit.

J'avais rêvé de lui, c'était certain, parce que tout ce que j'avais rêvé ne pouvait pas être vrai. Parfois il volait, nu la plupart du temps. D'autres fois, il me disait des mots tendres… Certaines réminiscences étaient floues, d'autres très nettes. Où était la frontière ? Que s'était-il vraiment passé ? Est-ce que je ne rêvais pas *encore* ? Je rêvais peut-être que ma fièvre était tombée, que je m'étais pincée… Victime d'une panique grandissante, je l'ai secoué.

Il a ouvert ses yeux magnifiques et pleins de sommeil. Je suis restée une seconde interdite.

Garrick était dans mon lit. Avec moi.

Endormi.

Nous dormions ensemble !

— Tu es réveillée.

Depuis quand une voix enrouée était-elle aussi séduisante ? N'ayant pas réfléchi à ce que j'allais lui dire, j'ai opiné, les yeux écarquillés.

— Comment te sens-tu ?

Cette réponse, au moins, était à ma portée.

— Lessivée. J'ai mal partout, surtout à la gorge.

Il a sorti une main et l'a posée sur ma cuisse, comme si c'était… naturel. Comme si nous passions notre temps à nous poser les mains sur les cuisses.

— C'est normal, m'a-t-il dit.

Quoi, sa main ? Non, bien sûr, me suis-je reprise, il parlait évidemment de ma gorge.

— Tu as besoin de quelque chose ?

J'ai fait non, seulement préoccupée par ce qui s'était passé pendant mon… absence.

Il s'est redressé, et le drap a glissé sur son torse, me révélant la moitié de son corps nu et attirant irrésistiblement mon regard sur… l'autre moitié. L'élastique de son boxer heureusement m'a arrêtée. Il a glissé la main dans mes cheveux. Mes cheveux humides, sales, et affreusement collés sur mon visage, alors que les siens étaient si beaux. Il ne donnait pas l'impression de s'en soucier.

Encore une fois, que s'était-il passé ?

— Je suis content de voir que tu vas mieux.

J'ai opiné. Je ne savais faire que ça. Ce n'était pas grand-chose, mais au moins ça me rassurait. Un peu.

— Tu devrais te rendormir. Tu as besoin de te reposer. À moins que tu n'aies faim ?

J'ai secoué la tête.

— Alors rendors-toi.

Il m'a tirée légèrement, et je me suis laissé faire, sûre qu'à la seconde où ma tête allait se poser sur l'oreiller, ce monde parallèle allait cesser d'exister.

Il n'a pas cessé.

Garrick a repoussé les couvertures et s'est levé.

— Tu t'en vas ? lui ai-je demandé.

Il s'est arrêté et m'a regardée, comme s'il prenait subitement conscience de l'endroit où nous étions et du peu de vêtements qu'il portait. Il a hésité et m'a demandé d'un ton déconcertant, incertain que je lui avais rarement entendu :

— Tu veux que je parte ?

J'aurais voulu mettre cette seconde sur pause, figer l'instant où cet homme décidé était pris par le doute. Bien sûr que je ne voulais pas qu'il parte ! Je n'avais jamais voulu qu'il parte !

J'ai secoué la tête, heureuse du calme que m'imposait la fatigue.

Un sourire radieux s'est étiré sur son visage.

— Alors je reste. Je vais seulement boire un peu. Rendors-toi.

Il est parti, et je me suis allongée, étourdie. J'ai entendu l'eau couler, puis s'arrêter. Je me suis demandé, dans le silence qui suivait, ce qu'il faisait. Le parquet ne craquait pas, il ne revenait donc pas. Buvait-il à côté de l'évier ou n'entendais-je rien, parce que mon illusion avait pris fin et qu'il ne reviendrait pas ? Le plancher avait-il craqué quand il était parti ? Je n'arrivais pas à m'en souvenir. J'ai commencé à paniquer. Je devais peut-être me lever, vérifier qu'il était là, que je n'avais pas rêvé…

Puis mon lit s'est enfoncé, un bras s'est posé sur ma taille. Je me suis raidie, puis détendue si soudainement que je me suis retrouvée contre lui. La fièvre a aussitôt semblé me reprendre.

Il a repoussé mes cheveux, et j'ai senti quelque chose, probablement le bout de son nez, glisser sur ma nuque, puis son souffle.

— Garrick ?

Son bras s'est resserré, son corps s'est pressé contre le mien, même nos cuisses se touchaient.

— Demain, Bliss. Dors maintenant.

Dormir ? Comment pouvais-je dormir ? Je me suis alors aperçue, tandis que son souffle ralentissait sur ma nuque, que je m'habituais à le sentir contre moi, que j'étais toujours fatiguée. Je voulais comprendre ce qui s'était passé, interroger mes souvenirs, démêler le rêve de la réalité, mais le sommeil, plus fort, m'attirait irrésistiblement dans ses bras.

Garrick avait raison. Mes questions pouvaient attendre le lendemain. Il serait là. Il avait dit qu'il restait. Toutefois, au cas où, j'ai posé la main sur celle posée sur mon ventre. Je croyais qu'il s'était endormi, mais il a enlacé ses doigts aux miens.

Certaine qu'il était bien réel et qu'il allait rester, je me suis endormie.

Quand je me suis réveillée, la lumière entrait à flots dans ma chambre, et j'étais en nage. Je me suis redressée, croyant que la fièvre était revenue, et le bras de Garrick est retombé mollement sur le drap. Il a grogné.

Voyant les gouttes de sueur sur son visage, j'ai posé la main sur son front. Il était brûlant. C'était son tour, et nous étions dans un piteux état.

Je me suis écartée pour poser le pied prudemment par terre. J'ai eu l'impression, en me levant, que mes os avaient été brisés et remis n'importe comment. Chaque pas m'arrachait un élancement douloureux qui remontait jusqu'à mes hanches. Je me suis appuyée contre le mur avant de continuer mon chemin. Au terme de trente pas douloureux et traînants – au lieu des dix habituels – je suis arrivée à la salle de bains, essoufflée et écrasée de sommeil.

Malgré le brouillard de souffrance et d'épuisement qui m'avalait, il me semblait très important, avant de dormir, de me laver. J'ai donc commencé à m'extirper douloureusement de mes vêtements.

Une fois déshabillée, je n'avais déjà plus d'énergie. Alors, comme un enfant qui vient d'apprendre à marcher, j'ai escaladé ma baignoire et m'y suis allongée pour laisser l'eau couler sur moi. Chaque goutte me faisait l'effet d'un missile, mais c'était tout de même rafraîchissant, et cette sensation a fini par l'emporter.

Je suis restée longtemps, suspendue entre la veille et le sommeil puis, quand la douleur s'est un peu relâchée, je me suis levée pour offrir mon visage et mes cheveux au jet d'eau.

Le shampoing a été une épreuve, les yeux me piquaient et j'arrivais à peine à lever les bras pour me laver les cheveux. Quand je les ai enfin rincés, l'après-shampoing était un luxe tout à fait superflu.

J'ai fermé le robinet et laissé l'eau s'écouler à mes pieds. Plus je gardais les yeux fermés, plus mon corps s'alourdissait. Je me suis laissée sécher sans bouger, heureuse de pouvoir simplement me reposer.

Puis je me suis souvenue de Garrick. Il était temps de m'occuper de lui.

Mobilisant toutes mes forces, j'ai escaladé en sens inverse le rempart de ma baignoire. M'habiller était hors de question. Alors j'ai mis une serviette sur mes cheveux et me suis glissée dans un peignoir. Puis j'ai passé quelques serviettes sous l'eau, les ai essorées (du mieux que j'ai pu) et suis retournée dans ma chambre.

Je me sentais un peu mieux. J'avais toujours mal, mais chaque pas n'était plus une torture. Je me suis tout de même laissée tomber avec joie à côté de Garrick sur mon lit.

Il a bougé quand j'ai écarté les couvertures, mais il ne s'est pas réveillé. J'ai mis une serviette sur son front, une autre sur son torse, et voulu lui essuyer les bras et les jambes avec la troisième. Mais c'était trop difficile, alors je l'ai roulée et glissée derrière sa nuque, puis je me suis allongée à côté de lui et endormie.

Nous nous sommes réveillés ensemble. Comme il était toujours fiévreux, je l'ai forcé à boire. C'est en buvant à mon tour, deux grands verres coup sur coup, que je me suis aperçue à quel point j'avais soif. Ayant assez de force, je suis retournée à la salle de bains pour troquer mon lourd peignoir contre un survêtement léger. Je posais une serviette fraîche sur le front de Garrick quand il a marmonné.

— Merci.

Il savait que j'étais là, puisqu'il avait prononcé mon prénom plusieurs fois, et il savait qu'il était malade, mais en dehors de ça, je ne savais pas de quoi il se rendait compte.

— De rien, ai-je répondu. C'est la moindre des choses après ce que tu as fait pour moi.

— Tu te débrouilles mieux.

Il avait les yeux fermés, mais souriait.

— Tu t'en es très bien sortie et c'était bien de ne pas être seul.

Il a tenté de se tourner complètement vers moi, mais son corps est retombé lourdement. Je me suis glissée contre lui et son bras s'est refermé sur moi.

Épuisé par ce mouvement, il a lâché un soupir.

— Je suis désolé.

— De quoi ?

D'avoir besoin d'aide ? Il semblait s'en sortir bien mieux que moi.

— De t'avoir laissée partir. De m'être interposé entre Cade et toi. D'être trop stupide pour te dire que tu me manquais. Je suis désolé.

J'avais du mal à comprendre ses marmonnements, mais j'avais saisi l'essentiel : il était désolé, et je l'étais tout autant. Je me fichais bien de toutes les raisons pour lesquelles nous n'aurions pas dû être ensemble dans mon lit. Nous y étions et nous y étions bien. Je l'ai serré contre moi et, pour la première fois depuis des semaines, j'ai respiré librement. Je voulais lui parler de sa conversation au téléphone, de notre dispute, de tout, mais il continuait de murmurer « désolé », « désolé », contre mon cou, alors je n'ai rien dit, sauf des paroles apaisantes.

Serrés l'un contre l'autre, nous ne pouvions pour l'instant que combattre la maladie et dormir.

25

Les jours se sont écoulés de cette manière douce et léthargique. C'était étrange de considérer la maladie comme une bénédiction, mais c'était le cas. Quand la fatigue nous laissait un peu de répit, nous n'avions pas besoin de parler, ni de notre relation ni de ce qui l'avait brisée. Les explications semblaient inutiles. Même le sexe, qu'il s'agisse de ma virginité ou de la perspective de coucher avec lui, me laissait en paix. Enlacés l'un à l'autre, nous trouvions du réconfort dans la tranquillité de mon lit, loin du monde extérieur.

Le samedi suivant, nous étions assez vaillants pour passer plus de temps au salon, préparer de vrais repas, regarder la télé… parler.

Nous étions sur le canapé, mon dos appuyé contre lui, ses bras autour de moi. La télé allumée, je le questionnais sur le premier jour de ma maladie.

— Qu'est-ce qu'Eric a dit quand tu l'as appelé ?

— Il n'était pas en colère, si c'est ça qui t'inquiète. Je pense que la moitié de la troupe est malade aujourd'hui.

Super. Notre spectacle allait être une réussite si nous

étions tous à bout de force en même temps. On devrait peut-être annoncer une « tragédie léthargique », un nouveau genre théâtral.

— Comment a-t-il réagi quand tu lui as dit que tu t'occupais de moi ?

— Il ne le sait pas. Il m'a dit de te mettre au lit et suggéré d'appeler ta mère.

Sa venue, pour le coup, aurait été une catastrophe. La connaissant, elle n'aurait pas attendu d'arriver pour lui demander quand il avait l'intention de m'épouser.

— Mais tu es resté.

— Je ne pouvais pas te laisser. J'ai dit à Eric que je ne me sentais pas bien non plus, et je suis resté avec toi.

— Pourquoi ?

— Tu ne t'en doutes pas ?

— Non.

J'avais surpris sa conversation téléphonique, je l'avais entendu dire que je n'étais qu'un « incident de parcours » et qu'il avait « tourné la page ». Je voulais savoir pourquoi il était resté.

— Dans ce cas, a-t-il repris, je vais te le dire correctement.

Il a tenté de se redresser, mais nous étions encore faibles et désorientés, si bien qu'au lieu de réussir à s'asseoir, il m'a entraînée avec lui et nous avons glissé tous les deux, emmêlés, sans pouvoir nous parler. Après quelques contorsions, et autant de rires étouffés, nous sommes parvenus à nous allonger, moi sur le dos, lui appuyé contre le dossier du canapé.

Nous avions dormi une semaine dans le même lit, mais cette intimité restait inhabituelle, excitante et effrayante à la fois. Je sentais son corps affaibli peser contre le mien.

Cela me plaisait.

— Où en étais-je ? s'est-il interrogé. Ah, oui, au fait que je pourrais être en train de tomber amoureux de toi.

Il tombait *amoureux* ? De *moi* ?

J'ai cligné des yeux. Et recommencé. Une multitude d'émotions m'assaillaient, la stupeur, l'incrédulité, l'excitation, la peur, le désir, l'incertitude, et… une dernière, beaucoup plus forte que les autres. Trop forte pour que je puisse lui donner un nom. J'abritais une immense galaxie, miraculeuse et fragile, au centre de laquelle brillait un soleil, unique et radieux.

Garrick.

L'amour.

Ils étaient synonymes.

Une caresse de sa main sur mon visage m'a ramenée à la réalité.

— Tu peux rendre un homme fou avec ce genre de silence.

— Je t'aime aussi, ai-je dit avant de me mordre – violemment – la langue.

Il n'avait pas prononcé ces mots-là. Il avait seulement dit qu'il était *en train* de tomber amoureux de moi. Et il avait employé le conditionnel.

— Non, me suis-je reprise en hâte, ce que je veux dire, c'est que j'éprouve… la même chose. Je tombe seulement amoureuse. Parce qu'être *déjà* amoureuse de toi serait trop rapide. Ce serait absurde. Excessif même, non ? C'est trop… C'est trop rapide. Du coup…. je ne suis pas amoureuse de toi. Je ne le suis pas. Non que tu ne sois pas, euh… aimable, mais il y a une différence entre *tomber* amoureux et *être* amoureux. Nous en sommes à la première étape, pas à la seconde, pas encore. Donc, je suis aussi en train de tomber amoureuse de toi. Voilà ce que je voulais dire. C'est tout ce que je voulais dire.

J'étais pitoyable, et comme son visage tranquille ne révélait strictement rien, j'ai continué de broder sur le sujet sans la moindre cohérence jusqu'au moment où il m'a embrassée. Ce n'était qu'un court baiser, mais il sonnait comme une ponctuation, comme pour me dire… de me taire.

J'ai soupiré.

— Tu es censé faire ça *avant* que je ne commence à raconter n'importe quoi.

Il a éclaté de rire et m'a encore embrassée, un peu plus longtemps.

— Ça me plaît quand tu racontes n'importe quoi. Non, encore mieux, j'aime quand tu racontes n'importe quoi. Tiens, c'est décidé, a-t-il enchaîné, je ne tombe plus amoureux de toi. Je suis amoureux de toi. Ce n'est pas trop excessif ?

Son sourire était éblouissant et tellement moqueur que je l'ai pincé.

Au lieu de s'en formaliser, il s'est contenté de m'embrasser, en s'appuyant de tout son poids, avec le plus agréable de tous les excès.

J'ai d'abord repoussé l'idée qui germait dans mon esprit. Comme le disait Eric, ou le répétait Kelsey, je réfléchissais trop. D'un autre côté, depuis que je connaissais Garrick, j'avais une fâcheuse tendance à ne plus réfléchir du tout. Les mots qui m'échappaient étaient souvent embarrassants, il arrivait pourtant qu'ils aient de l'effet… Dire ce qui me passait par la tête n'était peut-être pas toujours une erreur. La spontanéité pouvait avoir du bon.

J'espérais que c'était un de ces moments, parce qu'avant

même que j'aie eu le temps d'y penser sérieusement, je m'entendais lui dire :

— Je suis vierge. C'est pour ça que j'ai fui, la première fois que tu es venu chez moi. Je n'avais pas de chat. Je ne sortais pas avec Cade. J'avais juste peur.

Il s'est figé, au milieu d'un baiser sur mon cou, puis lentement – très lentement – il a levé la tête. Son regard stable et profond me donnait une envie folle de me cacher, de fuir, ou d'inventer un prétexte absurde impliquant d'autres animaux.

— Tu peux rendre une femme folle avec ce genre de silence, ai-je murmuré.

Il a plissé le front.

— Attends que je comprenne… Tu n'avais pas de chat ? Tu t'en es donc procuré un uniquement pour ne pas me dire que tu es vierge ?

J'ai pincé les lèvres et opiné. Son expression hésitait entre la stupeur et l'amusement. Il était sidéré.

— Tu as dit que tu aimais mes élucubrations, lui ai-je rappelé.

— C'est le cas. Je t'aime. Seulement… Tu veux savoir ? Je suis soulagé.

— Tu es *soulagé* que je sois vierge ?

— Oui, parce que je sentais que tu me cachais quelque chose. Je croyais que c'était à cause de ça que tu ne voulais pas de moi et comme je n'arrivais pas à comprendre ce que c'était, je suis devenu fou à me poser la question.

— Fou ? Je t'ai entendu dire au téléphone que je n'étais qu'un incident de parcours. Tu disais vouloir partir à cause de moi. Et j'étais terrorisée à l'idée de te faire effectivement partir, si je manifestais le moindre signe vers toi.

— De quoi tu parles ? Je n'ai jamais eu l'intention de partir !

— Je t'ai entendu, c'était le jour où je suis venue dans ton bureau pour m'excuser. Tu étais au téléphone avec quelqu'un de Philadelphie, tu as dit que c'était fini, que ça n'avait été qu'un incident de parcours…

Il m'a posé un doigt sur les lèvres.

— Cette fois, je t'arrête, Bliss. Notre relation n'a rien de simple, mais tu n'as jamais été un incident de parcours. Et je ne serais jamais parti, même si je m'étais fait renvoyer. J'étais trop amoureux de toi.

J'ai résisté à l'envie de corriger son passé. Il était encore amoureux de moi. Il m'aimait. Et c'était tellement incroyable que j'avais envie de me le faire tatouer sur la peau.

— Je parlais de quelque chose qui s'est passé avant, à Philadelphie, une des raisons de mon départ.

Je me suis souvenue du jour où je lui avais demandé pourquoi il était venu au Texas. Il avait changé de sujet en m'embrassant. Si j'avais insisté, au lieu de me laisser distraire, les choses se seraient passées autrement.

Il s'est écarté et a repris, en me regardant à peine :

— J'avais une amie, là-bas, Jenna. Nous nous étions connus en première année de fac et nous étions aussi proches que toi et Cade. Le jour où nous sommes sortis ensemble, je savais que c'était une très mauvaise idée. Je l'aimais beaucoup, mais en tant qu'amie, rien de plus. Quand j'ai rompu… ça a été le désastre. Nous jouions dans la même pièce. Nous travaillions dans les mêmes théâtres et, comme toi et Cade pendant les premières répétitions de *Phèdre*, nous ruinions tout ce que nous faisions ensemble. Résultat : j'ai eu du mal à trouver des cachets, et, comme la plupart de nos amis avaient pris le parti de Jen, je suis vite devenu le pestiféré. Alors, quand Eric m'a contacté, j'ai sauté sur l'occasion et j'ai pris le premier avion. J'ai fui, lâchement, et perdu beaucoup d'amis. C'est de Jen que je parlais au téléphone. Et c'est à cause de cette histoire que j'ai été si dur avec Cade et toi. L'idée que tu sortes avec lui, que tu commettes la même erreur que moi me terrifiait. Je suis désolé. Je m'en suis très mal sorti. Si je t'avais répondu quand tu m'as posé la question, tu aurais sans doute compris…

C'était mon tour de l'interrompre, et j'ai mis, dans mon baiser, toute la certitude dont je me sentais capable.

— Je comprends maintenant, c'est tout ce qui compte.

— Je t'aime, m'a-t-il répondu.

Une affirmation dont je n'étais pas prête de me lasser.

— Je t'aime aussi.

— Tu peux répéter ? m'a-t-il demandé. Pour que je sois sûr que ce n'est pas la fièvre qui me donne des illusions.

Je l'ai encore embrassé et répété :

— Je t'aime, Garrick.

Et cette fois, ce n'était pas la peur qui me terrifiait, mais son absence totale.

26

Un lourd collier doré, un épais chignon de boucles orné de brillants, une tunique au plissé souple et travaillé : telle était l'image que me renvoyait le miroir de la loge, tandis que je me prêtais aux dernières touches de maquillage.

La première de *Phèdre* allait débuter et, malgré mes bijoux et mon costume pesants, j'avais l'impression d'avoir des ailes.

L'excitation courait plus vite que mon sang dans mes veines.

Nous y étions. Enfin. L'épidémie de mononucléose avait retardé le spectacle d'une semaine, mais nous étions fin prêts. Nous allions être bons, vraiment bons. Et je n'étais pas la seule à le penser.

Kelsey est arrivée, la démarche chaloupée, incarnant une Aphrodite somptueuse et parfaite.

— Je sais, je sais, a-t-elle commencé, je suis stupéfiante. Inutile de me regarder comme ça.

J'ai souri, simplement heureuse de l'avoir retrouvée. Elle avait été la seule de la bande à avoir échappé au virus. L'ironie était cruelle étant donné que c'était elle qui avait eu l'idée de ce jeu stupide.

Elle avait débarqué chez moi, le dernier jour des vacances, pour m'annoncer qu'elle en avait assez « de nos chichis de gamines capricieuses » et qu'il « était temps de nous réconcilier ». La porte n'étant pas fermée, elle était entrée en trombe et nous avait découverts, Garrick et moi, enlacés dans mon lit. Elle avait vite compris pourquoi j'avais été si désagréable le soir où elle m'avait traînée en boîte. Sa stupeur passée, elle nous avait lancé, avant de faire demi-tour :

— Ok, je n'ai rien vu. Je suis une carpe enfermée dans une tombe.

J'avais éclaté de rire, malgré moi, tandis que Garrick complètement paniqué s'était caché sous les draps. Il s'était vite rassuré : Kelsey en effet muette avait gardé le secret pour devenir notre complice.

Elle a souri à Megan, qui terminait ma coiffure.

— Beau travail, Meg ! Quelle artiste ! Mais tu ferais mieux de filer, Alyssa a besoin de toi et à ta place, je ne traînerais pas !

Megan a opiné en vidant la moitié de la bombe de laque sur mon chignon puis s'est éclipsée.

Kelsey s'est laissée tomber dans le siège à côté du mien.

— Premièrement, tu es magnifique. Je suis même un peu jalouse. Aphrodite ne devrait-elle pas avoir une plus belle robe que Phèdre ?

J'ai levé les yeux au ciel.

— D'accord, d'accord, laisse tomber. Deuxièmement, tu vas déchirer, ce soir. Sérieux, quelle classe ! Troisièmement…

Elle s'est penchée et, à sa façon bien particulière de ne

pas me souhaiter bonne chance (ce qui, comme chacun sait, porte malheur au théâtre), elle m'a donné un grand coup de langue sur la joue.

— Et enfin, a-t-elle repris satisfaite, un de tes fervents admirateurs poireaute depuis un moment derrière la porte. Il reste cinq minutes avant le lever du rideau. Je peux t'en garantir trois d'intimité, alors ne perds pas de temps.

Elle m'a vite embrassée sur la joue et s'est enfuie vers la porte qu'elle a refermée après avoir laissé entrer Garrick.

— Salut, m'a-t-il dit.

— Salut.

Embarrassée par mes reflets dans la douzaine de miroirs qui tapissaient la loge, je me suis concentrée sur lui. Ce n'était pas très difficile. Il était magnifique, comme d'habitude.

— Tu es…

Il s'est interrompu pour me parcourir des yeux.

— Si tu dis « adorable », je t'écorche vif.

Il a souri en me prenant dans ses bras et, pour ne pas gâcher mon maquillage, m'a embrassée dans le cou, puis juste au-dessus de mon décolleté. Je me suis agrippée à ses épaules, tellement ce baiser était suggestif et en même temps respectueux.

— Je pensais plutôt « incroyablement sexy ». Je me réjouis que tu ne sois pas ma belle-mère.

J'ai éclaté de rire.

— Je ne suis pas sûre qu'être ton élève soit beaucoup mieux !

Il a laissé courir ses lèvres sur mon cou, puis a plongé son regard, lourd de sensualité, dans le mien.

— Un mois.

Il n'avait pas besoin d'en dire plus. Dans un mois,

il ne serait plus mon professeur et je ne serais plus son élève. Dans un mois, notre relation pouvait sortir de la clandestinité. Dans un mois, je sacrifiais ma virginité sur l'autel du sexe.

C'était en tout cas ce que nous avions sagement prévu, terrés dans mon appartement, malades et isolés du monde. Ce délai devait me permettre d'apaiser mes angoisses et nous mettre à l'abri de tout écart susceptible de nous trahir. Mais sous son regard brûlant, il me paraissait maintenant tout à fait déraisonnable.

— J'aimerais pouvoir t'embrasser pour de bon, a-t-il dit en fixant mes lèvres, rouges et pulpeuses grâce au maquillage.

— Tu pourras le faire ce soir, ai-je répondu, chez moi, après la fête.

Il s'est penché et, évitant ma bouche au dernier moment, m'a embrassée à l'endroit qu'il savait si sensible, juste derrière l'oreille.

— J'ai hâte, car « de l'amour j'ai toutes les fureurs ».

Cette citation de mon texte m'a rappelé que nos trois minutes étaient probablement écoulées.

— Tu ferais mieux de partir avant qu'on nous surprenne, l'ai-je repoussé en souriant. Dis merci à Kelsey en passant.

— Oh, tu peux compter sur moi. Cette fille est un cadeau et je l'adore !

Je me suis tournée vers le miroir pour m'assurer que ni mon maquillage ni mon chignon n'avaient bougé.

— Je vais faire comme si tu ne venais pas d'avouer que tu adores ma meilleure amie.

Il s'est précipité derrière moi et, m'entourant de ses bras, m'a embrassée une dernière fois dans le cou.

— Je t'aime, m'a-t-il dit.

J'ai levé les yeux sur son reflet. Nous allions bien ensemble, lui dans son costume sombre, moi dans ma somptueuse robe grecque. Et notre rencontre me paraissait incroyable.

— Je t'aime aussi.

Il a filé, et je suis restée devant mon reflet, songeuse. J'avais changé. Ce n'était pas dû qu'à mon costume, à ma coiffure ou à mon maquillage. J'avais l'air… heureuse.

Entendant Alyssa battre le rappel, j'ai pris une grande inspiration pour ralentir le flot d'adrénaline qui surgissait dans mes veines.

C'était un grand soir.

Celui de notre première de *Phèdre*.

Celui de ma dernière première d'étudiante.

Et, si j'en avais l'occasion, le dernier de mon statut virginal. Parce que cette fois, j'avais pris ma décision.

Au théâtre, il arrive parfois que tout se déroule exactement comme prévu. Les costumes et la mise en scène sont parfaits, le public est subjugué, et les acteurs sont portés par la grâce.

Notre représentation était de celles-là.

Tous les comédiens brûlaient du feu sacré, et moi je vivais… une autre vie. Je vivais tous les transports de Phèdre, la honte d'aimer celui qui m'était interdit, l'espoir – en apprenant la mort de mon époux – que peut-être, peut-être, le bel et fier Hippolyte pouvait m'appartenir. L'horreur ensuite de découvrir, après avoir cédé à mes aveux, que cet amour n'était pas partagé et que mon mari finalement n'était pas mort. Et enfin, déchirée par le remords d'avoir causé, par mes accusations trompeuses, la mort d'Hippolyte, j'ai finalement trouvé la délivrance en acceptant de reconnaître mes crimes. Je sentais presque le poison bu par Phèdre monter jusqu'à mon cœur. Et ça n'a été qu'effondrée sur scène, les dernières répliques de Thésée prononcées, que je suis sortie, tandis que les lumières s'éteignaient, de mon personnage.

Les applaudissements ont immédiatement éclaté. La gorge nouée, les yeux gonflés de larmes, j'étais submergée d'un bonheur aussi puissant que celui que je venais de vivre sur scène. C'était un moment exceptionnel, qui n'aurait pas d'équivalent, parce que au théâtre chaque représentation est unique.

Tant de choses qui jusque-là m'avaient échappé devenaient subitement évidentes, elles prenaient tout à coup leur place et leur sens. J'avais hâte de voir Garrick.

Quand nous avons quitté la scène, après nos derniers saluts, les coulisses étaient envahies. Les amis, la famille, se pressaient dans les couloirs jusqu'aux loges. Eric était là, souriant, fier de nous et du spectacle que nous avions monté ensemble. Je l'ai d'abord serré dans mes bras, débordante de gratitude pour la chance qu'il m'avait donnée, et de reconnaissance pour la confiance qu'il avait continué à me témoigner, malgré cette première semaine de répétitions lamentable.

— Tu as été remarquable, Bliss. Tu peux être fière.

Je l'étais, oh ! oui, je l'étais, et mon visage que je sentais rayonnant parlait pour moi.

Garrick était derrière lui. Lâchant Eric, je me suis tournée vers lui et, sans me soucier des risques, l'ai serré dans mes bras. Il m'a retenue, le temps de murmurer « brillant » à mon oreille.

Puis je me suis laissée entraîner par la foule.

J'étais en nage, mon costume était lourd, mais je goûtais, étourdie et heureuse, chacune des embrassades et des félicitations qui pleuvaient sur moi.

Quand je suis enfin arrivée dans la loge, j'ai… dansé. Nous avons tous dansé. Kelsey a branché son iPod et, avant de partir pour le *Side Bar*, où nous devions célébrer la première, nous avons commencé à faire la fête, tout en ôtant nos costumes et notre maquillage de scène.

En sortant, j'ai été surprise de découvrir Cade, adossé dans le couloir. Il est tout de suite venu vers moi.

— Tu m'amènes au *Side Bar* ?

Je l'ai regardé, surprise et souriante.

— Avec plaisir, ai-je répondu, mais j'ai prévu de rentrer tôt, je suis plutôt fatiguée.

— Pas de problème, je trouverai quelqu'un pour le retour.

— Dans ce cas, allons-y.

Nous sommes allés vers ma voiture en silence. J'ai mis le contact et coupé la radio.

— Vas-y, Cade, je t'écoute.

J'avais compris, à le voir triturer sa ceinture, qu'il voulait me parler, mais au lieu de répondre, il m'a posé une question :

— Comment ça se passe avec Garrick ?

Je lui ai jeté un regard, tout en manœuvrant pour sortir du parking.

— Pourquoi ? ai-je demandé, méfiante.

— Oh ! excuse-moi. Je ne voulais pas t'embêter, c'était juste amical.

Je me suis mordu les lèvres, frappée par notre défiance mutuelle. Comment en étions-nous arrivés là ?

— Non, excuse-moi, Cade, tu ne m'embêtes pas.

Je ne m'attendais pas à cette question, c'est tout. Ça se passe bien.

— Ah. Bon. Tant mieux.

Après avoir passé tant de temps avec Garrick, je n'avais plus l'habitude des hommes qui ne disent pas ce qu'ils pensent.

— Vas-y, Cade, dis-moi ce que tu as sur le cœur. Quoi que ce soit, je t'écoute.

Il restait nerveux, mais ne jouait plus avec la ceinture.

— Je voudrais te poser une question, a-t-il enfin lâché. Mais elle est indiscrète, et je ne veux pas te mettre mal à l'aise.

— Écoute, Cade, je sais ce qui s'est passé entre nous, mais tu restes un de mes meilleurs amis. Je veux que tu sois un de mes meilleurs amis. Alors pose-moi toutes les questions que tu veux.

— Vous allez rester ensemble, après le diplôme ?

Ma première réaction était « oui » ; nous n'en avions pas encore discuté, mais avec ce délai d'un mois, c'était d'une certaine façon entendu.

— Vous allez rester ici ? a repris Cade sans attendre ma réponse. Vivre à Philadelphie ? Vous installer ailleurs ?

Même si j'y avais beaucoup pensé, c'était un sujet dont, pour le coup, nous n'avions pas parlé. Prenant le prétexte de chercher une place, j'ai pris le temps de formuler ma réponse. Je n'en avais malheureusement aucune.

— Pourquoi veux-tu le savoir ?

Il a passé la main dans ses cheveux, soupiré, hésité puis, après avoir bien joué avec mes nerfs, enfin répondu :

— Parce que, euh, j'ai déposé un dossier dans une école, il y a quelques mois, avant… euh, tout ça. Je ne pensais pas être accepté, et puis j'ai été pris, et je me dis finalement que… j'aimerais bien y aller.

— C'est super, Cade !

— Super, oui. Sauf que c'est… à, euh, Temple, à Philadelphie.

— Oh.

— Donc… je ne sais pas. Tu comprends, si vous allez là-bas, vous allez peut-être trouver bizarre que je m'installe aussi. D'un autre côté, je me disais, si j'y vais, et que tu y sois aussi, qu'on pourrait peut-être… tu sais, continuer de se voir. Si Garrick est d'accord.

Une image, comme une éclaircie, m'est aussitôt venue à l'esprit.

— Je ne sais pas si nous irons à Philadelphie, Cade. Mais si c'est le cas, non, ce ne sera pas bizarre, et oui, nous pourrons nous voir. Ce n'est pas Garrick qui décide de mes fréquentations. J'étais sincère tout à l'heure. Je veux vraiment que nous redevenions amis.

Il a souri, finalement détendu.

— Moi aussi.

27

Nous étions venus fêter notre succès au *Side Bar*, mais l'excitation passée, la conversation n'a pas tardé à devenir sentimentale. La fin de nos études approchait et tous nos souvenirs nous revenaient pêle-mêle, nos débuts sur scène, les cours que nous avions suivis ensemble, nos fous rires, nos fêtes mémorables… Quand Rusty a suggéré une nouvelle partie du « jeu de la bouteille », pour « sceller l'indéfectible amitié qui nous unissait », la troupe, au milieu des vociférations générales, s'est mise à le bombarder de boulettes de pain et de papier.

Je vivais un moment parfait. Comme sur scène lorsque le rideau était tombé, j'étais exactement où je voulais être, entourée de gens formidables, auprès desquels je me sentais chez moi.

Quitter la fac me paraissait impossible.

Je n'avais jamais été aussi heureuse qu'au cours des quatre années qui venaient de s'écouler. C'étaient eux, ma famille. Ils me connaissaient et me comprenaient mieux que personne.

Comment imaginer vivre sans eux ?

— Attention, larmes en vue ! s'est exclamée Kelsey en me voyant. Bliss est en train de craquer !

J'ai protesté, mais j'avais, en effet, les yeux humides.

— Arrêtez ! me suis-je défendue entre le rire et les larmes. Je vous aime, c'est tout !

— Nous aussi, on t'aime ! ont-ils rugi à l'unisson.

Les bras de Kelsey se sont refermés sur moi, suivis par ceux de Rusty, écarté par Cade, puis Victoria, et… j'ai cessé de compter, étouffée par les embrassades bruyantes et démonstratives.

— Bon, a repris Rusty, je vous rappelle qu'il nous reste un mois. Et je ne sais pas où vous en êtes, mais de mon côté, j'ai encore un paquet de choses à faire avec vous. À commencer par une méga cuite pour couronner cette première. Alors… au boulot !

À partir de là, je me suis laissée porter par les rires et les conversations décousues. La vie était magnifique, et, si tout se passait comme je l'espérais, elle allait être encore plus belle.

À la fin du repas, partir s'est avéré plus dur que je ne l'avais imaginé. J'avais hâte de rejoindre Garrick et de faire ce que j'envisageais avec lui, mais je n'avais pas envie de quitter mes amis.

Je me suis arrachée à leur étreinte en me disant que nous nous reverrions le lendemain et encore les jours suivants.

J'étais toujours un peu mélancolique en montant dans ma voiture, mais cette humeur n'a pas tardé à s'effacer devant ce qui m'attendait. Contrairement à ce que je lui avais dit, je n'ai pas envoyé de texto à Garrick. J'avais besoin d'un peu de temps pour me préparer.

J'ai pris une douche rapide et ne me suis pas séché

les cheveux. Il aimait bien mes boucles, elles me rappelaient notre soirée en boîte et ce souvenir suffisait à me faire frémir.

J'ai sorti, du fond de mon armoire, la lingerie que j'avais achetée en prévision de la fin du mois prochain. Je l'ai enfilée en imaginant la réaction de Garrick quand il me verrait.

Devant le miroir, je me suis dit que j'étais sexy, comme il aimait le répéter et comme je commençais à le croire. Ne voulant rien trahir, j'ai remis la robe que je portais après le spectacle. Puis j'ai rangé un peu ma chambre, vérifié que les préservatifs étaient dans le tiroir de ma table de nuit, et me suis assise sur mon lit.

J'allais le faire.

J'allais *vraiment* le faire.

Ce soir, j'allais découvrir le sexe…

Avec Garrick.

Mon cœur a fait un bond. J'ai cru que c'était à cause de la nervosité, avant de reconnaitre ce que j'avais éprouvé quand j'avais découvert que le rôle de Phèdre m'était attribué, puis quand le spectacle s'était achevé et que le rideau était tombé. C'était au-delà de l'excitation. C'était plus puissant, plus profond… Meilleur.

Alors je me suis levée et me suis mise à sauter sur mon lit. C'était tellement agréable que j'ai recommencé. En agitant les bras. Puis j'ai poussé le cri de bonheur qui m'étouffait.

— Qu'est-ce que tu fais ?

Je me suis retournée pour découvrir Garrick, au bord de mon lit, un sourire amusé aux lèvres. Je me suis immobilisée.

— Qu'est-ce que tu fais là ? lui ai-je renvoyé.

— J'ai vu ta voiture, alors je suis venu. Je ne savais pas que tu avais commencé la fête sans moi. J'imagine que c'est la pièce qui te met dans cet état ?

Je suis descendue du lit avec autant de grâce que possible, c'est-à-dire aucune. J'aurais dû me douter d'une interruption dans ce goût-là. Je semblais incapable de vivre un moment d'intimité avec Garrick sans me comporter de façon ridicule. Cette fois au moins, ce n'était pas au milieu de nos ébats.

— La pièce était formidable, mais je suis heureuse d'être à la maison.

Je me suis approchée, et il m'a aussitôt prise dans ses bras.

— Tu étais magnifique, et tu l'es encore plus maintenant que je t'ai pour moi tout seul.

Je m'apercevais tout à coup que j'avais pensé à la lingerie, prévu les préservatifs, et même anticipé la douleur que j'allais probablement éprouver, mais je n'avais pas étudié la façon de lui dire ce que je voulais ce soir. Je me doutais bien qu'il se moquait de la façon dont j'allais le lui annoncer, après tout, mais je voulais faire les choses… correctement.

— Comment s'est passée votre petite fête ?

— Bien, très bien. Ils vont me manquer. J'ai du mal à imaginer que ce sera fini dans un mois.

— Un mois, a-t-il répété en se penchant vers moi.

Il se préparait sans doute à un baiser léger, mais je ne lui ai pas laissé le choix. Je l'ai retenu pour presser mes lèvres plus fermement contre les siennes. Sa main s'est aussitôt plaquée sur mon dos. Je ne lui ai pas résisté. Je voulais qu'il me serre plus fort. Je voulais qu'il me touche partout.

Mais il ne faisait rien, alors j'ai entrouvert la bouche et laissé ma langue courir légèrement sur ses lèvres. Un frémissement de plaisir m'a parcourue. J'ai poursuivi, enhardie par chacune de mes caresses, un peu plus profonde, un peu plus osée, qui toutes me poussaient un peu plus loin.

Abandonnant son cou, j'ai passé la main sous sa chemise pour le caresser du bout des doigts. Ses mains restaient sages sur ma nuque, ma taille, mais à mesure que je progressais, je les sentais se crisper.

Il continuait pourtant de m'embrasser… lentement, prudemment.

Alors j'ai glissé mon autre main sous sa chemise pour la poser sur son torse. J'espérais qu'il comprendrait où je voulais en venir et ferait pareil.

Il ne l'a pas fait.

Lassée d'attendre, je me suis pressée contre lui, jusqu'à sentir le lit derrière nous, et je l'ai poussé. Sans lui laisser le temps de réagir, je me suis posée à cheval sur lui, comme la première fois que nous avions failli coucher ensemble.

— Bliss, a-t-il murmuré.

C'était une mise en garde, enfin presque.

J'aurais peut-être dû lui dire ce que je voulais, mais la façon dont il m'embrassait ou, plus exactement, la façon dont il ne m'embrassait pas, me rendait un peu nerveuse. Il me désirait, me suis-je dit. J'en étais sûre. Presque. J'avais seulement besoin d'une toute petite confirmation.

Je me suis écartée et j'ai attendu qu'il ouvre les yeux. Quand il l'a fait, j'ai reculé et, en prenant l'ourlet de ma robe, frémissant de ma propre audace, j'ai commencé à la remonter lentement. Quand le tissu est tombé sur le sol, ses yeux sont d'abord restés fixés sur les miens, mais quand je me suis penchée, prenant bien soin de tendre mes seins vers lui, il les a baissés.

Son hoquet était exactement ce que j'attendais.

Mon soutien-gorge de dentelle noire était si échancré, et mes seins si bien serrés, que j'avais le décolleté le plus provocant de ma vie. Quant à mon slip, c'était à peine s'il existait.

— Bliss.

L'avertissement était plus net.

— Tu surestimes mes capacités de résistance.

— Oh ! je suis sûre que j'estime très bien ta résistance, ai-je répondu en laissant mes lèvres quelques millimètres au-dessus des siennes.

J'ai attendu. J'en avais fait assez. C'était à lui de prendre l'initiative.

Frémissante d'impatience, de peur et de désir, j'ai suivi son regard qui passait de mes yeux à ma bouche. Maintenant que j'étais en sous-vêtements, ses mains, où qu'elles se posent, ne pouvaient que rencontrer ma peau. L'une s'était arrêtée au creux de mes reins, l'autre était enfouie dans mes cheveux. Le cœur battant, j'ai ondulé des hanches et souri en sentant ses doigts se fermer dans mes cheveux.

— Bliss.

Il n'arrivait presque pas à respirer.

Mon sourire s'est élargi. J'aimais bien cette inquiétude qui dansait dans ses prunelles. C'était comme un jeu, et j'avais très envie de m'amuser. Je lui ai alors répondu d'un ton innocent :

— Garrick.

— C'est le contraire de la lenteur.

J'ai laissé mes lèvres effleurer les siennes, tandis que

mon corps, aussi lentement que possible – mais sans la moindre ambiguïté – venait se plaquer contre le sien.

— Je crois que nous avons été suffisamment lents.

Son bras m'a serrée, écrasant mes seins contre son torse. J'avais envie de lui arracher son tee-shirt.

— Qu'est-ce que ça veut dire ?

Il avait maintenant ce regard sombre, un peu flou, que j'adorais.

— Ça veut dire, ai-je commencé en attrapant son tee-shirt, que la lenteur est dépassée.

J'ai tiré sur son tee-shirt et ses bras, automatiquement, ont suivi. Ses mains se sont reposées à l'endroit exact qu'elles avaient un instant quitté.

— J'ai besoin que tu sois plus claire, Bliss.

C'était le moment de parler. Et pas d'euphémisme, cette fois, pas de « bête à deux dos », de « tango horizontal » ou n'importe quelle formule ridicule du même genre. Je voulais du sexe. Puisque j'en étais là, autant dire les choses simplement. J'en étais capable. Je me suis tout de même penchée pour cueillir un baiser d'encouragement sur ses lèvres. Il m'a fallu un certain temps pour le faire réagir, mais quand je me suis écartée, ses lèvres m'ont suivie. Je l'ai apaisé, d'un court baiser, et me suis jetée à l'eau :

— Je veux faire l'amour. Avec toi.

Ses mains, son visage, son corps entier se sont raidis.

— Bliss, tu ne dois pas te sentir obligée de faire ce que tu ne veux pas à cause de moi.

— Qui te parle de *me* forcer ? J'ai plutôt l'impression de te forcer *toi*.

Il s'est alors jeté sur moi, pour m'embrasser avec la fureur que j'attendais, puis s'est aussi vite interrompu.

— Tu ne me forces pas, m'a-t-il dit d'une voix rauque.

Je veux seulement être sûr. Tu peux dire stop quand tu veux.

Il m'a regardée, le temps d'afficher un grand sourire.

— Pas besoin d'inventer un chat, une tortue ou un poisson rouge, cette fois.

Il était tellement moqueur et si sexy que pour me venger, je l'ai repoussé.

— Si tu essaies de me décourager..., ai-je commencé en m'éloignant.

Je n'avais pas fait un pas qu'il m'attrapait par la taille pour me renverser sur le lit. Je l'ai regardé venir sur moi. Sa lente progression, son regard pénétrant et ce qu'il signifiait levaient en moi un tourbillon de sensations vertigineuses.

— Je ne cherche pas à te décourager, mais à me comporter en gentleman.

Il avait déjà joué cette carte, la première fois. Je n'en voulais pas, alors je l'ai attrapé par la ceinture et tiré brusquement contre moi.

— Tu veux me faire plaisir ? Oublie le gentleman jusqu'à demain, d'accord ?

— Vos désirs sont des...

La suite s'est perdue sur nos bouches collées l'une à l'autre. Il m'embrassait comme je voulais qu'il le fasse, et il n'y avait que ça qui comptait.

28

Ce baiser, profond et passionné, correspondait en tout point à celui que j'attendais. J'ai enfoncé les ongles dans ses épaules, parce que je ne pouvais pas faire autrement et parce que j'avais appris que ce geste avait le don de briser ses résistances.

S'il ne faisait pas attention, j'allais d'ailleurs finir par lui faire mal. Mais ses mains me parcouraient, noyant mes scrupules dans une multitude de sensations étourdissantes. Ses lèvres ont glissé sur mon cou. Sa barbe de trois jours, tandis qu'il s'attaquait à mon soutien-gorge, chatouillait la naissance de mes seins. Je me suis cambrée au moment où l'agrafe cédait, libérant ma poitrine. Je voulais qu'il m'embrasse, qu'il me touche *là*. Je voulais, comme il me l'avait dit un jour, que nous nous possédions mutuellement. Ses baisers n'étaient pas suffisants. Pire, ils ne faisaient qu'accroître le désir brûlant qui, maintenant, coulait dans mes veines. J'ai enfoncé les ongles dans ses épaules et accueilli sa bouche sur mon sein avec un frémissement, suivi d'une sorte d'explosion quand l'autre s'est écrasé sous sa paume. Fébrile et gémissante, je me suis arquée encore plus contre lui.

La réalité m'échappait, mes sensations semblaient se réduire aux pointes de mes seins.

C'était divin, et des mots incohérents, d'autres familiers, se bousculaient sur mes lèvres. « Je t'aime » les résumait tous, et je ne me lassais pas de les répéter.

Il s'est redressé, son magnifique sourire aux lèvres.

— Si j'avais su qu'il fallait ça pour te faire avouer tes sentiments, je l'aurais fait depuis longtemps.

Je n'étais pas en mesure de lui répondre. À la place, j'ai trouvé sa ceinture et commencé à la défaire.

Son sourire s'est effacé.

J'ai fait glisser son jean et son caleçon en même temps. Pendant qu'il les enlevait, je me suis débarrassée de mon slip et j'ai ouvert le tiroir de ma table de nuit.

Quand il a vu le préservatif, il s'est figé, comme s'il comprenait seulement maintenant à quel point j'étais décidée. Il l'a enfilé puis s'est penché pour me donner un baiser.

— Tu sais que je t'aime, n'est-ce pas ?

— Oui.

Je n'aurais pu aller plus loin si je n'en avais pas été sûre. C'était ça qui rendait ma peur et ma nervosité tolérables.

Il m'a encore embrassée et, en même temps que sa langue venait à la rencontre de la mienne, j'ai senti ses doigts glisser doucement en moi. J'étais prête, et c'est avec confiance et curiosité que je l'ai laissé me caresser. Il a commencé doucement puis, à mesure que le rythme de son baiser s'intensifiait, que je le laissais venir en moi, ses gestes sont devenus plus rapides. Les ongles crispés sur ses épaules, j'ai laissé fuir un soupir.

Ses lèvres sont revenues sur mes seins, décuplant par une série de baisers les sensations vertigineuses qui m'emportaient. La tension que je sentais croître entre mes cuisses devenait de plus en plus précise. C'était une autre sensation qui maintenant me traversait, celle d'être au bord d'un précipice dans lequel j'avais délicieusement, irrésistiblement, envie de tomber. La main dans ses cheveux, je l'ai obligé à relever la tête. Ses lèvres se sont posées sur les miennes, sans m'embrasser. J'étais trop rivée aux gestes ensorcelants de ses doigts pour chercher son baiser. J'allais mourir, j'allais mourir quand sa paume s'est posée contre moi. Sa pression sûre, douce et ferme a déclenché un cataclysme. Je me suis désintégrée, dans une série d'explosions de plus en plus puissantes, de plus en plus profondes. L'univers entier se désagrégeait, libérant une vague de plénitude, de sensualité absolue qui m'emportait avec elle. Quand elle s'est retirée, me laissant étourdie, j'ai refermé les bras autour de lui.

Ses lèvres se sont posées près de mon oreille et, au contact de son corps sur le mien, j'ai frissonné.

— Tu es sûre ? m'a-t-il encore demandé.

— Oh ! oui, ai-je répondu.

Quand il m'a pénétrée, j'ai éprouvé une sorte de déchirement désagréable, mais la douleur s'est estompée devant le plaisir, le bonheur, que me procurait la sensation de le sentir venir en moi. Il a exercé une pression, légère, sans cesser de m'embrasser, puis il s'est arrêté, le corps tendu à l'extrême.

— Oh ! Bliss, a-t-il lâché dans un soupir.

Sa tension était palpable. Je la voyais dans les muscles de ses épaules, ceux de ses bras. Suivre leur contour m'aidait à dissiper la douleur qui, malgré tout, persistait.

Il est resté immobile un moment, puis il s'est écarté pour scruter mon visage. Je devais être un peu crispée car, tout en reprenant sa lente progression, il a commencé à me distribuer des baisers apaisants entrecoupés de murmures, eux-mêmes ponctués de « mon amour », « magnifique », « parfaite ».

Je le sentais si profondément en moi que mes muscles, malgré mes jambes en coton, se sont contractés sur lui. Portée par cette sensation d'une incroyable intimité, je l'ai serré davantage dans mes bras.

Il a reculé, très légèrement, puis est revenu.

Le souffle court, j'ai laissé passer le bref éclair de douleur qu'il est venu cueillir sur mes lèvres.

— Ça va ? m'a-t-il demandé, inquiet.

J'ai opiné.

— Tu veux que j'arrête ?

J'ai secoué la tête. Il n'en était pas question. Je voulais qu'il vive la jouissance qu'il m'avait donnée quelques minutes plus tôt. Et je voulais qu'il la vive entre mes bras.

Il a de nouveau reculé, puis est revenu. La douleur, cette fois, était moins prononcée.

— Continue, ai-je murmuré.

La tête au creux de mon épaule, les lèvres contre mon cou, il a repris son va-et-vient. La douleur avait suffisamment disparu pour que je vienne cette fois à sa rencontre ; son grondement rauque m'a traversée, notre rythme s'est accru et, tandis qu'il ne cessait de m'embrasser, je sentais à chacun de nos mouvements croître le plaisir qui m'emportait. Il naissait au creux de mes jambes, s'enroulait dans mon ventre, se répandait dans mon corps et me faisait tourner la tête. Quand sa main s'est refermée sur mon sein, mes jambes se sont nouées sur lui, l'entraînant au plus profond de moi.

Il s'est figé, les yeux fermés, tellement beau dans son effort pour ne pas craquer.

Mon univers, entre ses bras, semblait s'étendre à l'infini. Je voulais m'y perdre et l'entraîner avec moi.

Comme s'il me devinait, il a imprimé un nouveau rythme, plus ample, plus profond, plus rapide à nos ondulations. J'allais basculer, je le sentais dans ma façon de m'abandonner, de venir à sa rencontre. J'ai enfoncé les ongles dans ses épaules – mon nouveau tic préféré – et me suis laissé ravir par son brusque et puissant coup de hanches.

— Bliss ! a-t-il lâché d'un ton rauque et vibrant.

Je me suis contentée de serrer les jambes sur sa taille, de l'attirer, de l'inviter davantage. Ce qu'il a fait, libérant une vague de plaisir aussi brûlante que son souffle contre mon cou. J'ai relevé son visage et regardé ses yeux se fermer tandis qu'un frémissement le parcourait

Lorsqu'il a soulevé les paupières, son regard s'est concentré sur moi. Il a déposé un baiser sur mon front, deux autres sur chacune de mes joues et un dernier sur mes lèvres.

— Je t'aime, avons-nous dit en même temps.

Lorsqu'il s'est écarté, je me suis blottie contre lui. Il m'a serrée dans ses bras et enlacé sa main à la mienne.

La tête sur son torse, sentant son cœur battre aussi vite que le mien, je vivais un moment de perfection absolue. Un de plus, dans une journée remplie de moments parfaits.

Je ne savais pas si ce que je m'apprêtais à dire allait tout gâcher, mais j'avais appris qu'être spontanée marchait plutôt bien avec Garrick.

— J'ai regardé les appartements à Philadelphie.

— Vraiment ?

J'ai opiné, ne sachant trop comment interpréter sa réaction.

— Nous n'en avons pas encore parlé, ai-je repris, mais j'ai réfléchi et finalement, j'ai décidé de me consacrer au jeu, pas à la régie. Tu sais que je n'ai pas les moyens de m'installer à New York, alors j'ai pensé que Philadelphie serait une bonne alternative. J'ai seulement cherché des infos. Sur les théâtres, les auditions, les appartements, les petits boulots, enfin, tu vois. Je ne suis bien sûr pas obligée de…

— Arrête, m'a-t-il coupée brusquement.

C'était une idée ridicule, j'avais tout gâché. Je ferais mieux d'inventer une machine qui m'enverrait des gifles chaque fois que je dérapais. De cette façon, je finirais peut-être par apprendre à tenir ma langue. J'en étais là de mes réflexions lorsqu'il m'a soulevé le menton. Les yeux dans les miens, il a laissé son pouce me caresser la bouche.

— Tu vas adorer Philadelphie.

Son sourire lumineux a chassé mes inquiétudes, et je me suis détendue.

— Mais tu n'as pas besoin de chercher d'appartement. Tu peux habiter chez moi le temps d'en trouver un.

Son visage était calme et son sourire semblait attendre sur ses lèvres.

— Vraiment ?

— Et si tu ne trouves rien, a-t-il repris, tu pourras toujours rester chez moi.

Je me suis redressée.

— Est-ce que tu es en train de me demander d'habiter avec toi ? Tu es plus direct d'habitude.

Cette fois, il a vraiment souri.

— C'est en effet une façon de te le demander sans te faire fuir de peur. Ça a marché ?

— Je n'ai pas peur.

J'étais sincère. Et si heureuse que pour un peu… je me serais mise à danser.

Épilogue

Six mois plus tard

Garrick

Mes yeux ne cessaient de revenir sur Bliss. Joyeuse, adorable, elle était irrésistible, et je devais me retenir pour ne pas me jeter sur elle. Nous jouions une adaptation d'*Orgueil et Préjugés,* et je doutais que le metteur en scène apprécie les modifications du texte qui me passaient par la tête, à savoir le mariage final d'Elizabeth avec Bingley, au lieu du triste M. Darcy.

Quand son regard a croisé le mien, mon personnage – censé n'avoir d'yeux que pour sa sœur – était bien la dernière chose que j'avais à l'esprit. Nous en étions à une scène de bal. Chaque fois que Bliss et moi nous croisions, nos yeux se rencontraient, nos mains s'effleuraient, et je maudissais le metteur en scène de ne pas m'avoir attribué le rôle de Darcy. Je pouvais être sinistre.

Le rideau à peine tombé, je l'ai retrouvée dans les coulisses et prise dans mes bras.

— Garrick.

Son soupir a vibré contre moi, et je l'ai serrée un peu plus fort.

— *Je t'admire et je t'aime avec ardeur*, ai-je murmuré à son oreille.

Elle a ri.

— Tu le répètes après chaque représentation !

— Que veux-tu, je suis persévérant.

Une petite moue s'est dessinée sur son visage.

— Persévérant ? Je dirais plutôt, hum… dépourvu d'imagination. Tu pourrais au moins écrire ton propre texte !

Son corset, que je sentais sous mes mains, m'inspirait des images indécentes. Je voulais la voir dans cette tenue. Cette tenue seule.

— Tu veux quelque chose d'original, mon amour ?

— Oui. Et vous avez vingt-quatre heures pour préparer votre meilleure réplique, monsieur Taylor. En attendant, laissez-moi me changer.

Elle s'est arrachée à mon étreinte et, juste avant d'entrer dans la loge, m'a lancé un regard par-dessus son épaule. Ce regard, lourd de sous-entendus, m'a inspiré un grand nombre de répliques toutes très originales, mais impossibles à formuler en public. Son sourire semblait savoir exactement ce que j'avais en tête.

— Dépêche-toi, lui ai-je lancé.

— La patience est une vertu, monsieur Taylor.

Elle savait que cette façon de m'appeler me rendait fou. J'avais l'impression d'être encore son professeur, et c'était aussi horripilant qu'excitant. J'allais le lui dire quand la porte s'est refermée, me laissant seul dans le couloir, légèrement désorienté.

Ce soir… Mon plan commençait ce soir. Je l'avais

échafaudé pour éviter de la prendre par surprise. Connaissant la tendance de Bliss à la panique, je savais que la précipitation n'était pas une bonne idée.

Je me suis changé, avant de laisser mon costume sur un cintre. La troupe se préparait à sortir prendre un verre mais j'ai décliné l'invitation en espérant que Bliss en faisait autant de son côté. Ce soir, je la voulais pour moi. Et pour moi seul.

Je me suis retrouvé, en un temps record, fin prêt devant la loge des filles. Lorsque la première actrice est sortie, elle m'a regardé et éclaté de rire.

— Bliss, a-t-elle lancé à l'intérieur du vestiaire, si tu ne te dépêches pas, ton amoureux va se dessécher dans le couloir !

Amoureux. Notre relation avait débuté dans la clandestinité, et le regard des autres continuait de me troubler Notre installation à Philadelphie était une bonne chose. Nous n'avions plus besoin de nous cacher.

Les actrices sortaient les unes après les autres, en me lançant un sourire entendu, mais Bliss – inhabituellement longue – prenait son temps.

— Bliss ! ai-je crié à travers la porte. Tu essaies de me torturer ?

La porte s'est ouverte brusquement sur une autre actrice, hilare, qui n'était pas Bliss. J'ai soupiré.

— Je crois qu'en effet, elle te torture, m'a-t-elle glissé en passant.

J'ai posé le front contre le mur et quand la porte s'est encore ouverte, je n'ai même pas pris la peine de regarder.

— Tu peux y aller, l'amoureux, je suis la dernière.

Je me suis retourné pour découvrir Alice, l'actrice plus

âgée, qui jouait Madame Bennet. Je lui ai souri et me suis précipité sur la poignée.

— Accroche-toi ! a-t-elle lancé dans mon dos.

Je n'ai compris le sens de sa remarque qu'en entrant dans la loge.

Bliss, assise dans un fauteuil, *en corset*, me regardait dans le miroir. Ses seins, admirablement soutenus, m'offraient leur galbe provocant. Les yeux lourds de désir, comme si elle n'attendait que moi pour commencer, elle a levé la main et ôté une à une les épingles de son chignon. Ses cheveux tombaient en cascade sur ses épaules. J'avais la gorge nouée.

Sa beauté était stupéfiante.

— Je croyais t'avoir dit d'être patient.

J'ai avancé jusqu'à elle et l'ai aidée à enlever les dernières épingles. J'adorais ses cheveux.

— Je sais être patient, lui ai-je dit en jouant avec une mèche bouclée. Ce que je ne supporte pas, c'est d'être loin de toi. Tu devrais le savoir, maintenant.

Elle a souri en s'abandonnant aux caresses de mes mains.

— Tu crois ?

— J'en suis certain.

J'ai continué à la masser sur la nuque, les épaules. Elle s'est laissée aller, paupières mi-closes, lèvres entrouvertes. Elle n'avait aucune idée de la sensualité qu'elle dégageait. Dans ce corset, elle était encore plus excitante que les plus excitantes pin-up des années cinquante.

Je me suis penché pour l'embrasser au creux de l'épaule. Malgré plusieurs heures sur scène, elle sentait divinement bon. J'ai laissé courir mes lèvres sur cet endroit qui la rendait folle, juste derrière l'oreille.

Elle a poussé un léger soupir, posé la main sur ma nuque et, d'une légère pression, m'a attiré plus près.

— Tu m'ensorcelles, a-t-elle déclaré.

J'ai souri en effleurant son épaule. Je pouvais passer des heures, des jours, des nuits entières à suivre le tracé de ses courbes.

— Corps et âme ? ai-je demandé, citant la pièce.

Je l'ai mordillée dans le cou. Son gémissement était aussi délicieux que le goût de sa peau sur ma langue.

— Assurément, a-t-elle répliqué.

— Qui manque d'imagination, maintenant ?

Un coup frappé à la porte a rompu le charme. Voyant Benji, le régisseur, passer la tête par l'entrebâillement, je me suis empressé de soustraire Bliss à son regard.

— C'est bientôt fini ? nous a-t-il demandé en râlant. Je voudrais fermer, moi.

— Pardon, Ben. On en a pour une seconde. Deux minutes, ai-je concédé devant son air sceptique.

Dès que la porte s'est refermée, Bliss s'est levée. J'ai dû fermer les yeux pour ne pas la toucher. Dans ce corset, elle était… Je n'ai pas ouvert les yeux pour préciser ma pensée, sinon il était inutile de songer à partir dans deux minutes. L'entendre se changer était une torture. Chaque frou-frou de tissu, chaque glissement de fermeture m'inspirait des images d'une clarté déchirante. Je n'avais pas besoin de la voir pour sentir sa présence. Je n'ai pas non plus ouvert les yeux lorsqu'elle est arrivée devant moi.

Sa main est venue se poser sur mon cou, et ses doigts fins, délicieusement agiles, m'ont invité à me pencher sur elle. Les yeux obstinément fermés, je sentais son souffle me caresser les lèvres.

— Il est temps de rentrer, *monsieur Taylor*.

J'ai brusquement soulevé les paupières. Son sourire était machiavélique. Très bien, me suis-je dit, puisqu'elle veut jouer à ce petit jeu…

— Je crois, mademoiselle Edwards, que votre comportement mérite une punition.

La rougeur qui colorait ses joues était encourageante.

— Tu ne vas pas oser ?

Plutôt que répondre, je l'ai saisie par la taille et soulevée sur mon épaule.

— Garrick ! s'est-elle étranglée en se débattant à coups de poing sur mon dos.

— Silence, mademoiselle Edwards. Je vous ramène à la maison.

Benji nous a regardés sortir en levant les yeux au ciel.

— D'abord, ça fait trois minutes. J'ai compté. Ensuite, vous êtes dégoûtants. On se croirait dans une sitcom à l'eau de rose pour adolescents attardés.

J'ai éclaté de rire en lui souhaitant bonne nuit. Bliss s'est contentée de bouder mais, quand elle a compris que je n'avais pas l'intention de la lâcher, elle s'est remise à me marteler le dos.

— C'est bon, Garrick, m'a-t-elle dit quand je sortais du théâtre. J'ai compris.

— De quoi parles-tu, chérie ? Il n'y a rien à comprendre. J'aime te porter, c'est tout.

— Eh bien maintenant que tu t'es bien amusé, pose-moi.

Je me suis arrêté, en faisant mine de réfléchir, et profitant de l'occasion pour glisser lentement la main sur sa cuisse.

— Non, ai-je résolu, je crois que je peux encore m'amuser.

Je me suis remis en route et Bliss, paralysée par ma caresse, est restée silencieuse.

Jusqu'au moment où j'ai commencé à descendre dans le métro. Elle a battu des jambes et m'a infligé un pincement dans les côtes.

— Garrick, je refuse que tu me portes comme ça dans le métro ! Pose-moi. Maintenant !

Je n'avais aucun mal à imaginer sa colère et, tout d'un coup, j'ai eu envie de voir ses joues rouges, ses yeux froncés, ses lèvres pincées. Je me suis arrêté en bas des marches et, les mains soigneusement serrées sur sa taille, je l'ai laissée lentement glisser contre moi. Sentir son corps contre le mien était un pur délice. Quand nos visages ont été face à face, ses yeux n'étaient pas froncés, mais fermés. Ses lèvres n'étaient pas davantage pincées, elle se mordillait celle du bas, d'une façon qui me donnait très envie de l'aider. Ses joues par contre étaient roses, mais plus du tout, me semblait-il, de colère.

— Tu l'as fait exprès, m'a-t-elle dit.

J'ai éclaté de rire, un rire un peu rauque. Elle n'était pas la seule à réagir à notre étreinte.

— Oui, ai-je affirmé. Je l'ai fait exprès. Je crois même que nous devrions en faire notre rituel post-représentation.

Elle a secoué la tête en souriant, mais sans dire non. Son visage, même à la lueur blafarde du métro, rayonnait. J'avais encore du mal à croire que je pouvais la toucher librement, qu'il n'y avait personne pour nous séparer, aucune loi pour nous condamner. J'étais tenté d'informer tous les voyageurs de mon amour pour elle, mais je ne voulais pas rompre ce moment. J'aimais son regard tranquille posé sur moi, ses yeux remplis d'autre chose que le seul désir. Elle me rendait heureux, et j'espérais que c'était le même sentiment que je lisais dans son regard, parce que dans ce cas mon plan était une bonne idée. Tout à coup, j'avais hâte de rentrer et de le mettre en œuvre.

Je me suis penché pour l'embrasser et, tandis que ses ongles s'enfonçaient dans mes épaules, je me suis perdu dans les sensations qu'elle m'inspirait.

Dès que nous sommes arrivés à la maison, j'ai dit à Bliss que j'avais besoin de prendre une douche – nos deux représentations dominicales le justifiaient amplement. Je l'ai laissée utiliser la salle de bains en premier pour se laver les dents et, pendant ce temps, je suis passé à l'action. J'ai d'abord pris le jouet d'Hamlet (le seul artifice grâce auquel Bliss pouvait l'approcher) et je l'ai caché sous le lit. Ensuite, je suis allé chercher dans la poche de ma veste la bague que je lui destinais. J'ai ouvert la boîte pour la regarder encore une fois.

Elle n'était pas extravagante. Je n'étais, après tout, qu'un acteur, et Bliss, de toute façon, ne portait presque pas de bijoux. Elle était simple, brillante et simple. J'espérais qu'elle l'aimerait autant que j'étais amoureux d'elle. Mon enthousiasme s'est tout à coup envolé.

Et si j'allais trop vite ?

Non, me suis-je repris. J'avais bien réfléchi. C'était la meilleure manière de faire. Je suis retourné dans la chambre et j'ai glissé la boîte dans le tiroir de la table de nuit, un peu en retrait. Au même instant, j'ai entendu la douche s'arrêter. Je me suis dépêché d'enlever ma chemise. Je la jetais dans le panier de linge quand Bliss est entrée dans la chambre.

Elle est venue derrière moi et m'a embrassé sur l'épaule.

— Tu peux m'attraper Hamlet avant ta douche ?

J'ai souri et opiné.

Elle était tellement décidée à conquérir Hamlet qu'elle jouait avec elle pendant au moins une demi-heure tous les soirs. Tant qu'elle agitait la petite souris de peluche grise, Hamlet restait dans les parages, mais dès que Bliss essayait de la toucher, l'animal s'enfuyait.

Je l'ai trouvée tapie sous la table de la cuisine. Elle est venue se frotter contre ma main tendue et s'est laissée prendre en ronronnant.

Je revenais dans la chambre quand Bliss m'a demandé :

— Tu sais où est son jouet ?

J'ai posé Hamlet sur le lit, sur lequel elle s'est blottie, avec un regard méfiant pour Bliss.

— Où l'as-tu vu la dernière fois ?

— Je croyais l'avoir laissé sur la commode, mais je le ne trouve pas.

J'ai caressé Hamlet, pour la tranquilliser, puis suis allé embrasser Bliss sur la joue.

— Je ne sais pas, mon cœur. Tu es sûre de ne pas l'avoir mis ailleurs ?

Elle a soupiré et, dissimulant mon sourire, je l'ai laissée chercher dans la chambre. Dans la salle de bains, j'ai ouvert le robinet, attendu quelques secondes et suis retourné dans le couloir.

— Bliss ?

— Oui ?

— Essaie les tiroirs de la table de nuit ! Je crois me souvenir de l'avoir mis là.

— D'accord.

Je l'ai regardée, par l'entrebâillement de la porte, faire le tour du lit. Je suis retourné vers la salle de bains, en prenant soin de marcher bruyamment, j'ai fermé la porte, comme si je m'enfermais à l'intérieur, et je suis revenu à pas feutrés vers la chambre. Je l'ai observée, dissimulé par la porte.

Quand elle a ouvert le tiroir de la table de nuit, je me suis rendu compte que mon cœur battait à tout rompre. Je ne savais pas depuis combien de temps il cognait, mais à présent je n'entendais plus que son martèlement sourd et rapide.

Ce n'est pas comme si je lui demandais de m'épouser *maintenant*, me suis-je rassuré. Je la connaissais suffisamment pour ne pas la brusquer. Je lui donnais juste un signe, très clair, pour qu'elle puisse, avant ma demande, se faire à l'idée. Ensuite, dans quelques mois, quand je serais sûr qu'elle serait prête, je lui demanderais pour de bon de m'épouser.

C'était mon plan. Il était simple, mais tout à coup, il me semblait… très compliqué. Je voyais les centaines de raisons pour lesquelles il pouvait capoter. Si elle paniquait ? Si elle s'enfuyait comme la première fois qu'elle m'avait invité chez elle ? Et si elle partait, retournerait-elle au Texas, ou irait-elle se réfugier chez Cade, qui habitait au nord de la ville ? Il l'accueillerait, le temps qu'il faudrait pour qu'elle retrouve ses esprits. Mais si, dans l'intervalle, il se passait quelque chose entre eux ?

Et si elle me disait « non », comme ça, tout simplement ? Nous nous entendions à merveille, tout était parfait. Vraiment parfait. J'avais peut-être tort… Ma petite mise en scène allait peut-être tout gâcher.

J'étais tellement angoissé par mes visions d'apocalypse que je n'ai pas vu le moment où elle a trouvé l'écrin. C'est le bruit du couvercle qui m'a fait sursauter. Elle a soupiré, et je l'ai entendue murmurer : « Oh, mon Dieu. »

Mes mains tremblaient. Elle me tournait le dos. Je ne voyais pas son visage, seulement son dos. Et il était tendu. Elle vacillait.

Et si elle s'évanouissait ? Si je l'avais tellement effrayée qu'elle perdait connaissance ? J'ai commencé à chercher toutes les excuses possibles.

Je gardais cette bague pour un ami.

C'était une bague pour le théâtre.

C'était… C'était… Merde ! Je ne trouvais rien de crédible !

Je pouvais simplement m'excuser. Lui dire que je regrettais, que je savais que c'était précipité.

J'attendais désespérément qu'elle réagisse, qu'elle crie, qu'elle fuie, qu'elle pleure, qu'elle s'évanouisse. N'importe quoi plutôt que ce silence. J'avais eu tort, j'aurais dû lui donner cette bague en face. Je n'étais pas doué pour les stratagèmes.

J'allais m'effondrer, victime du stress qui me ravageait, quand elle s'est retournée. Je ne voyais que son profil, mais elle se mordait les lèvres. Qu'est-ce que cela signifiait ? Est-ce qu'elle réfléchissait ? À la manière de fuir ?

Puis lentement, comme le soleil se lève à l'horizon, j'ai vu un sourire s'étirer sur ses lèvres.

Elle a fermé la boîte.

Elle n'a pas crié, pas fui, elle ne s'est pas évanouie.

Une larme a roulé sur sa joue, mais surtout… elle s'est mise à danser.

Comme lorsqu'elle avait appris qu'elle avait décroché le rôle de Phèdre, comme après la première représentation, juste avant que nous fassions l'amour pour la première fois.

Finalement, je ne serais peut-être pas obligé de patienter des mois.

Elle m'avait dit qu'elle attendait ma meilleure réplique, demain, après la représentation.

Je savais ce que j'allais dire.

Si vous avez aimé l'histoire de Bliss et Garrick, ne manquez pas celle de Cade, à paraître en octobre 2014...

La suite de ses études n'était pas du tout ce qu'avait prévu Cade Winston en arrivant à Philadelphie. Non seulement il monte à peine sur les planches, mais il continue de voir celle qui lui a brisé le cœur – sa meilleure amie – actrice dans la même ville, et parfaitement heureuse avec celui qu'elle aime.

Lorsque Mackenzie Miller se plante devant lui au café, c'est un ouragan qui débarque dans sa vie. Cheveux teints, tatouages, piercing, elle est l'opposé de toutes les filles avec lesquelles il est sorti. Et elle lui fait une bien curieuse proposition : jouer, pendant une heure et au pied levé, le rôle du petit copain parfait qu'elle doit présenter à ses parents quand ils vont arriver, c'est-à-dire tout de suite ! Démangé par l'envie de jouer, à moins qu'il n'ait perdu la tête, il accepte.

Le seul hic, c'est qu'ils n'ont pas prévu que les parents de Mackenzie seraient tellement séduits par le jeu, et le charme, de Cade qu'ils l'inviteraient à passer chez eux les vacances de Noël.

Mackenzie a un véritable petit ami, Cade a toujours le cœur brisé, et ils n'ont rien, strictement rien en commun. Mais plus ils vont faire semblant, plus la réalité va vouloir les rattraper.

Remerciements

Ce livre est né dans une tornade. J'en ai eu l'idée (très différente de toutes celles qui m'ont inspirée jusque-là), ma sœur m'a encouragée à l'écrire et, en quelques semaines, j'avais un premier jet. L'aventure jusqu'à la publication a été aussi chaotique et merveilleuse.

Chaos et merveilles qui méritent aujourd'hui quelques précieux remerciements.

Je pense d'abord à ma mère, qui m'a transmis l'amour des livres. Merci d'avoir été mon professeur et mon amie. Merci de corriger presque tout ce que j'écris. Merci de rire à toutes mes plaisanteries même si mon sens de l'humour te paraît parfois douteux. Merci de m'avoir toujours crue capable de réaliser mes rêves. Quant à papa, je sais que mes choix te stressent. Nous nous sommes disputés sur nombre d'entre eux, mais tu es toujours là quand j'ai besoin de toi. Merci de t'inquiéter au point d'en perdre le sommeil et de vérifier, bien plus souvent que moi, le classement de mes livres sur Amazon. Je veux remercier aussi mes sœurs pour l'amour des livres que nous partageons, d'écouter mes élucubrations sur les idées farfelues qui me passent par la tête, de s'enthousiasmer pour mon travail quand j'ai des doutes, et de supporter mes moulins à vent. Je vous aime.

Merci à Lindsay et Michelle, mes premières lectrices. Je ne crois pas que j'aurais terminé ce livre si vous ne l'aviez autant aimé. Merci à Ana d'être ma première pom-pom girl et de si bien stimuler l'enthousiasme des autres à mon égard. Tu sais que je te renverrai toujours la balle. Et merci à toi, Heather, d'avoir répondu à mes flots de questions. Merci à Bethany, Lindsay, Joey, Patrick, Kristin, Zach, Marylee, Shelly, Sam, Justin et tous mes autres amis du théâtre qui m'ont inspirée, m'ont convaincue que la maladresse n'était pas forcément une tare et m'ont tellement soutenue.

Un *énorme* merci à Suzie Townsend, mon agent merveilleux, d'avoir lu mon livre alors qu'elle avait renoncé à la littérature Jeune Adulte. Je n'aurais pu avoir de meilleur avocat. Merci aussi à Kathleen, Pouya, Joanna et tous les ninjas New Laef ! Vous êtes tous incroyables, et je suis tellement heureuse de vous avoir à mes côtés (et d'avoir vu Tyra avec vous). Merci à Amanda et HarperCollins d'avoir aimé ce livre autant que je l'aime. Merci à vous deux, Georgia McBride et Kevan Lyon, de faire aussi bien votre travail et d'être les personnes les plus sympathiques du monde.

Et enfin, merci à tous ceux qui ont lu, commenté, et soutenu ce livre à travers leurs blogs, Twitter, FaceBook, Tumblr, Instagram, etc. Je vous exprime toute ma gratitude parce que ce livre, sans vous tous, ne serait pas là.

PAPIER À BASE DE FIBRES CERTIFIÉES

Le Livre de Poche s'engage pour l'environnement en réduisant l'empreinte carbone de ses livres. Celle de cet exemplaire est de :
200g éq. CO_2
Rendez-vous sur www.livredepoche-durable.fr

« Pour l'éditeur, le principe est d'utiliser des papiers composés de fibres naturelles, renouvelables, recyclables et fabriquées à partir de bois issus de forêts qui adoptent un système d'aménagement durable. En outre, l'éditeur attend de ses fournisseurs de papier qu'ils s'inscrivent dans une démarche de certification environnementale reconnue. »

Édité par la Librairie Générale Française - LPJ
(58 rue Jean Bleuzen, 92178 Vanves Cedex)

Composition Nord Compo
Achevé d'imprimer en Espagne par CPI
Dépôt légal 1re publication juin 2015
64.5569.2/01 - ISBN : 978-2-01-161156-7
Loi n° 49-956 du 16 juillet 1949 sur les publications destinées à la jeunesse
Dépôt légal : juin 2015